从军行

唐棣题

从军行

刘鉴 著

人民东方出版传媒
東方出版社

图书在版编目（CIP）数据

从军行 / 刘鉴著 . —北京：东方出版社，2017.12
ISBN 978-7-5060-9918-9

Ⅰ. ①从… Ⅱ. ①刘… Ⅲ. ①纪实文学－中国－当代 Ⅳ. ① I25

中国版本图书馆 CIP 数据核字（2017）第 265489 号

从军行
（CONGJUNXING）

作　　者：刘　鉴
策划编辑：鲁艳芳
责任编辑：辛岐波
出　　版：东方出版社
发　　行：人民东方出版传媒有限公司
地　　址：北京市东城区东四十条 113 号
邮　　编：100007
印　　刷：北京汇林印务有限公司
版　　次：2017 年 12 月第 1 版
印　　次：2017 年 12 月北京第 1 次印刷
开　　本：710 毫米 ×1000 毫米　1/16
印　　张：20.75
字　　数：312 千字
书　　号：ISBN 978-7-5060-9918-9
定　　价：46.00 元
发行电话：（010）85924663　85924644　85924641

目录

第三篇　抗美援朝

自　序

1

小中见大，透过小窗户看宏大场景，是这部作品的一个特点。

这部作品中，何谓“小”？

“小”体现为一大批人的从军经历——

“我”在重庆解放后当兵，随部队奔赴湘西、朝鲜，后回国工作、退休。

杨志成在四川白马山下当兵，后在湘西集训土匪时遇难。

刘汉明连长在广州参加东江纵队，后在朝鲜战场的战斗中牺牲。

罗盛教在湘西入伍，后在朝鲜冰河救落水儿童时捐躯。

曾为土匪后经改造当了农民的宋德清、宋海桥兄弟在湘西当兵，双双英勇牺牲在朝鲜。

土匪金振彪从集训点入军时，未获军籍，后在朝鲜立功，朝鲜最高领导人金日成亲自为他授予朝鲜劳动党一级英雄勋章。

“四丫头”黄玉姣的胞妹黄莹姣快要毕业时毅然离开湘西卫校，加入我军当卫生兵，后参加上甘岭战役，在阵地坑道内为身负重伤无法自行排尿的男同志用嘴吸尿。

还有很多没有留下名字的英烈们，他们从军地点不同，从军路线不同，战斗经历不同，比如一批貌美如花的女文工团员在美人窝桃花江入伍，她们有的在湘西英勇牺牲，有的被土匪掳走遭受百般蹂躏万般凌辱……

这部作品中，何谓“大”?

“大”体现为1949年至1953年间波谲云诡的国际国内环境及此环境下国家、军队的战略决策——

1949年4月，毛泽东主席、朱德总司令向中国人民解放军发出进军全国的命令，百万雄师挥戈南下。中国人民解放军四野大军的一支——第47军奉四野首长电令，进驻湘西，配合兄弟部队入川；继而回师湘西继续剿匪；1950年冬再接军令：开赴朝鲜，抗美援朝。

2

纪实求真，以真事和真情打动人，写得大胆，写得畅快淋漓，没有什么应该遮掩，没有什么需要顾忌，是这部作品的另一个特点。

作品中的每一个故事，无不是“我”的亲历或耳闻目睹：

蒋介石密令炸毁重庆的兵工厂，二十一兵工厂的老师傅与国民党炸厂特务斗智斗勇，终于保下大部分厂房和设备。

“军统女特务”黄玉姣的真实面目并不是特务。她是一个文静、本分的师范女生，被土匪威胁逼婚，从未参与土匪、军统、特务的事。

公审、镇压土匪，是剿匪战争结束及集训土匪后的应有之义，然而上级指示不够严谨，各集训点在执行过程中难免产生错误，有人被错杀。

湘西匪徒中有的人曾在民族存亡之际甘当舍身报国的抗日勇士。如“苗王”龙云飞在长沙保卫战中立下战功，恶魔张平率其300号沅陵弟兄在浙江拼杀日军。

美军武器装备先进，志愿军火力处于明显劣势。在山岭纵横的朝鲜战场上，志愿军发明了地下钢铁长城——“坑道”，再次创造出人类战争史上的奇迹。

志愿军在从国内送炸药的运输线被美军封锁且坑道挖掘工程受挫的情况下，急中生智拆卸“臭弹”，从“臭弹”中取火药。

志愿军突击队冲锋途中被敌人的铁丝网拦住。爆破队员来不及进行爆破，跃身扑到铁丝网上，用血肉之躯为突击队员铺路。瞬息即变的战机不允许突击队员犹豫，是踩上战友“人桥”还是退却？

朝鲜战争结束后，被“联合国军”俘虏的志愿军官兵中，有 14000 余人于 1954 年 1 月 23 日被送抵台湾。蒋介石政府将这 14000 余人称为“反共义士”，并将 1 月 23 日定为“一二三自由日”。这 14000 余名志愿军官兵是什么人？他们真的是“不愿回大陆，自愿去了台湾”吗？

3

阅读这部作品时，读者一定会忍不住发问：

解放军南下，为何能摧枯拉朽所向披靡？美式装备的国民党部队为何如此不堪一击？为何蒋介石亲自坐镇的重庆也无力抵抗，甚至 2000 多箱美制 TNT 黄色烈性炸药也发挥不了作用？

匪患在湘西莽莽群山中沉疴宿疾 600 年。600 年来，各朝各代和国民党军队无数次进剿而不灭。中国人民解放军是如何做到仅仅一年多时间便取得胜利的？

土匪出身的人加入志愿军赴朝作战，他们抱着什么目的？那些没有军籍的人为何能舍生忘死？在朝鲜战场上，他们用生命的伟大，完成其人生的救赎，他们为什么要这么做？是谁教育了他们，感染了他们，激励了他们？

朝鲜战争爆发时，新中国成立不到一周年。积贫积弱的新中国为何敢于向美国叫板？美军占有绝对制空权和地面优势，却为何在志愿军面前屡吃败仗，被迫停战？朝鲜战场为何让美国人发出“我们第一次战败”的哀叹？

读完这部作品，读者不难找出答案，不难得出结论：

中国人民解放军是维护世界和平的正义力量，这股力量比任何人想象的都要大，一旦遇战，这股力量必须赢，也必定赢。

中国共产党领导的中国军队和中国人民是世界和平的“定海神针”，不论在何时，不论在何地，任何力量都休想撼动！

4

当前，世界仍不太平。

朝鲜半岛的局势更是牵动着世人的神经。

让我们重温习近平同志《在纪念中国人民志愿军抗美援朝出国作战60周年座谈会上的讲话》：

“我们纪念中国人民志愿军抗美援朝出国作战60周年，不是为了延续对抗，而是要以发展的思维、长远的眼光来审视历史、观察现实、思考未来，更好地汲取历史经验，从中获得现实和长远的教益。

“纪念抗美援朝战争胜利，就是要为维护世界和平与人类进步事业而奋斗。抗美援朝战争的硝烟已散去50多年了，但那场惨烈的战争留给人们的伤痛和记忆，绝不会随着时间的推移而消退。适应当今世界形势的深刻复杂变化，进一步营造和平稳定的国际环境、睦邻友好的周边环境、平等互利的经贸环境、互信协作的安全环境，是中国实现和平发展的必然要求，也是推动建设持久和平、共同繁荣的和谐世界的必由之路。朝鲜半岛同中国山水相连，维护朝鲜半岛和东北亚地区和平稳定，关系世界和平稳定大局。中国在这一问题上的基本立场和政策主张是一以贯之的，就是要致力于维护朝鲜半岛和平稳定，通过对话和谈判等外交手段解决分歧，实现朝鲜半岛问题的最终彻底解决。

“纪念抗美援朝战争胜利，就是要大力弘扬抗美援朝精神，为坚持和发展中国特色社会主义提供强大精神动力。抗美援朝战争是对新中国凝聚力和战斗力的严峻考验。伟大的抗美援朝精神是全国各族人民同仇敌忾、克敌制胜的强大精神力量。今天，我们要把弘扬伟大的抗美援朝精神同弘扬以爱国主义为核心的民族精神和以改革创新为核心的时代精神结合起来，巩固全党全国各族人民在新形势下团结奋斗的共同思想基础，最大限度地凝聚全民族力量，万众一心地为夺取全面建设小康社会新胜利、坚持和发展中国特色社会主义而不懈奋斗。

“纪念抗美援朝战争胜利，就是要继续建设和巩固强大的国防和军队，为维护我国安全与世界和平作出新贡献。中国一贯奉行防御性的国防政策，我们推进国防和军队现代化建设，不为了称霸，不损害别人，不威胁别人，不搞军备竞赛，而是为了维护国家主权、安全和领土完整，同时也为维护世界和平贡献力量。我们要坚持不懈地把我军革命化、现代化、正规化建设推向前进。要大力弘扬我军光荣传统，大力培育当代革命军人核心价值观，把全军干部战士的智慧和力量凝聚到中国特色军事变革上来，凝聚到实现我军现代化跨越式发展上来，凝聚到提高以打赢信息化条件下局部战争为核心的完成多样化军事任务的能力上来，更好地履行新世纪新阶段我军历史使命。”

刘鉴，2016 年春于广州

第一篇　剑指川渝

毛泽东："在大陆的最后决战在四川。"

蒋介石："在大陆的最后决战在四川。"

解放军的剑锋指向国民党重兵死守的川渝。

第一章
夜黑，盼天明

1. 进出兵工厂

在湖南长沙果园乡老家的时候，乡亲们都认为我是个了不起的文曲星。有一次，我对两头水牛踏坏庄稼问题的处理，成为老家处理赔偿纠纷的典范，一直以来都被人津津乐道。那件事一直让我沾沾自喜，更加坚定了自己通过读书找出路的信心。

那是1946年的夏天，村里二狗和山花放牛时都没看管好自家的牛，结果二狗家的公牛和山花家的母牛在我邻居陈四娭毑①的稻田里交配，踩坏了一大片即将收割的水稻。那丘稻田是陈四娭毑家从村里地主那里租种来的，踩坏了水稻就交不起租，更没了口粮。陈四娭毑急得晕死过去，隔壁黄郎中死死掐住她的人中才使她缓活过来。黄郎中做主，叫二狗和山花家赔陈四娭毑家的损失。山花叫二狗家赔，理由是二狗家的公牛强奸了她家母牛。二狗死活不同意，说是山花家的母牛发情勾引了他家的公牛。黄郎中就让他俩各赔一半，他俩僵持着不肯。于是村里人把我喊去处理。我的处理意见是山花家赔三分之二,二狗家赔三分之一。山花和二狗还是不肯，生气地质问我怎么算出来的。我说两头水牛交配时，公牛只有两条腿着地，母牛却有四条腿着地。全村人一听都拍手叫好，山

① 长沙方言，即老奶奶。

花和二狗没办法只得都依了。

那年我 18 岁，初中刚毕业。

陈四姨驰对我很感激，也更加佩服我的聪明才智。所以，她的儿子陈新骥把她一家老小带到“首都”重庆[①]以躲避老家战乱时，她叫新骥哥把我也一起带到重庆，这为我的人生打开了另一扇窗。

我到重庆时正赶上位于嘉陵江簸箕石码头的二十一兵工厂[②]技工学校招生。我以优异的成绩顺利考入，在技工学校我读书很用功。学校的伙食也不错，我长得既高又壮，师生们羡慕地说我像是俄国大力士。我希望自己像新骥哥一样成为一名工程师。

谁知在 1949 年，我由一名技校学生、兵工厂工人、高中学生变成一个流浪汉，求学的梦想被时局无情地击破。

那年初，21 岁的我以学科文化成绩和生产实习成绩总分第一名的优异成绩从提前毕业。在技工学校优秀毕业生光荣榜上，我的名字“谭国雄”显赫地排在第一位。

毕业本该在夏天，但受时局所迫，技工学校实在办不下去了，我们那一届只能提前毕业。学校贴出公告，不再招生。

毕业后我们全部被分配进由国民党部队管辖的二十一兵工厂当工人，从学徒工做起。我被分配进步枪所当学徒工，跟着师傅日夜不停地造步枪。

步枪所是二十一兵工厂最大的一个部门，生产步枪的厂房有三十二栋。我分配在步枪所的木托部。我的师傅吴坤山是木托部的领工，重庆本地人，那时已六十多岁了。不久后，吴坤山师傅成为拯救兵工厂的大英雄。

---

① 重庆在抗战时期为国民政府“战时首都”，抗战胜利后被定为“永久陪都”。1949 年 10 月，在中国人民解放军势如破竹的攻势下，国民政府再次迁至重庆。

② 当时中国最大的兵工厂。抗战时期二十一兵工厂生产的武器弹药占全国所有兵工厂产量的一半以上。

当时我有一个被同学们称为“毛病”的特点，当然这“毛病”后来成为我的特长——即使加班工作再晚，我也要写完日记才睡觉。这是我在技工学校念书期间，受校长俞濯之的影响而养成的一个习惯。遗憾的是，很多记于烟盒纸上的单张日记，在后来的多次迁徙中丢失了。写日记的习惯在我后来当兵、提干及工作的多个关键环节发挥了重大作用，因此，我很感谢自己的这个习惯。

我不是一个好斗分子，我向往和平与安宁。我曾在日记里写道，这些枪支弹药，是用来打共产党的部队的，我感到良心的不安。我希望兵工厂生产的枪支弹药不要朝中国人开火。幸运的是，不久，我们生产的枪支弹药还没运往战场，除一部分被炸毁外，其余全被共产党的部队缴获了。

那时候，受北方战事影响，我们工厂职工的工资不断缩减。起先说暂发一半工资，后来仅供饭菜，停发工资。不久，职工们连饭也吃不饱了。在这时候，二十一兵工厂保卫处招兵，不少职工报名了，也有不少如愿当了兵。照理说我这样的大个子只要肯当兵就一定能当成，但我不愿意。我向来看不惯在重庆街头招摇过市的国民党兵的狗模狗样，进厂后更看不惯保卫处的那些老兵油子吃喝嫖赌的德行。工友们曾私下里议论，眼下国民党跟共产党打仗，是乌龟爬门槛——铁定摔跟头。

填不饱肚子就没有积极性。我越干越不愿干，于是找我的两个同乡商议。他俩既是我的长沙同乡，也是我的技校同届同学。我说我们这样替国民党生产炮弹打中国人是大逆不道的，我们应该逃出工厂，继续报考念书以寻求光明的出路。

我的想法得到了他俩的同意。我们合议：先考进一所普通高中读一个学期，秋季报考重庆高工或中央工校。

我们三人利用工厂放假的一天，一起到嘉陵江北岸的志成中学求学。结果只有我一人通过了志成中学的面试。

志成中学春季开学的前一天，我在那两个同乡的帮助下成功逃出兵工厂。

兵工厂门口设有岗哨，职工拿任何物品出厂都必须出示出厂证。我不可能弄到出厂证，而我是一个不占一文的穷光蛋，生活的困顿不允许我舍弃我的破棉被和烂衣服。我想出一条妙计，用破棉被把衣服和书本包起来并捆成一团棉包，空着双手经过岗哨出了厂，再绕到宿舍区围墙外。两个同乡帮我把捆紧的棉包扔过来。我背起棉包就逃了。

我在志成中学念完了一个学期。暑假，我借住在陈新骥家。新骥哥是二十一兵工厂的一位课长，西北大学毕业的军械制造专家，一直是我崇拜的人。

8 月初的一天，重庆高工和中央工校举行入学考试。重庆高工的入学考试在上午，中央工校的入学考试在下午。

新骥哥的大姐文义姐给我两块钱报名费、过河费和餐费。那天一大早，我坐轮渡过了河，步行到重庆高工参加了考试。再空着肚子步行到沙坪坝参加中央工校下午的入学考试。我舍不得花钱买东西吃，考试起来并不觉得饿。在蒸笼一样的考场里，我几乎没有出汗，因为我一整天没喝一口水。那时候茅厕里没水，所以我找不着水喝，好在也不觉得渴。

考试前我就跟新骥哥、文义姐商议过，如果我两所学校都考上了，就读中央工校，因为中央工校学员的待遇更好，除了全部公费外，每年还给学员发两套衣服，毕业成绩合格还可直升兵工大学。

8 月中旬的一天，邮差同时送来两校的录取通知书。看到录取通知书我欣喜若狂，但通知书上的内容让我由狂喜顿时转为透心凉。两校通知书的大致内容是：受时局影响，办学经费紧张，决定取消公费制为自费制，学生每学期收取学费、伙食费和大米若干，入学时一次性交清。

我记得中央工校要求学生每学期交大米 460 斤。

我到哪里弄学费、伙食费和 460 斤大米呢?

“算了，我不念书了!”我内心伤痛地跟新骥哥和文义姐说。

新骥哥和文义姐确实无能为力，他们默认了我的选择。

别无选择，我只好放弃了求学梦。

我感觉我的前景一片漆黑，我看不到未来。

2. 在饥饿中流亡

求学梦破灭后，我加入了国民党暗中操纵的“重庆流亡学生队”。

当时，辽沈、淮海、平津三大战役后，国民党军队的主力被解放军消灭殆尽，国民党的统治摇摇欲坠。

1949 年 4 月 23 日，南京解放。

5 月 27 日，上海解放。

蒋介石将白崇禧集团和胡宗南集团的主力撤往西南，集结于川东、川北一带，以重庆为据点，固守西南，等待国际形势的变化。

由于听信了国民党反动派的宣传，河北、河南、湖北等地的一些学生纷纷逃来重庆。为网罗这批从北方涌来的学生流浪汉，并企图利用他们作为反共力量，8 月下旬，重庆市教育局出面成立了这支“重庆流亡学生队”。重庆市政府将一些国民党特务安插在这支队伍中。

重庆市教育局称，政府将为“重庆流亡学生队”提供吃住，还会把他们分配到各类大中学校念书。

我当时正处于失业与失学的困境里，又不好意思长期在新骥哥家蹭饭吃，便和技工学校、志成中学的几个同学一起伪造了几张石门中学毕业证书混进了这支流亡学生队。

“重庆流亡学生队”队址设在南岸的西南工大内。队里每天给每个流亡学生免费提供“一稀二干”。早上的一顿稀饭照得出人影，中午和晚上的两顿干饭，饭不够菜更不够。流亡学生们吃不饱，常溜出去偷附近农家的鸡、鸭和蔬菜，有的甚至把鹅和狗等大型家禽家畜偷回来宰了吃。

8 月底，西南工大开学，西南工大的返校学生要把我们轰走。我们当然不肯轻易放弃本已属于我们的队址，纷纷拿着桌椅板凳和砖头跟西南工大的学生们干了几仗，双方都有人伤亡，但毕竟西南工大人多势众，我们伤亡更大，被迫撤离。

我们搀扶着伤员到重庆市教育局门口讨说法，市教育局请示上级后给我们制订了两条路：一条路是动员一部分流亡学生到台湾念书，另一条路是动员流亡学生参加“青年卫国游击队”去打共产党的军队。

这两条路都有不少人选了，但我都没选。

到遥远的台湾去，有生死未卜的不祥之兆，我不愿意。虽然听教育局说共产党“共产共妻”，但我之前听说过共产党的军队抗日的故事，现在让我去打共产党的军队，我既不乐意，也不敢。

9 月 2 日，重庆市区烧起一场大火，一连烧掉好几条街，烧死市民近万人。焦黑的尸体、棺材当街摆放，哀号、恸哭声不绝于耳。重庆国民党政府声称是“共产共妻”的共产党人干的，鼓动市民拿起手中的武器抵抗即将到来的共产党军队。但大多数市民根本不相信国民党政府的话。

市教育局在剩余的流亡学生的强烈要求下，于次日上午组织了一次考试并立即进行了阅卷。我的分数上了线，被分配到唐家宅的戴英中学读高中。

当天下午，我和其他被分配到戴英中学的流亡学生赶到学校报到，不料戴英中学以教育局未加拨款为由拒绝接收。我们返回西南工大时，流亡学生队已迁去成都。

短暂的流亡学生生涯就此画上句号，我变成一名街头流浪汉。我当流浪汉的日子虽不长，但那种饥饿和荒凉的感觉令我终生难忘。

那天离开西南工大，天色渐晚，我强忍着饥饿和干渴走在街头。天越来越黑，接着一阵一阵的风刮过来。我看到乌云从北面铺天盖地地压了过来，傍晚的天空黑得好像午夜。紧接着狂风大作，有钱人家阳台上的花被吹得东倒西歪，倒霉的人会被花盆砸伤或丧命。伴随着狂风而来的是隆隆的雷声和倾盆大雨。一时间，整座山城好像泡在了水里。

我在响雷刚刚滚起时跑进江边的桥洞里。我知道睡眠能减轻体能消耗，便在桥洞里找了一块被人遗弃的破凉席，蜷缩着听着雨过了一夜。

第二天醒来发现身上有很多红色的斑斑点点，也许是破凉席下的砂石硌的，也许是虱子蚊子叮的。我管不了那么多，痒了就抠，疼了就揉。

我有时实在饿得不行，就去那些做红白喜事的人家打打零工。在这些人家，我打工前就可以吃一顿，不像在那些建筑工地，得累个半死后才管饭。可是并不是所有做红白喜事的人家都愿意找我当帮手。有时他们会厌恶地驱赶我这个衣衫褴褛的流亡人。

当街道流浪汉的那十来天，我几乎每天都饿得头晕眼花，我常常感觉自己快要成为重庆街头的一具饿死鬼了。

在我的“霸占”下，桥洞下那张破凉席成了我过夜的专利。离我五六十步处是我的固定邻居——五个乞丐。他们常吃得饱饱的。其中唯一一个约三十岁的女乞丐虽然穿得破烂，但得到那几个男乞丐的宠爱。经过观察，我发现她基本不需要出去乞讨，总吃男乞丐们带回来的东西，她有时还能啃肉骨头。有几次借着斜照进来的月光，我远远地看见有白色屁股像白色的猪一样压着她拱动。

我蜷缩着难以入眠，我常想起我家在长沙果园乡的烂茅房，想起烂茅房里的母亲和哥哥姐姐们。

每次想到母亲和哥哥姐姐们，我就难过得想流泪。如果母亲看到她寄予厚望的儿子谭国雄在重庆成了衣衫褴褛的流浪汉，一定会心痛如绞的。

那些日子，只有一床烂草席陪伴我。好在那时秋天，天不冷，我虽然饿得像散了架，但不至于受冻。有一天，我在大街上找零工做，正巧遇到志成中学的一个同班同学毛青山。

毛青山和他的家人请我吃了三顿饱餐，让我终于没有变成饿死鬼。

毛青山的父亲是市内一家米厂的厂长，因时局的关系，他父母想叫他转学到市内沙坪坝的南开中学去念书。

重庆南开中学是当时重庆市中学生心中的求学圣地，当然也是我心中的圣地，但我迫于现实不敢奢望成为南开中学的一员。九一八事变后，华北形势危急。为保证教育工作不因时局变化而中断，并实现将天津南开学校办到全国各地的理想，天津南开中学校长、著名爱国主义者、教育家张伯苓先生于1936年在重庆沙坪坝创办南渝中学，取“南开在渝办学”之意。次年，天津南开中学被日军战机炸毁。为表示南开生命之延续，宣扬长期抗战的不屈信念和坚定决心，南渝中学更名为重庆南开中学。

虽然米厂的厂长托人找了关系，但重庆南开中学对教学质量要求甚高，不肯直接接收，对凡申请中途转学的学生都要组织一次考试。毛青山数学基础差，担心考不上，请我替考。

我对考场和老师向来是恭敬的，替考那种弄虚作假的事我从来不做。但我的肠胃实在饿得受不了了。毛青山说：“如果你帮我考过了，我父母一定会好好酬谢你的。”

我于是违心地答应了他，接过了他的准考证。

那天考试前，为了不至于饿晕，毛青山给我买了一碗加量的三鲜面。

我饿惯了的肠胃已经不能适应撑饱的感觉，一大碗三鲜面下肚，很快就拉了一次肚子。

拉完肚子就进了考场。进考场后我才发现，南开中学的监考极严。考场有四位老师监考。他们有的负责发卷，有的负责核对准考证，有的瞪大眼睛来回巡视。一位年纪稍长的监考老师先严肃地说了一通考场纪律，就几乎把我吓得半死，一下子又有了拉肚子的感觉。好在我坐在考场左边最后一排，两位监考老师从右边第一个座位开始核对准考证。核对中，有几个考生被清出去。我以极快的速度做完十道题中的七道题，在监考老师即将核查我的准考证时，我感觉腹泻已经无法把持。我把试卷和准考证放在桌面，捧着肚子迅速离开了考场。

见我这么快出了考场，毛青山哭丧着脸迎上来问：“谭国雄，你被查出来了？”

我没顾得上回答，直冲进厕所。

我从厕所里出来，毛青山已躲起来——他担心作弊被抓。我离开学校两三百米后，他才跟上来，问我是不是被监考老师抓获了。

“没有。保你及格！”我满怀信心地说。

毛青山喜出望外，问明缘由后，又买了一笼肉包子，让我带走。

三天后的下午，毛青山找到我，邀我去他家，既为感谢我替考，也为祝贺他被南开中学录取。那天他父亲到米厂上班去了，他母亲亲手包肉饺给我们吃。

那是我平生第一次吃饺子。在毛青山和他母亲的陪敬下，我一共吃了六打共 72 个肉饺。

吃了饺子，聊了一会儿天，我该告辞了。毛青山的母亲知道我处境困难，特意送我一只搪瓷脸盆、一条毛巾、一双胶鞋、一双棉袜和两块钱金圆券。

就在我即将离开他家时，毛青山的父亲回来了。他叫妻子加送了十斤米给我。

那天晚上，我把自己替考“赚”到的这些东西提到了新骥哥家，也借此在他家又住了些日子。

3. 拉人力车

进入 11 月，凉意袭人。树叶像薄情寡义的人，纷纷离弃了与其相守了春夏两季的树枝。

一天，我从新骥哥家出来，在大街上找零工做，正巧遇到我在志成中学的同班同学、好朋友杨志成。我惊讶地发现，他已成了一名人力车夫。

他那天早上拉一个富人从南岸到江北来，刚收了钱，心情好得很。他大概跑得累了，也有些饿了，见我一个饿鬼样子，于是拉我一起进了路边的一家包子铺。

他的模样让我惊讶不已。他已经是一个健壮的青年了，由于常在外面跑，皮肤黝黑，臂膀粗大有力，胡须也浓密多了，学生时期的痕迹已经看不出来了，我甚至有个错觉：这人是杨志成的胞兄。

看得出，他的生活状态很好。他告诉我，虽然常日晒雨淋，也有时候会受些委屈甚至挨打挨骂，但赚钱容易，日子过得刺激。

他得意地告诉我一件事，有一天晚上，他拉一个官员模样的人从胜利路到观音岩，起跑没多久，一群黑衣人突然从前面的胡同里钻出来朝他车上开枪，车上的官员中了弹，带伤跳车跑进了胡同。黑衣人立即追去。当时谁也没管他的车。他看到车上有个大皮箱，拉着车狂奔回了出租房。回到出租房打开皮箱，看到里面有呢绒衣和羊毛衣，还有三根沉甸甸的金条。

我一听惊讶不已："你没上交？"

"交给谁？交给国民党政府？他们贪得还不够吗？"杨志成一脸的嘲讽和得意。

"跟着我拉车吧！"到底是好朋友，杨志成当即决定带着我干。

我当然求之不得。

我没钱去车行租车，更买不起车。杨志成带我找到一个被"坐白车"[①]的国民党兵打伤了的老车夫。这车夫脚瘸了，拉不了车，车闲置着心里很急。他同意让我租他的车五天，每天收三块钱租车费。

三块钱对我来说是个天文数字。杨志成告诉我："运气好的话，三块钱跑两趟就挣回了。剩下的全归你！"

杨志成替我预交了十五块钱，算是五天的租金，另交了八十块钱押金。

① 坐车却不给钱。

租来的这辆车虽然不算特别高级，但也让我大开眼界。车身保养得很好，金属外壳溜光发亮，上面还轧有西洋纹饰。车棚是黄帆布做的，防雨防晒，可以折叠。车棚内的座椅很宽敞，能坐得下两个成人。黄铜做的脚踏板，又宽又结实，除了可以放脚，还可以放一两件行李。车棚前面有一块布帘，放下来可以遮风挡雨，还可以藏脸，但一般达官贵人和少爷小姐都不愿意拉帘，为的是在街面上显示他们招摇过市的派头。车棚两边各安有一个带玻璃罩的煤油灯。这两盏灯不光是为了照明，主要是提醒过往车辆和行人避让。前面车把上有一个橡胶做的红色的洋号，洋号后面是一个黑色的皮球，车夫用手挤压皮球，洋号就会发出“狗拉——狗拉——”的声音。难怪重庆人叫人力车为“狗拉狗”——把车夫和乘客都骂了。脚踏板上还有一个圆形的铜铃铛，乘客心急时可以踩蹬铃铛，铃铛就会发出“狗蹬——狗蹬——”的声音——这就只骂乘客了。

我没拉车的经验，路也不如他熟。我只租了五天的车，碰坏了车就得不偿失了。所以我决定那五天内就跟着杨志成跑，一般不单走。只有在我认识路且路途不远的情况下，我才考虑单走。等摸熟了行情熟了路之后，如果行情好，我就再找辆车租着拉。

杨志成的经验一套一套的，并且很实用，如民族路、中正路、棉花路、打铜街、朝天门到嘉陵江码头一带，银行多，有钱人多，坐车的路途不远，但多半是到码头乘船的，一般大人孩子多，行李也多，他们给车费一般都不含糊。民国路、保安路、民权路、磁器街到和平市场一带，坐车的人多，生意好，但抢生意的人力车也多，行业竞争较大。富成路、捍卫路、胜利路、夫子池到红十字街一带，妓院多，一趟车就拉个妓女或寻欢的男人，跑得轻松，乘客给小费不眨眼。中二路、中三路、中四路、国府路、枣子岗垭到张家花园一带，政府机关多，住着达官贵人。他们一般要车就是三五辆，成群成群地参加舞会和宴请之类，经常是一个乘客把几辆车的钱全付了，还常常不要找零。

杨志成告诉我，我跟着他拉车的那几天，是他干人力车以来遇到的生意最好的几天。解放军攻打重庆的消息一天比一天传得急，达官贵人们开始溃逃，一批又一批的人从张家花园等地往机场、码头逃命。人多车多，路常堵着，不少客人刚坐一两分钟，见车堵着，便自认倒霉地提着行李下车步行，车费照给。我们还看到有当官的行李被挤掉，由于人多却没法捡回，让路人捡了逃去。

跟着杨志成拉着车跑了四天半，我除掉还他的十五块钱租金，还赚了十九块钱。

那是第五天的傍晚，天上下着绵绵冷雨。我准备抓紧时间跟着杨志成多跑几趟，再去找那个瘸脚车夫把他的人力车续租个把月。

就在那天傍晚，杨志成的一次冲动行为，终结了我们的人力车夫生涯。

那时我和他在两浮支路拉上一户当官的人家去牛角沱码头。那户人家三大三小，还有几个箱子。这户人家的小姐曾经包了杨志成一个学期的车去上学，所以很熟。但这人家却不肯按原来讲好的价给钱，理由是他家小姐常旷课，没让杨志成拉去拉回。这天杨志成没再纠缠以前车费的事，让两个大男人带着行李坐了他的车，让一个女人带着三个孩子坐我的车。我俩拉着他们就往牛角沱码头跑。天下雨，路很滑。一路上，杨志成车上脚踏板上的铃铛一直被那两个大男人踩蹬着，听起来像催命似的。路上人多车多，我们没办法跑，只能见缝插针，走走停停，杨志成的背上挨了几拐杖。我车上的女人和孩子也对我骂个不停。终于到了码头，人家却不肯给钱，骂我们耽误了他们的时间，害得他们一会儿上船没有好座位，还说他家小姐以前没坐车但支付过钱了。杨志成不肯，对方却一拐杖打来，正击着杨志成的脑袋。鲜血顿时流了出来。

杨志成摸了一把脸，看到满手鲜血，一时火起，趁那个打人的男人准备提行李没防备，猛地把车往那男人撞去。那男人猝不及防，重重地摔倒在地。他来不及爬起来，就被蜂拥上船的人群挤跌江中。

江水很急，那男人跌下去就不见冒头。我被杨志成脑上脸上的鲜血和那男人的沉江事件吓蒙了。杨志成在一伙人的尖叫声中拉起我迅速逃离了现场。

第二章
打仗就是这么回事

1. 抓壮丁

杨志成拉着我一口气跑过几条街才停下来喘气。

我租的车是没法还了，不还车就不能退押金。杨志成说："算了！押金我替你交了，等于赔了它一辆新车。"

我先陪杨志成去了一家诊所，给他的脑袋止了血。好在伤得不重，郎中说缠个布包就没事了。

接下来该怎么办呢？

杨志成说："掉江的狗官是宪兵三十四团的，我担心他们没坐船离开。咱不能被他们抓着。现在重庆兵荒马乱，解放军正从四面八方打来，重庆很快就完蛋了。你跟我回彭水逃命吧！"

我知道，彭水是他老家。见我犹豫不决，杨志成补充说："等躲过这一难，咱们可以再出来混。"

我想想也好，先保住命要紧。但我不知道"重庆完蛋"意味着什么，解放军占领重庆后我们还能出来赚钱吗？

我本打算去新骥哥家说一声，但担心太晚打扰到他。想着只是去彭水躲一阵就回来，也不碍事，就没去跟新骥哥家道别了。

杨志成带我去他的出租房睡了一晚。第二天天还没亮，他提着行李——那个中弹逃跑的官员遗留在他人力车上的大皮箱，带着我逃离重庆。

我俩一会儿跑，一会儿走，一会儿爬车。他说只要是往东南方向开的车都可以爬。但皮箱太大了，爬车不方便，我们的目标是因路堵而速度迟缓的货车。

那天的运气真不错。我俩爬上一辆煤车，煤车司机也是彭水人。杨志成用苗语跟司机聊起天来——原来他俩都是苗族同胞——司机是彭水县梅子垭人，送煤去郁山镇。

杨志成的家刚好就在郁山镇。

在煤车上待了整整一天，天快黑时，我们终于靠近了郁山镇。持续不断的雨水把那里的公路泡得稀烂，一个坑一个坑的，坑里的稀泥有大半个车轮深。煤车轮子直打滑，不能往前开了。

煤车司机请我俩帮忙，走路进郁山，通知买煤的人家人工把煤挑回去。

我俩欣然答应了。煤车司机捎我们坐了车，我们理当回报司机。于是，我俩一起扛着大皮箱，深一脚浅一脚地往郁山走。

细雨打湿了我俩的身子，泥泞淹没了我俩的脚背。鞋子早就甩掉了，我俩光着脚在泥水里蹅。我俩从重庆市区出来，穿得不多，加上腹中饥饿，更显得冷。

这时，迎面来了一队的人马。

天快黑了，并且雨天阴沉，我们看不清他们的模样。走近一看，发现这队人马的衣着跟重庆的国民党兵一样，穿得还算工整，但滚得跟泥人一样，显得十分狼狈。他们除了人，还有一大批马和骡子。马和骡子拉着炮。如果不是炮管、炮座上被雨水淋出铁和英文字母来，我还以为是泥做的土炮呢。

只有一条大路，躲也没法躲。我俩装着没看见，一声不吭地扛着皮箱往前走。

“喂！郁山怎么走啊？”前面一个当官的停下脚步朝我们问话，语气比较温和。

“往前边拐个弯就到了。”杨志成回答。

“带我们走！”那当官的语气突然加重了。

我们都司空见惯了，国民党兵就是这德性，说翻脸就翻脸，不如意就挥拳甚至开枪打人。他们人多势众，又都带着枪，我俩不敢违抗。

“反正是顺路，带路就带路吧。只怕这伙人不是好人，抢我的皮箱，缠着我们耽误我们通知人家挑煤呢。”杨志成一边走，一边悄悄跟我嘀咕。

他们拖着炮，人马走得很慢。眼看着天就全黑了。我俩心里很急。

走了个把小时，终于到了郁山镇上。

郁山镇比我想象中要大一些，比我的老家的乡镇热闹多了，一条逾百米的街道，几乎家家亮着灯，旅馆、酒楼的旗子在风雨中招晃。正是吃晚饭的时候，街上飘荡着饭菜和摊边炸油条、爆米花的诱人香气。后来我才知道，郁山自古以来就是产盐区，富甲一方。

“长官！郁山镇到了！”杨志成回头朝那当官的大声说。

人马中的士兵们开始起哄：“我们饿了！就在这里吃饭睡觉吧！”

那当官的吼起来：“你们他妈的不想活了是不是？想在街上当靶子啊？共军眼看就追上来了！”

然后，那当官的转过头来朝我俩下令：“继续带路，带到前边村庄里去！”

我和杨志成都明白了：这是一伙溃逃的家伙，他们担心共军追击，打算逃到前面村庄里吃饭过夜。当然我们当时并不知道，共产党的解放军已经打响入川战役，我们带的这伙人马是在鄂西吃了败仗的国民党兵，他们准备退守川东，撤往重庆。

“我家就在前面村里。这伙人有两三百号，我村庄可要遭殃了！”杨志成边走边悄声说，“村庄里的猪啊鸡啊，今晚会被他们全部吃掉。他们抢人家的床铺，我爸妈和村里人住哪儿？”

到了街尾，路又暗下来。

“停下！先戴上这个！”当官的朝我俩喊。

我和杨志成停下来。一个士兵把两顶帽子递给我们。

我正想道谢，却看到这帽子是国民党的军帽。

这不是拉壮丁吗?！我心里一惊，与杨志成对视了一眼。

“戴吧！戴吧！当草帽遮遮雨！”杨志成低声说。

我俩乖乖地戴上军帽。

那士兵只递给我们军帽，并没有让我们穿军装。也许他们不愿我们把军装弄脏了，也许他们根本就没有多余的军装。

“把他们的箱子放到骡子上！”当官的命令士兵。

“长官不要啊——”杨志成明白，这是在抢他的箱子，他急叫起来。

急叫是没有用的。他的装着呢绒衣、羊毛衣和金条的大皮箱被士兵夺下，丢到骡子拉的炮身上。

“这群狗日的！”杨志成绝望地骂。

我无奈地看着他。黑暗中，杨志成的模样很滑稽。刚才还是一个缠着布包的受伤的车夫，瞬间就变成一副歪戴着帽子的国民党伤兵模样了。

2. 闯下大祸

进村的路立即变窄了，并且有一段一里多长的岩边山路。过了山路有一段位于悬崖边上的陡坡。谁都不曾预料，那里成了两三百国民党官兵狗命归西的坟场。制造这场轰动一时的事件的人，就是杨志成和我。

我和杨志成在前面走没事，国民党的大部队却越发显得狼狈了。

那当官的大概是妒忌我俩光手光脚走得轻松，便命令我俩挑罗锅——炊事班用的大铁锅，尖底的，不像炒菜用的平底锅。

“这些狗东西，打仗打不过共军，就会欺侮老百姓！”我挑着罗锅，愤愤不平。

“煤车司机还在等着主人家挑煤呢。唉！都被这些畜生给害了，”杨志成比我更气恼，“一会儿还不知道这些畜生怎么糟蹋我爹娘和乡亲们！”

罗锅不沉，我俩走得快。虽然当官的不停地命令我俩慢点走，但我俩跟大部队拉开有上十米的距离。

天越来越黑，已是伸手不见五指。

杨志成不断地提醒我，这边是悬崖！悬崖下是大水塘！这里是陡坡！这里有泥坑……

刚吃力地爬上一个陡坡，突然，杨志成低声叫我卸下罗锅。

我知道他肯定有了主意，却不知道他要干什么。我将罗锅卸下肩时，看到他猫着腰的黑影在拖拉他的罗锅。他将我的罗锅拉了几下。我看不清，但我知道他在将罗锅摆在路上。我瞬间意识到什么，心里感到一阵紧张和兴奋。

他忽地站起来，拉着我往旁边的树丛里钻。

钻进树丛里，我俩贴着地面蹲着，大气不敢出。

不到一分钟，大部队就炸开了锅。

先是铁锅哐哐的声音，接着就是人摔马叫的声音，接着就是哗啦哗啦集体坠崖的声音。

听这动静，我估计有上百人马跌下悬崖了！

“跑！”杨志成拉起我就跑。

我俩蹚着浅水跑。水里的泥很深，凭感觉大概是水田。因为都光着脚，水田里泥很滑，我俩不知摔了多少回，头上的军帽早就没影了。但我啥都不管，一个劲地跟着他跑。

也不知跑了多远，我俩跑到山凹凹里。

杨志成不敢回他家，因为担心那股国民党官兵寻到村里报仇。他也不敢去村里报信。他声音颤抖：“从那地方掉下去不是摔死就是淹死，这祸闯得不小！被他们抓到，把我俩剁成肉酱都不解恨啊！”

我俩摸到一个山洞，剧烈跳动的心脏才稍平静。杨志成兴奋地推测悬崖边发生的事情：兵踩到罗锅，罗锅把骡马铲倒，骡马把后面的兵掀翻，骡马身上的大炮从陡坡滚下去……

就这样推测着，惊吓着，在山洞里过了一夜。

那一夜，冰冷的湿衣服贴着身子，脱掉也冷，穿着也冷。我的身子一直在发抖——既因为冷，也因为紧张和兴奋。第二天天刚蒙蒙亮，我们就离开山洞，到昨晚的地方观察情况。

杨志成感冒了，额头有些烫手。我只是冷得难受，身体没事。

杨志成带着我悄悄地往昨晚出事的悬崖边走。

我俩不敢直奔事发地点，我俩绕着道走到事发地点的上游。

眼前的景象把我俩惊呆了：悬崖下的大水塘里四仰八叉地躺着尸体，浮着人、马、骡。没见一个动的，全是尸体！大炮、重重叠叠的人和骡马的尸体将悬崖下的小河壅塞住，河水漫上来，淹过长满枯草的堤岸。拥有美式装备的几百人马，竟这样被我们两个手无寸铁的青涩小伙子在瞬间消灭了。

天啊！

祸闯大了，但既然那些官兵都死了，也就没什么可怕的了。我的心脏狂跳了一阵后，反倒镇定下来。杨志成带着我回了他的家。他当时没惦记着他那只宝贝箱子的事，大概是他不敢下去找箱子。

那天，杨志成的村子里像捅破了天。村民们很快发现了悬崖下的事，有的捡枪支，有的抢死骡死马，有的拉大炮，还有的收尸。

听说，收尸时发现了几个摔伤没死的，好心的村民把伤员背回家治疗。

我和杨志成担心走漏消息——那可是掉脑袋的事——没有向任何人透露，包括对杨志成的家人我们也守口如瓶。

事过几十年后，还有村民不断在彭水郁山一带捡到破枪烂铁。2007

年，流经大水塘的长溪河[①]发大水，把那次掉下去的一颗六零炮弹冲了出来，上面US标志清晰可见——那是当年美国配给蒋介石与解放军打仗的美式武器。也许，那场惊心动魄的事件中遗留下来的枪弹，还将陆续被当地村民发现。

3. 红雪地

由于担心被村民背回家治疗的国民党伤员认出来，杨志成不敢在家里过夜。我跟他商量，决定立即返回重庆。

我俩在他家里吃饱饭后就离开了家。打算沿着公路边走边爬车。走了不远就到一个叫木梁山的地方。

不料刚拐个弯，迎面就遇到一支部队。我俩吓得赶紧往回跑。

“老弟别怕！我们是解放军，是人民子弟兵！”这支部队有人朝我俩喊。

碰到解放军了？他们是人民的子弟兵？我俩疑惑地停下来，回头看着他们。

这的确是一支不同于国民党兵的部队。虽然也是满身泥泞，但给我们的感觉是精神饱满斗志昂扬。

我俩站在原地，他们已走过来。我们发现这支部队的着装明显不同于国民党兵。也戴着帽子，但帽子是软布的，不像国民党的军帽那么硬朗。软布帽前面有一颗鲜红的五角星——一位名叫埃德加·斯诺的美国人所著《红星照耀中国》里提到过的鲜红的五角星——我当时听说过那本书但没看过，特别引人注目。军装也是软布的，跟我们身上的布料几乎没有差别。但皮带捆扎在腰上，软布军装就显得格外威武。

① 现称阿依河。

走在前面的军官得知我俩准备去重庆，和蔼地说："我们就是要去解放重庆。跟我们一起打到重庆去吧！"

我心存戒备，紧张地盯着那个军官和他的士兵，准备伺机逃走。杨志成却大方地问："管饭吗？"

"管！管饱！"军官笑眯眯的，用力地点头。

"行！跟你们去重庆！"杨志成爽快地答应了他。

就这样，我俩跟着这支部队行军了。军官告诉我们，他们的部队叫"绥远三支队三大队第九区队"，他叫孟志清，是分队的指导员。

行军途中，我俩发现这支部队丝毫不欺侮人，不强迫我们干重活，更不拉壮丁；相反，他们很关照我们。我俩还发现他们纪律严明，不扰民，并且官兵一致，互敬互助。我俩很快喜欢上这位和蔼可亲的孟指导员，也很快喜欢上这支精神饱满的部队。

孟指导员把我俩托付给分队后勤股的徐股长。孟指导员是徐股长的同乡，又是多年的亲密战友，年纪比徐股长大一轮。他交代徐股长："老伙计，这是两位老百姓，拜托你负责照看好他们！"

我俩跟着后勤股的徐股长，由彭水县沿乌江东岸西进，先后途经火炉铺、白果铺、小岩门、土坎，快速行军行了七八天。那几天晴天少，雨天多，还下起了雪。行军真是苦啊！日也行，夜也行，一会儿上高坡，爬雪山，一会儿走沟壑，蹚溪水。有时候运气好，遇到有老百姓的村庄，孟指导员他们就跟老百姓商量，住到屋檐下、牛棚边、地坪里。第二天一早离开前，战士们会自觉地帮老百姓把家里的水缸里挑满水，帮他们把牛棚、屋檐、地坪打扫干净。整个分队没有一匹马和骡子，重机枪、迫击炮都由人扛。很多人的鞋磨烂了，光着脚走，脚底磨破化脓流血。队伍走过，雪地里留下点点红色的血迹。我和杨志成主动帮忙，他们还总是不让。行军途中吃饭睡觉都是大问题。一天难得吃上一顿热的，几乎都是啃冷食。战士们编了一首打油诗："穷山恶水石旮旯，冰冻红薯硬芋粑。要想吃上热米饭，除非婆娘生娃娃。"睡觉总是围地而坐，找其他人“团结团结”——挤在一起取暖。为了轻装行军，大多数人没带被子。他们围火“团结团结”，天南海北地聊，似睡非睡地过宿。军官和战士都一样。我感觉解放军的部队跟国民党的部队太不相同了。

那七八天的行军途中有些零星的战斗，都是速战速决，并且屡战屡胜。我和杨志成没看到这支部队有什么先进武器，不知国民党兵为何一触即溃。徐股长跟我们解释说，蒋介石不得民心，已是强弩之末。解放军是人民子弟兵，是正义之师，所以能以正压邪，节节胜利。后来我才明白，解放军剿匪及志愿军抗美援朝之所以能取得节节胜利，都是因为正义压倒邪恶。

第九区队与三大队的其他部队在途中会合。我们在土坎横渡乌江。入夜，部队潜伏在茶园、大陆垭一带的山林中。深夜时，迎着纷纷扬扬的雪花，我们跟着徐股长上了一个山头——我后来才知道，那是1949年11月21日夜，绥远三支队奉命抢占了茶园的三个山头，死死钳住黑煞庙的国民党军，为次日打响的白马山之战设下伏兵。

我和杨志成当时并没有意识到，我们将亲身见证白马山之战——在西南解放史上具有重大意义的一次大型战役。

次日一早，白马山已是皑皑雪山。

我还在吃早餐，战役突然打响了。孟指导员亲自到后勤股找徐股长：“要打冲锋了。请老弟帮忙照看好这两个后生！不能让他们上战场！”说完，他就带着队伍往山上冲去。

徐股长是个身经百战的老军官，他把后勤股全体官兵叫到一起，高声训话：“解放全中国，就只剩下这么几仗了！再不捞几个胜仗，再不捞几个军功，咱就没机会了！同志们有没有信心？”

“有！”应声整齐洪亮，威震雪林。

徐股长特意叫我俩不要害怕。他说，老兵怕机枪，新兵怕大炮。其实炮声虽然吓人，但炮弹在天上飞，躲在队伍后边根本就打不着。

枪炮声中，徐股长沉着地带领后勤股往上冲。我和杨志成紧紧跟在他们屁股后面冲。后勤股与一线部队保持着一定的距离，最近时只有四五十米，远时有一两百米。

后勤股的任务是打扫战场，我和杨志成参与其中。

打扫战场是十分辛苦的活儿：牵骡马，押俘虏，收战利品等。

战斗一打响，国民党兵或四散逃跑，或集中在一起一动不动等着被俘。对逃跑的国民党兵，后勤股人手少管不了，后勤股只负责押解那些等着被俘的官兵和家眷，把他们押到后方指定位置。有时俘虏太多，两个后勤战士就要押解上百名俘虏。如果不是心甘情愿放下武器束手就擒，上百名俘虏对付两名后勤战士实在是绰绰有余的。我纳闷那些国民党兵，怎么就那么一副副熊样！

国民党兵的骡马是用来拖运枪炮的。这些牲口怕听枪炮声。战斗一打响，它们就撒开蹄子满山跑。后勤股的人就去牵。几百匹骡马，几个人哪里牵得完？有些逃得无影无踪。这些逃跑的骡马大部分被当地农民捡去，也有的成为山里虎豹的猎物。

战利品五花八门，但主要是国民党兵的枪炮、弹药箱、粮食和背包。徐股长和后勤战士把长枪短枪长刀短刀大炮小炮分门别类堆成堆。还有些战士从尸体身上捡战利品：手表、怀表、打火机、香烟、望远镜……战士们捡了战利品都交公，所以从来不哄抢。

白马山之战打了整整三天三夜，山坡上的雪地变成了鲜红的、暗红的、黑红的颜色。数不清的断手、断腿像衣服一样挂在树枝上，“衣服”有的在雪地里滴热血，有的结着红色的冰凌。我从没见到过那么多的鲜血、污血和尸体。我和战士们掩埋了不计其数的尸体。那些悲惨的场景害得我像得了病一样，脑袋昏沉沉的，茶不思饭不想。

那场战役，解放军歼敌3000余人，生俘敌军和随军家眷12000余人，缴获汽车200余辆、骡马600余匹——我估计，战役中逃掉的骡马肯定超过1000匹。

24日晚，白马山战役结束。缴获的汽车成为解放军的行军工具。徐股长和另一名军官乔装成国民党军官，开一辆吉普车到重庆办差，顺带捎上我。杨志成没跟我一起坐车回重庆，他留下来，在白马山下参加了解放军。

杨志成决定参加解放军前，与我有过一次谈心。在志成中学读书时，老师曾告诉我们，国民党的兵都是没有文化的地痞流氓当的，读书人不当兵。虽然我早已看出来，孟指导员和徐股长都是有文化的人，我们跟随的这支部队没有一个地痞流氓，但我从来没打算过当兵，我一直想谋个正正当当工人的职业混口平平安安的饭吃。再说，我急着要回重庆参加新骥哥的母亲陈四娭毑的 80 岁生日。

后来我才知道，那天晚上，徐股长和另一名军官那次从白马山驱车奔赴重庆的任务，是奉命联络国民党重庆守军将领、15 兵团司令罗广文及其部下贾应华等，秘密进行策反工作。我是坐着一辆写入了重庆解放历史，并且改写了重庆解放历史的吉普车回到重庆的。

第三章
山城解放换新颜

1. 陌生的城市

乘坐解放军的吉普车回到重庆，我感觉重庆是另一个陌生的城市了。

街面墙上到处张贴着《紧急维持治安办法》。这些《紧急维持治安办法》大体是白纸黑字，但 16 个“杀”字和 16 个惊叹号，用的是血一样的红色，令人毛骨悚然。文中罗列了 16 条“杀”令，阻扰政令，与匪勾结者，杀！窝藏匪谍不报者，杀！供匪枪支、文件者，杀！造谣者，杀！……煽动工潮、学潮者，杀！煽动军人逃叛者，杀！泄露军机、刺探军情者，杀！……

这就是后来史料中常说的“重庆必杀令”。

我回到新骥哥家，新骥哥和文义姐一把拉住我，问我这些天到哪里去了。我如实告诉了他们。他们说，国民党军队四处抓壮丁，市里的气氛越来越紧张，没事绝对不能上街，只能躲在家里。

新骥哥告诉我，二十一兵工厂天天有工人失踪或公然被捕，据说被捕的工人都是共产党疑犯，抓去后无一返厂，他们猜测那些人都被杀害了。我原先在兵工厂干过，又是外地人，所以很容易成为特务跟踪监视的对象，不是被捕杀就是被抓壮丁。我更不敢上街了。

有好心人介绍我回国民党管辖的二十一兵工厂，进厂警卫队当文书，我不肯去。说真心话，我宁肯饿死，也不会当国民党的兵。

兵工厂已处于停工状态，新骥哥不用去上班。他在家里跟我聊天。他听了我在彭水至重庆的见闻后，疑惑不解，早就听说共产党军队将从川北进攻，蒋介石派胡宗南部在秦岭、白龙江、米仓山、大巴山一带层层设防，怎么共产党军队军偏偏从川东打进来了呢？川东的宋希濂部怎么就这么不中用呢？为什么美国佬的武器竟打不过共产党军队的装备呢？

我把我的感想告诉他。我说，解放军爱民爱兵，官兵一致，战斗力顽强，英勇无畏，而国民党兵欺压百姓，丧失民心，且贪生怕死，所以解放军必胜，重庆必将不保。新骥哥听了陷入沉思，默默无语。

枪炮声越来越近，市内兵荒马乱，国民党的军队频繁调动，似有一场恶战。不少市民听信国民党的反动宣传，担心共产党的军队打家劫舍夺妻抢财，携老带幼往成都方向躲难去了。

新骥哥心里越来越矛盾，也越来越紧张，他准备带领家人和我到北碚躲躲。我劝他说："解放军和蔼可亲，是人民的子弟兵，绝不会为难老百姓。再说，毛泽东是咱湖南人的老乡，朱德是重庆人的四川老乡。共产党如果真的"共产共妻"，他们哪能沿路得到老百姓的拥护从北打到南呢？这分明是国民党造的谣。他们眼看就要打到重庆来了，难道他们不要兵工厂吗？他们不仅不会为难你，而且还会重用你这位大专家呢！"

新骥哥觉得我说得有道理，他反复考虑后，决定留下来，不再打算逃离重庆。

一天傍晚，兵工厂的一位老同事来新骥家，说厂区护卫队已由国民党罗广文的部队接管，那些国民党兵一个劲地往各分厂车间运送炸药，准备在解放军入城前把各厂房及全部军械炸毁。我一听惊骇不已。这个为清王朝和国民党政府生产军火八十多年的二十一兵工厂，难道就要在自己人手里化为灰烬吗？我想不出办法救厂，但我能想象到炸药的威力，我似乎感觉得到兵工厂在战栗。

29 日那天早上，一场重霜把重庆染白。这天正是陈四嫔驰的 80 岁生日，原先策划的庆寿活动只能取消。

过了中午，重庆南岸传来一阵阵密集的大炮和机枪声，没有撤离的市民们紧张极了。

那几天，我们躲在家里不敢出去，不知道外面正翻开四川与重庆历史的新篇章。11 月 26 日，中国人民解放军第二野战军司令员刘伯承、政委邓小平根据人民解放军进军西南战局的发展态势，向所属各部发出了“速歼长江南岸之敌相机占领重庆”的命令。二野及四野一部分三路向重庆迂回前进，北路经涪陵沿江而上，中路由南川向西挺进，南路由綦江向北包抄，27 日、28 日相继攻克重庆外围的江津、顺江场、渔洞镇等据点，向重庆城区进逼。此时防守重庆的国民党军队早已溃不成军，望风而逃。解放军只在重庆近郊的黄桷垭、南温泉等地与国民党守军发生小规模战斗，即顺利突破国民党军队的“新长江防线”。

但我们当时啥都不知道，只看到嘉陵江上头火烧云把半边天空铺得血红。我后来回忆起那片火烧云，我认为它们是第二天重庆得解放的伟大预言者。

2. 惊天大爆炸

29 号是陈四娭毑的 80 岁生日，我们关着院门悄悄地为她老人家祝寿，连院门也不敢出。那天晚上，我和新骥哥家的亲戚王伯逊及小工胖娃三人挤在一张床上。我们都睡不着，竖起耳朵听外面的动静。

虽然我们躲在家里，不知外面的具体情况，但我的心里总有异样的感觉——后来才知道，那天晚上，解放军各路人马已兵临城下。那一天，国民党行政院已逃离重庆，迁往成都。

约在夜里十点钟，四面八方突然传来数十声巨响，似乎整个重庆都在摇晃。我们睡房的玻璃全部震落。我们迅速爬起床，看见窗外火光照亮的半边天。新骥哥家紧张地守在一起，我们三个人决定朝火光最大的刘家台方向跑去看个究竟。

路上听人说，那是二十一兵工厂设在刘家台的白药洞爆炸了。

我熟悉那个白药洞，那是兵工厂装炸药的山洞。我立即带领王伯逊和胖娃朝刘家台跑去。

路过兵工厂时，看到厂周围的家属区、民居和商铺一片狼藉。来不及细看，我带领王伯逊和胖娃赶到厂门。我听到厂长俞濯之在高声喊："工人职员们，快拿起武器，保卫工厂！"

俞濯之厂长兼兵工厂技工学校的校长。我当时是学校的尖子生，又是校运会的"田径全能王"，俞濯之认得我。我虽然因为想升学而当了兵工厂的"逃兵"，但那个紧急关头，我啥也顾不上了。

"俞校长！我们三人能参加保卫工厂的行动吗？"我带领王伯逊和胖娃跑到俞濯之跟前问。

"谭国雄你回来就好！你从现在起回厂继续当工人。你们三个快跟他们走！"俞濯之高兴地点点头，继续朝厂内高声喊，"防止可疑人员搞爆炸，誓死保卫工厂！"

我们三人跟随兵工厂的工人职员们快步走到修枪车间。车间的房子是砖木结构，很多墙体已经震倒了，砖墙倒塌，枪和子弹散落在地上。我们三人和其他人一样俯身捡枪。我捡的是一支崭新的三保险驳壳枪，还拿了两盒子弹。王伯逊和胖娃也各捡了一支短枪。

厂区内的路上，三五成群的工人持枪游动放哨，我看到我原来工作过的步枪所三十几栋厂房完好无损，感到这是不幸之中的万幸。

一些工人扛着木箱从车间和厂房走出来。我赶紧带领王伯逊和胖娃跟着工人们扛木箱。工人们告诉我，这些木箱里是国民党部队企图在逃离重庆之前毁厂的炸药。因枪炮声逼近及白药洞爆炸，国民党兵吓跑了，留下这些烈性炸药未来得及引爆。

我们把木箱扛到一个地下仓库。俞濯之正带领几个持枪的工人守护在地下仓库口。

然后，我们三个拿着枪，跟着其他工人往白药洞赶去。白药洞附近的小街正在熊熊燃烧。被飞石打死打伤及被大火烧死烧伤的市民满街都是。哭儿喊娘的，呼儿唤女的，惨叫声不绝于耳。

我们跟随工人们赶忙清理山下兵工厂的其他库房设施。一直忙到天蒙蒙亮我们才搞清楚：白药洞是国民党反动特务炸毁的。

白药洞里贮放着两千吨白药。白药爆炸后，白药洞上面的山头全不见了。

那天晚上，国民党内部没有通气。反动特务炸毁白药洞时，距白药洞不足一百米，比洞口稍矮的南面山头正集结着罗广文部队的一个营。一声天崩地裂的巨响后，成千上万吨山石在顷刻之间砸过来，把全营官兵炸成了人泥肉酱。这些官兵有的有头无脚，有的有脚无头，有的头颅穿洞，脑浆满地。树枝上还挂满了零皮碎肉。

我们看到，山脚的坟坑洞里一个乞丐老头和一个捡破烂的老妇人震死在一起。

那天夜里，离白药洞较近的一间油蜡铺起火，随即刘家台电厂爆炸……

次日，重庆《商务日报》详细报道了二十一兵工厂及周边爆炸的惨况："全烧户1216户，半烧户1316户，重伤96人，轻伤50人，死亡388人，全部灾民9169人……仅二十一兵工厂，就有20名职工、63名家属被炸死，受伤者59人。职工房屋全部被炸毁的有249户，部分被炸毁的有300多户……是夜，二十一兵工厂的石罗汉新发电所和大板桥药库等先后被炸。大板桥药库半边山被炸掉，大片民房夷为废墟，逃往此地休息的国民党残兵100多人也全部炸飞。"

早餐后不久，新骥哥家里来了一些工友，大家围着议论，一个置百姓生命于不顾的所谓总裁，他能不失败吗？他能逃脱历史的谴责吗？一个不惜炸毁工厂、炸死人民甚至炸飞自己军队的政府，能不被人民唾弃吗？

3. 破厂与护厂的较量

我的师傅吴坤山是二十一兵工厂大部分厂区和库房得以幸存下来的大功臣。他的名字和他英勇护厂的事迹将流传千古。

史料记载，1949年11月14日，蒋介石从台北飞抵重庆，在飞机上给国民党国防部保密局局长毛人凤下了两道密令。其中一道密令是：一旦重庆不保，炸毁重庆各兵工厂和重要电力设备。

听到蒋介石密令，毛人凤即在保密局专门成立“破厂办事处”[①]，并从广州和台湾调来保密局技术总队的600余名技术人员，布置对520个目标实施炸毁。这520个目标包括：第十兵工厂、第二十兵工厂、第二十一兵工厂、第二十五兵工厂、第三十兵工厂、第三十一兵工厂、第五十兵工厂、大溪沟电力厂、长寿水电厂、大渡口钢铁厂及白市驿、九龙坡、珊瑚坝3个飞机场等。

在国防部保密局“破厂办事处”的统一部署下，600余名技术人员被派往各厂调查，绘制爆炸图纸。各厂稽查队负责掩护并照顾技术人员的食宿。

几天后，爆炸方案报经蒋介石同意。蒋介石批准了2000多箱共600多吨美制TNT黄色烈性炸药。

技术总队总队长杜长城、副总队长胡凌影自负地说：“用总裁的这600吨炸药，我们能把整个重庆炸沉到嘉陵江底！”

29日，星期二，正是二十一兵工厂的厂休日。“破厂办事处”利用厂休日，指挥临时招募的士兵和劳工将一箱箱的烈性炸药搬入厂内，并按爆炸图纸逐一安放。从凌晨一直折腾到下午两点，厂内各爆破点均安

---

① 又称“破厂指挥部”，名义上由重庆卫戍总司令杨森担任总指挥，实际上由毛人凤把持。

装完毕。除了各所稽查及少数搬运工外，厂内的工人职员全部被赶出厂。厂门紧闭，由“破厂办事处”指定的军警特务把守。

二十一兵工厂的数千名工人、家属闻讯赶到紧闭的大门口，被荷枪实弹的军警特务阻拦。很多工人、家属望着死一般沉寂的厂区，默默垂泪。

傍晚，一位身穿军官服、头戴军官帽，嘴里哼着小曲并冒着酒气的老人径直向厂门走去。这位老人就是我的师傅吴坤山，他穿的衣服是兵工厂发给他的制服。军官帽外，露出两鬓花白的头发，显得他资历丰富且来头不小。

为首的特务问他：“你要干什么？”

“进里面找杨钊！拿点东西就出来！”

杨钊是兵工厂步枪所稽查，守门的特务也许认得，也许不认得，但他们竟没再阻拦，将铁门打开一条缝。吴坤山哼着小曲闪身进去。

吴坤山径直走向步枪所。步枪所是我跟随他工作过的地方，是全厂最大的部门。许多枪械和贵重机器，都贮放在步枪所的32栋厂房和库房内。

走近步枪所，吴坤山看见杨钊在指挥几个搬运工堆砌炸药。他假装关切地问杨钊：“你怎么还没上船？”

“上船？干吗上船？”杨钊吃惊地问。

“其他稽查都上宝福轮[①]走了！瞧你这个老实巴交的人哟，还在这里傻忙！他们把你丢下不管哟！”吴坤山的语气充满同情和急切。

杨钊一听傻了眼，立即丢下那几个搬运工，急忙往大门口跑去。边跑边回头朝吴坤山喊：“千万别动！全所总共147箱！马上就要起爆了！”

那几个搬运工听到马上就要起爆了，见杨钊跑了，就都往门口撤。其他所的搬运工闻讯也都朝门口跑了。

147箱炸药！吴坤山的心噗噗乱跳。

① 一种轮船，当时停靠在嘉陵江边。

他打着手电筒，走进厂房。看到一堆堆像毒瘤一样卡在厂房每个关键部位的炸药，他反而冷静下来。一个念头在他心里变得异常坚定：把生死抛在脑后，誓与步枪所共存亡！

步枪所内还有两位被军警特务逼迫“清厂”的老工人：徐龙华、余兴发。他俩见吴坤山进了厂房，也跟着进来。

三位老兄弟合计：紧急护厂！立即拆除引爆装置！

他们一间一间地把厂房的大门堵死，然后小心翼翼地拆除一个又一个引爆装置。

他们要抢在启爆前把引爆装置拆除完，但他们根本不知道具体的起爆时间，他们要与时间赛跑，他们随时可能被炸得粉身碎骨尸肉无存。

只剩下三个车间没拆除引爆装置了！三位老兄弟来不及喘息，他们跑进最大的一个车间，把门堵死，立即开始行动。

这时，厂门外有吉普车停车的声音，接着有人在使劲地踢门，并叫骂：“关门找死啊？搞什么名堂？老子奉毛人凤局长之命来检查设备！快开门！”

借着手电筒的光，吴坤山和徐龙华、余兴发交换了眼色。吴坤山在车间内一边骂，一边走向窗口：“你们是什么人？我们奉蒋委员长之命安装引爆装置，这里不是好玩的，你们快走！”

“叫你们安装引爆装置？让我进去看看！”看到吴坤山银白的头发和傲气的表情，窗外的人气焰软了一半。

“你们要进来？有蒋委员长的批条吗？”吴坤山傲气地问。徐龙华、余兴发故意将枪栓拉来倒去，花白的头发故意在窗口晃动。

“这里归蒋委员长指挥！马上就要起爆了！你们快走开！”吴坤山朝窗外挥挥手，赶他们走。

他们在窗外嘀嘀咕咕了几句，然后上了吉普车。吉普车发动机的声音越来越远。

“老哥们！毛人凤的人还在这里检查，证明还不会立即启爆。我们干仔细点，不能漏下一处！”吴坤山叮嘱完另两位老兄弟，立即接着干活。

三个车间的引爆装置也全部拆除了。吴坤山他们来不及歇息，他们再次把几十个厂房和车间仔细察看了一遍。九点左右，他们累得走不动了，坐在地上大口大口地喘粗气。

突然，“轰隆隆”的爆炸声在四周响起，地动山摇。国民党国防部保密局“破厂办事处”定下的起爆时间到了。霎时，重庆市区各处火光冲天。地面像在战栗，夜空像在流血。

爆炸停止后，工人职员们欣喜地看到，除步枪所外，机器所、修枪所、办公厅、材料科等几处厂房、库房和办公楼也都没有发生爆炸。原来，吴坤山、徐龙华、余兴发三人成功拆除步枪所的引爆装置的同时，也成功破坏了与步枪所引爆装置串联在一起的部分电线线路。

在我的师傅吴坤山等三人的英勇护卫下，数以万计的珍贵枪械、机器得以幸存，被解放军和新的人民政府接管。

4. 红色重庆

我和王伯逊、胖娃在刘家台附近忙乎了一整夜。离开刘家台时，已是30日的早晨，初升的红日照耀着大地。

与前一天早上被寒霜染白的景象迥然不同，这天早上的重庆已是一片红色的海洋。

我带着王伯逊和胖娃回新骥哥家。

走在红旗漫卷的马路上，我们看到路两旁的房屋墙上，贴满了红纸黑字的标语：

热烈庆祝重庆解放！

欢迎人民解放军！

共产党万岁！

毛主席万岁！

……

我的心脏因为激动而狂跳，我仿佛跳入了一个陌生的世界，又仿佛一觉睡醒发现自己真的置身梦境。

“解放了吗？重庆真的解放了吗?!”我在宁和中学校门外的广场上停下来，大声地问王伯逊和胖娃。

王伯逊和胖娃也激动不已。他俩没有回答我，却欢笑着大声回问我：“解放了吗？重庆真的解放了吗?!”

我们三个人在原地蹦高，蹦上去的同时兴奋得身子在空中转个圈。我一边蹦，一边把两只手围成一个圈扣在嘴上做成“扩音器”：“解放了吗？重庆真的解放了吗?!”

三个大学生模样的姑娘跑过来，喜悦的笑容让她们美丽的脸蛋像盛开的杜鹃花。她们用悦耳的大嗓门说：“我们重庆解放啦！我们这儿是解放区啦！”她们一边说，一边热情地牵着我们的手。六双手牵起来，围成一个圈。

这是我第一次被大姑娘牵着手，当时心里没有一丝紧张和害羞，只有迎来解放的巨大的喜悦。

周围的市民、学生也学着我们的模样牵起手来围成圈。

这时，宁和中学穿着艳丽的服装的学生们开始在广场上扭秧歌。

马路对面的广场上，各个厂矿的工人们排成一个一个的方阵，人人手里举着小红旗，不同的方阵唱着不同的歌：

“解放区的天是明朗的天！解放区的人民好喜欢……”

“朱大嫂送鸡蛋，送给解放军……”

“黄澄澄河水滚滚子流，解放军过河到了两路口，家家都传着这个好消息，大路上人流不息……”

上午八点左右，嘉陵江上的轮船开始鸣响汽笛，街头响起持续了好几个小时的鞭炮声。

那天的天很蓝，朝阳洒下金色的光芒，照耀着山城，照耀着鞭炮散发的浓烟，也照耀着喜庆的重庆市民。

街头原来的“16条必杀令”早已不见了踪影，取而代之的是重庆市军管委的安民告示和解放军三大纪律八项注意的命令。

我们三人回到新骥哥家时，新骥哥一家正焦急地等着我们平安的消息。

在新骥哥家吃了午饭，我独自一人上街去五里店找朋友。五里店偏僻的街上除我之外没见其他行人。我迎面碰上从南边来的一支举着红旗的部队。部队官兵走得整整齐齐。走在队伍最前头一位军官脸很黝黑，个子不高，身材虎壮，腰挎手枪，斜挂着一只望远镜。他后边紧跟着一队长长的士兵。除了前面的士兵手举红旗外，其他士兵右肩上都扛着长枪。官兵们全部身着棉装，头戴镶着五角星的棉帽，打着裹腿，胸前都佩戴着一块小红巾，我猜小红巾大概是这支部队的统一标识。

这支官兵走在街上精神抖擞，整齐威风，比我认识的“绥远三支队三大队第九区队”更整齐，更威风。“绥远三支队三大队第九区队”满身泥泞，很多人打着赤脚，在雪山上行军一瘸一拐，比眼前这支部队狼狈多了。

“老乡！别害怕！我们是人民解放军，是打蒋介石的工农子弟兵！”队伍前头那位军官一边招手，一边打着招呼朝我走过来。

“你们好！你们辛苦了！请问你们知道绥远三支队三大队第九区队进城了吗？”我一点也不害怕，相反，我看见他们心里特别兴奋，我想向他们打听孟指导员，打听徐股长，打听我的好朋友杨志成。

军官大哥走到我跟前，亲切地握着我的手，反问我：“怎么，你知道绥远三支队？”

我用力地点点头，认真地打量着他，冲他微微一笑。

“绥远三支队有一部分进了城，还有一部分没进城。你说的三大队第九区队的情况，我暂时还没掌握哦！”军官大哥善意地微笑着告诉我。

整支队伍都停了下来。士兵们都善意地看着我，我感到他们都在冲我微笑。

“老乡，你哪里人？做什么事的？”军官大哥热情地问我，握着我的手一直没有放开。

他的大手很粗糙，但很温暖，也很有力，给我一种莫名的安全感。

“我是湖南人，在兵工厂当工人，后来还上过学。我跟绥远三支队三大队第九区队是好朋友！”

他一听高兴起来：“那你也是我们的好朋友嘛！你们湖南出伟人啊！毛主席就是湖南韶山人啊！”

他接着问我：“老乡，这地方还有没有国民党部队？他们逃到哪里去了？”

我一点也不紧张了。我感觉他就像新骥哥一样亲切。我告诉他：“昨晚白药洞爆炸后，国民党部队都逃得无影无踪了。听说他们是往北碚方向逃去了。”

“对！北碚！我们正要去北培！”军官大哥爽快地说。

在这位军官大哥的恳请下，我带着他们走到通往北碚的大路。从五里店到大路走了约半个钟头。这一路上，军官大哥给我讲了很多革命道理。

他还告诉我，他姓马，是部队的指导员。

把他们送到大路上，我给他们指了路。马指导员很高兴，也很感激我。他跟我握手道别，叫我回去后跟家人、同事、同学和邻居们广泛宣传人民解放军的政策和革命道理，做新中国的有志青年。

回到新骥哥家，我把遇到解放军队伍和马指导员的事告诉了他和文义姐。

新骥哥正在看报纸。

“可惜这些英雄们没有等到重庆解放这一天啊！”新骥哥听我说罢，指着当天的重庆《大公报》说。

我惊讶地拿起报纸，看到一篇题为《蒋匪灭绝人性屠杀革命志士》的新闻。新闻里说，记者跟随解放军部队赶到歌乐山时，白公馆里人去楼空，渣滓洞的余火还在冒烟。渣滓洞楼下八间牢房里堆满了烧焦的尸体，没有头，没有足，只有一块块焦黑的躯体。围墙的缺口处、房前屋后、厕所内横七竖八地躺着二十多具尸体。松林坡上三个大坑，满是尸体，血水横流。记者在渣滓洞外看到一位年轻妇女，怀里抱着一个婴儿，在那里痛哭着找她丈夫的尸体。但那里那么多具焦尸，缺头少腿的，没有一个能认清面目。她哪里辨认得出哪具尸体是她丈夫的呢？

报纸上还说，解放军冲进了渣滓洞、白公馆后，那些一路战斗过来流血不流泪的战士失声痛哭：“我们来晚了！我们来晚了呀！”

后来我从史料中获知，那年 11 月 14 日，蒋介石在从台北飞往重庆的飞机上给国民党国防部保密局局长毛人凤下的第二道密令就是密裁全部政治犯。27 日，毛人凤指挥军统特务对歌乐山上白公馆、渣滓洞等监狱中的革命志士进行秘密屠杀，这就是震惊中外的“11 · 27”惨案。屠杀分三处执行：一处在白公馆，屠杀 35 人；一处在渣滓洞，屠杀约 200 人；一处在戴公祠附近，屠杀 32 人。

后来名震九州的小萝卜头、江姐们，都牺牲在那里。

报纸上有一句话，我一直铭记着：五星红旗是烈士的鲜血染红的。

5. 家里来了“红五星”

第二天上午，我在新骥哥家吃了早饭。

“请问有人在吗？”有人在院门口朝屋里喊。

我们扭转头，看到院门口站着一个头戴“红五星”棉帽的高大威武的男人。

我惊喜地认出这是昨天在五里店见到的那位马指导员。我立即站起身，朝他走去。

马指导员也认出了我。

“哦！小老乡！这就是你家？”他很惊讶地笑着。

“不是。这是我新骥哥的家！有什么事需要我们做吗？”我急切又充满渴盼地问马指导员。我渴盼他给我布置任务。

马指导员告诉我：“昨天去北碚很顺利，我们跟已经进驻北碚的解放军做了交接，昨晚回到重庆市区。我们希望在你们这里借用一间房子做连部，暂住几天。”

新骥哥闻声出来，热情地说：“解放军子弟兵来敝舍，实在是荣幸之极！荣幸之极！我马上把客屋腾出来。”

马指导员握住新骥哥的手连声道谢，然后笑呵呵地离开了。

新骥哥指挥我和王伯逊、胖娃赶紧把客屋里的东西搬走。

不一会儿工夫，马指导员领来了另外两位“红五星”。他介绍说，年长的一位是李连长，年轻的一位是通讯员小王。

他们把带来的行李放进客屋，满意得连连称谢。

新骥嫂给他们送来一瓶开水。马指导员却推辞，客气地说：“谢谢你们！开水我们自己带了。有连部的房就很感谢了。不再给你们添麻烦。”

王伯逊和胖娃很惊奇。我却很明白：解放军的部队就是这样！他们认为让老百姓送开水是给老百姓添麻烦，连开水都不喝老百姓的。

马指导员拉新骥哥一起坐在院内花坛旁的长木椅上，跟新骥哥攀谈，了解兵工厂的情况。李连长跟通讯员小王站在院子里，大声地商量连部的布置。

我羡慕地盯着这三位“红五星”，心中充满崇拜之情。李连长四十岁上下，中等身材，四肢健壮，肩膀又宽又圆，胸脯又厚又实，整个人跟钢桩铁柱一般。通讯员小王看上去跟我差不多大小，结实得像一株正在抽枝挺节的松树。

新骥嫂走过来问马指导员："中午跟我们一起吃饭吗？"

"不用！不用！我们自己有！"马指导员站起来，爽快地谢绝。

新骥嫂煮好午饭之前，通讯员小王就把连部的饭菜打来了。我好奇地围过去看：一盆白米饭、一盆猪肉粉丝炖大白菜，全是热腾腾的。这比绥远三支队三大队第九区队的伙食强多了。绥远三支队三大队第九区队连棉帽和棉衣都没有呢。

李连长、马指导员、小王三个人在我们饶有兴趣的欣赏下大大咧咧地开餐了。

王伯逊和胖娃傻傻地围着三位解放军，欣赏他们吃饭。李连长爽朗地笑着邀请我们"坐下来一起吃"，我们都谢绝了。这是王伯逊和胖娃第一次看长官和下级坐在一起用餐。眼前，小王却和李连长、马指导员这两位长官一起用餐，李连长还夹了两块肉给小王。

他们三扒两下吃完一碗。添饭时，李连长、马指导员不用小王帮忙盛，自己动手盛。三个人边吃边说笑，像亲兄弟一样。

三位解放军官兵来了家里后，我有空就跟他们聊天。他们给我讲了很多战斗故事和革命道理。他们告诉我，他们是中国人民解放军第二野战军的一部分，是从北方打到这里来的。

"绥远三支队三大队第九区队也是第二野战军的吗？他们的穿戴怎么跟你们有区别呢？"我心里总惦念着在白马山战役后分别的好朋友，于是好奇地问。

马指导员笑了起来："我们二野没有'绥远'的番号。'绥远'应该是属于四野的，那是我军跟蒋介石斗智慧的叫法，骗蒋介石的！"

"为什么说叫'绥远三支队'是骗蒋介石的呢？蒋介石上当了吗？"我更加好奇了。

马指导员和李连长都答不出个所以然来。琢磨了一阵，马指导员说："我猜啊，就是让蒋介石摸不透他跟谁打仗。知己不知彼，他哪能打得赢呢?”

那几天，只要三位解放军官兵有空，我就缠着他们问这问那。短短几天里，我觉得自己的视野和知识得到了极大的提升。我每天睡觉前都会把当天的见闻写在日记本上。马指导员看过我的日记，还夸我水平高咧。

那几天，我感到很幸福，也很自豪。我此前做梦也没想过，我竟然能够与威震四方的二野官兵同住一家朝夕相处，我能和他们像亲人一样亲。同时，我越来越后悔自己没在与绥远三支队三大队第九区队一起行军时加入他们的部队，后悔自己没在白马山战役后像杨志成一样留在绥远三支队三大队第九区队。我越来越渴盼参加解放军。李连长和马指导员肯定地说:“解放了，一切都会好起来的！你的前程充满阳光!”

第四章
光荣从军

1. 好消息

连部搬到新骥哥家三四天后，一个晴朗的黄昏，马指导员骑着一匹枣红色大马回来，在门外就兴冲冲地喊："好消息！好消息！"

"什么好消息？"我刚好准备出门，站在门口好奇地问。

"明天开始招新兵了！"

我一听兴奋得跳起来。

马指导员从枣红色大马上纵身跃下，告诉我，解放军绥远支队明天开始在重庆招收学生兵。他鼓励我去报考。

"真的是绥远支队吗？是三支队？"我急切地问。

"这个情况我没掌握。反正你离绥远支队不远了。明天你报考时自己问吧。"马指导员乐呵呵地说，"二野也招新兵，报名就成，不需要考试。看你自己想参加哪支部队啰。"

"当兵就当兵，绥远为何要招学生兵？啥叫学生兵呢？"我不解地问他。

"学生兵就是兵里的知识分子！学成就是部队里的文曲星呢！我可羡慕那些学生兵了！"他说，"我建议你报考绥远支队的学生兵，那更适合你！"

我一听有点胆怯。去绥远支队当兵还要考？考啥内容呢？除了修理军械，我基本不懂军事。

马指导员却对我满有信心。他说："你莫急！晚饭后我给你上课！"

我焦急地吃过晚饭，又守着他们吃饭。

"你不用急嘛！咱马指导员那可是顶呱呱的专业指导员，有他指导，你准能考上！"小王一边吃饭一边笑着宽慰我。

晚饭后，马指导员拉我走进连部，借给我一张白纸和一支钢笔。他口授，我笔记。

那个晚上，他教给我很多知识。比如，新中国的全名和首都所在地，国旗的模样及含义。国歌是啥？党中央的主席是谁？中国人民解放军的性质和宗旨是啥？为什么要当解放军？

他讲完这些知识后，叫我连夜背下来。

"背下这些，你一只脚就跨进绥远支队了！"他用不容置疑的口气鼓励我。

第二天一早，我就过河去我的母校志成中学报考解放军学生兵。

报考就是填报名表。操场上有解放军官兵指挥报名者排队。

轮到我时，我才看到报名表上有一行正楷钢笔字，"解放军绥远三支队入伍报名表"。我兴奋得快晕厥过去！竟然就是我朝思暮想的"绥远三支队"啊！我踮起脚四处张望，没有看见三大队第九区队的熟面孔。我强迫自己保持镇定，握笔的手不禁微微有些颤抖。

我小心翼翼地把我的姓名、性别、年龄、学历、职业、家庭成员等情况填上了。

报完名后就开始笔试和面试。

笔试比较简单。有些题目马指导员昨晚已经教我，还有些我本来就会。

笔试没公布具体分数。现场有解放军大声宣布笔试过关的人员名单。不出我所料，我顺利过了笔试关。

然后，我们一个一个地参加面试。

面试考场就在我原来的教室里。轮到我走进面试考场时，我感到很轻松。我在指定位置坐下，与一位年轻主考官面对面。

这位主考官叫我简单介绍一下自己的履历。我当时想，“履历”是个时髦的词，很多报考者未必知道它的意思呢。

他听说我曾经跟随三大队第九区队行军打仗，非常惊讶。他盘问我认识哪些人，我一一作了介绍。他认真地聆听着，不时点头，露出会心的微笑。但听到我说自己曾经在兵工厂技工学校及兵工厂车间干过两年时，打断我的话说：“现在解放了，兵工厂要修建和恢复生产，正需要人，你还是留在兵工厂好好干吧！”

我一听急了，站起来高声问：“解放军不是咱工农子弟兵吗？”

他一愣，随即回答说：“是啊！”

“那为什么工人当兵你们不要呢？”我急着追问。

他侧过脸去，和站在他旁边的一位战士相视一笑，然后转过脸来问我：“能吃苦吗？会走路吗？”

他这话戳痛了我的要害。我说：“大半年来我几乎没吃过几顿饱饭，饿得都快死了。还有什么苦我不能吃呢？”

接着，我告诉他，我从小在山区长大，力气大，别说走路，赤脚爬山跑步都不在话下。我说在技工学校校运会上，我连续两年获得5000米、10000米长跑冠军。

他满意地笑了笑说，这么壮实的大个子，一看就知道有使不完的力，接着问我还有什么特长。

我说我坚持写日记。

他点了点头，叫我回去注意看报。他说这批新兵录取名单会登在近日的《重庆日报》上。

我从面试考场走出来时，其实心里就有了底。我感觉一定考上了。我感到遗憾的是没能问主考官我怎么才能参军进入三大队第九区队。回家跟大伙汇报了情况，马指导员哈哈大笑：“就是嘛！工人参军怎能不要呢？”

第二天起，我就急切地盼着邮递员送《重庆日报》来。我成了家里和连部《重庆日报》的第一个读者。

第三天即12月6日一早，《重庆日报》到得比以往都早。我在门口接过报纸，急切地打开，看到有新兵录取名单。我屏住气息，忐忑不安地寻找，一下就找到了“谭国雄”的名字。

“我当兵啦！我当兵啦！”我在院子里像疯子一样挥舞着报纸。至于能不能分在三大队第九区队，对我已不那么重要了。

李连长、马指导员、通讯员小王及新骥哥全家都兴奋不已，向我热烈祝贺。

“好消息！好消息！”新骥哥的一对女儿湘琳、庆琳稚嫩地欢叫，“国雄叔叔是解放军啦！国雄叔叔是解放军啦！”

我模仿通讯员小王敬礼的姿势，向李连长、马指导员、通讯员小王和新骥哥家的每一个成员都敬上一个军礼。

2. 提前进军营

12月7日上午，在新骥哥家吃过早饭，我带上惊天大爆炸那天晚上在兵工厂捡的三保险驳壳枪和两盒子弹，按报纸上公告的新兵集中地址，来到江北大庙。

报纸上说新兵集中的地址是江北大庙，但报纸上说得清楚，新兵集中的时间是12月10日。我是按捺不住激动的心情，特意提早了三天去熟悉情况的。

寒风凛冽，但我觉得浑身发热，还没到庙外广场，便远远看见大庙木门上贴着一张大红纸。

走近一看，大红纸上写着“中国人民解放军绥远三支队政训第三大队新学员报到处”。

我心里一阵惊喜：政训第三大队，肯定就是三支队三大队嘛！

那一刻，我感觉到了自己的家，一点也不害怕。我跨进大庙门槛，看见好几个解放军在忙着打扫卫生，但没有看见熟悉的脸。

“老乡！这是新兵报到处。你有什么事？”一位手握竹扫帚、腰挎小手枪的解放军大哥见我东张西望，朝我走过来。我立即回答说，我是考上了三支队的新兵，我提前来看看。

那位解放军大哥一听乐了，问我叫什么名字。

我说我叫谭国雄。

他叫一位小战士到庙里一间办公室取出新学员名单，找到了我的名字。

“10号才集中呢，”他说，“你回去准备一下吧！”

“能提前集中吗？”我看着他温和的双眼，恳切地问。

“为什么要提前呢？”他反问我。

我把我两年多来从湖南来重庆、进兵工厂技工学校、进车间、上学、流浪以及跟绥远三支队三大队第九区队一起行军打仗的经历告诉了他。

他听完后锁着眉头，突然转身朝庙内喊：“林区队长！你来一下！”

“哎！”庙内闻声跑出一位矮矮墩墩的解放军，腰里别着一支驳壳枪。他朝拿扫帚的解放军大哥敬了个军礼，朗声说：“王队长！请指示！”

拿扫帚的王队长对林区队长说：“这小伙子已经考上了我们政训队，跟九区队的老孟老徐他们还是老熟人呢。他现在生活困难，想提前进来。他是重庆本地兵源，熟人熟路的，就让他提前报到吧。你们区队任务较重，我把他分到你们区队，你这就安排他跟司务长一道出去借东西吧！”

林区队长应了一声“是”，便拉着我去区队住房。

就这样，我提前进了绥远三支队政训第三大队第一分队第二区队，成为一名暂时不能穿军装却有枪有子弹的“准军人”——枪和子弹其实已经交给了林区队长。

林区队长询问我跟老孟老徐是什么关系。我详细回答了他。他听后哈哈大笑。我问林区队长："第九区队在哪里？老孟老徐他们在哪里？"

正说着，我就听见屋门口有个熟悉的声音高声叫我的名字。回头一看，原来是我朝思暮想的孟指导员！

接着，在孟指导员的带领下，我在不远的另一处驻地见到了徐股长、杨志成和其他老熟人。杨志成兴奋地告诉我，由于在村口的悬崖处摆下罗锅"闯大祸"的事迹被大队首长知道了，大队首长对他大加褒奖，他已荣当班长了！

杨志成进步快，我落后了，我羡慕得心里痒痒的。

进了二区队后，我和林区队长、李司务长一起到市民家里借区队新兵睡觉的铺板。我们将每一家的每一块铺板都写了借条，在铺板上做了相应编号并登记在册，对每一家都承诺有借有还。

借齐铺板后，我们又一道买稻草、领服装鞋帽水壶等，忙得不亦乐乎。

我生来就是个不会偷懒的人，力气也大，习惯了重活累活抢着干。在二区队，我抢着扛、背、挑，十分卖力，很快就赢得了区队官兵们的喜欢。吃饭时他们总夹肉到我饭碗里。

我和战友们像亲兄弟一样。这种友爱的关系，让我感到很温暖很幸福。

新兵集中报到的这天，我像个老兵一样接待他们，带领他们报到、找宿舍，告诉他们食堂、厕所的位置。

我和其他新兵一样，领到了新分下来的军装。

我们端端正正地穿上军装，戴好军帽。你看着我，我看着你，真带劲儿！

我两手握着军帽，凝视着帽上的红五星，自豪地想："我的青春将与红五星永远相伴了！"

下午开始分区队、编班。我意外地担任了第二区队五班的班长。后来才得知，第九区队的孟指导员把我跟着杨志成“闯大祸”的事及行军打仗的表现详细告诉了第二区队的林区队长，加上我提前入军营的因素，我才当上班长的。

我提前进来的那三天只顾干活，没弄清区队、第三大队、绥远三支队、四野的具体关系，当上班长后才逐渐弄明白，绥远部队共三个支队，隶属于四野部队。三支队共三个大队。第三大队分成三个分队。我们是第一分队，分队长姓王，临时驻地就在江北大庙。每个分队三个区队。我们在第二区队，二区队的区队长就是林区队长，全名叫林耀辉。每个区队四个班。

我们那批学生兵里年纪最小的只有十五六岁，最大的是我，二十二岁。在学历上，八成是初、高中文化程度，大学毕业生、小学毕业及未毕业人员各占约一成。

接着我了解到，与我同期从重庆考进绥远部队的学生兵安排在六个不同的分队。一、二、三分队全是男兵，四、五、六分队则男女混合编队。

进来后我才弄明白，“学生兵”并不是到部队接着当学生，而是说我们当兵之前是学生，或刚从各级学校毕业。难怪我面试的时候，年轻的主考官一听我是兵工厂的工人就不打算录取我。

穿上军装的头两天，我们学习了叠被子、打背包及列队、集合等技能，搞了两次晨跑。我表现出超群的跑步能力，给分队和区队领导们留下良好的印象。

3. 紧急任务

新兵报到后的第三天上午，第一分队紧急集合。

老兵、新兵们齐刷刷地肃立在江北大庙外的广场上。

接着就宣布了一项紧急任务：立即准备行装，坐船去万县，在万县上岸吃完午饭后步行去湘西，与主力部队共同剿灭土匪，消除匪患，拯救正处于水深火热之中的400万湘西人民！

第三大队的老兵、新兵列队登上早已停靠在江边的三艘大船。

那时长江水位不高，北风吹来，三艘大船急速行进。每艘大船上装着两个支队的官兵，红旗迎风招展，掌声、锣鼓声响成一片。各支队之间不时搞起拉歌比赛，歌声震耳欲聋，洋溢着革命豪情。

我看到，两岸挤满了看热闹的市民。要不是在寒冬季节，他们会以为是部队在搞龙舟赛呢！

当天夜里，船到万县，第三大队全部上岸开餐。餐后，大队在江边的平地召开动员大会。

直到这个动员会上，我才明白自己参加的绥远部队就是第四野战军第47军。47军从北方打到湖南常德后，四野司令员林彪、政治委员罗荣桓电令发至我47军："你军进驻湘西，经营好湘西，首先争取在不长的时间内彻底肃清匪患，为人民除害。"在我47军整装待发之际，又接到上级急电，令我军先抽调部分兵力配合二野兄弟部队入川，解放大西南，然后回师湘西与主力配合清剿土匪，拯救正蒙受匪祸的湘西人民。难怪属于二野部队的李连长、马指导员、通讯员小王他们没有参加我们转战湘西剿匪的行动。我心里有一丝遗憾，我没能跟他们告个别，也没能跟新骥哥一家人告个别。从那以后，我再也没有见到过李连长、马指导员和小王。我心里一直很想念他们。他们是我参加革命工作的引路人，是对我寄予深厚感情的亲人。

那天在万县的动员大会上，大队的首长高声说："古人说得好，'从军行，军行万里出龙庭'[①]。从军行！从军行！从军从来不怕行。红军长征二万五千里，不行何来胜利？解放军向全国进军，不行何以打倒蒋家王

① 此句出自隋朝诗人卢思道诗《从军行》。

朝？如今，我们的主力部队在湘西，我们情系湘西人民，我们必须再次出行！但这次徒步去湘西，一天要走几十里。雨天多，又多是山路，这对新参加革命的小同志和女同志来说是一次很好的锻炼和考验！咱们四野从来没有孬种！咱们 47 军是钢铁铸成的军队！同志们怕不怕？”

“不怕！”战士们齐声应答，气壮山河的声音在山谷中回荡。

接着，另一位首长给我们提要求，要求大家吃大苦、耐大劳，要求大家团结互助，要求各班根据年龄、体力和性别结成互帮互助组。

我是班长，是班里年龄最大的新兵，分互帮互助组时，我把自己跟班里年龄最小、体型最弱的陆明伟分在一个组。

陆明伟是南京人，那年才 16 岁，身子骨还没长透，枯瘦又矮小，头发黄黄的耷拉在小脑袋上，人却很机灵，眼神里藏着一股狠劲。

第二篇　挥戈湘西

山水清音 張泽

湘西28县，峰峦起伏，洞穴连绵。自宋以来，匪患剿而不灭，生灵涂炭。

解放军挥戈湘西，用时一年多，彻底消除匪患。

从此，春满湘西，山水清音，人民安宁。

第一章
数百里山川

1. 打前站

动员大会后，第一分队王队长叫人把我和李司务长叫到队部，亲自交给我们一项新任务。

我和李司务长一起走进分队部时，看到王队长和林区队长站在一起说话。

见我们进来，王队长说："谭国雄同志！你入伍以来表现不错。考虑到你此前有行军打仗的经验，现交给你和李司务长一项光荣任务：为大队打前站。有没有勇气在大部队前头征服数百里山川？"

"有！"我大声回答，站得笔挺挺的。

林区队长向我们介绍，打前站是个艰巨任务，每天要提前两个小时起床出发，为大部队探路。他叮嘱我俩路上要注意安全，谨防意外，提前到达下一站宿营地后，要立即找当地老乡借房子、借门板、买稻草及肉、菜，做完这些还要回头接部队。

王队长拍着我的肩膀说："你身体好，能吃苦，我们相信你一定能胜利完成任务！"

"是！队长！"我挺直腰杆扯着嗓子大声回答。

我的行李不多。回到宿舍我背上行李就找李司务长。李司务长的东西多，肯定用得着我帮忙。

走进李司务长的宿舍，我看见他背对着门，低着头，两条张开的腿微曲着，裤子卷至膝盖位，两只手在腿根部倒腾。

我脸上一热，准备退出去。

李司务长听到动静，扭过头来跟我打招呼。

我疑惑地走过去，看见他正往大腿根部绑棉布条。

“您……这是干吗？”我吃惊地问。

“行军就怕磨档。得把腿根绑一绑，免得两腿内侧磨破皮，把两颗‘老蛋’都磨破。”他一边绑布条一边跟我解释。

我释然了，不好意思地说：“我进门的时候以为您在耍流氓咧——那我也要绑呀？”

“你不肥胖！肯定不用！”他笑起来。

打前站就来不及跟大家一起吃午饭了。我跟着李司务长带上干粮，疾走五十多里到达宿营地。

李司务长叫我跟在他后边，离他二三十步。他说这样一前一后适当拉开距离，既能前后照应，又能有效避免两人同时出现意外。

刚开始我有点儿紧张，毕竟两个人打前站跟集体行军打仗有区别，但我渐渐地胆子越来越大了。我俩很快就安全抵达第一站宿营地。

宿营地周围的老百姓听说解放军要来，非常高兴，踊跃地让出房子，争先恐后地拆下各自家的门板送来，还送来很多干柴和肉菜。

李司务长一一接受，并一一算钱。

老百姓不肯收钱，有的还生气地朝我们嚷：“这一点柴草，一点瓜菜，不值钱。人民子弟兵来了咱这里，是咱的光荣。你们为我们流血流汗，我们送这点东西，还收什么钱呢？要给钱，不等于扇我们耳光吗？”

我不知所措，李司务长却耐心解释：“人民子弟兵有‘三大纪律八项注意’，不拿群众一针一线。正因为有这样严格的纪律，我们才打败了国民党反动派。你们不收钱，就是让我们违反纪律呀。”

老百姓们这才勉强把钱收下。

安顿好这些前期工作后，我和李司务长回头接部队。我深有感触地跟李司务长说，长沙保卫战期间，薛岳保家卫国赢得老百姓称道，但他的部队路过我们那里，沿路农家的鸡、鸭、坛子菜都被他们抢光了。路过我家时，国民党兵把我母亲放在麻篮里的一双没缝好的布鞋都抢走了。我们老家把中央军叫成“遭殃军”，把国民党叫成“刮民党”。

李司务长听了哈哈大笑。笑完后他告诉我：得民心者得天下，国民党反动派武器再好，也注定要吃败仗。

打前站的另一项重要任务就是为大部队探路。凡路过岔路口或危险地段，我们都要做个标志。

有一天，我跟在李司务长后面，路过湖北境内一个山区时，当地群众告诉我们，这片山林地带不久前出现过土匪抢劫事件。李司务长和我立即在那里做了“危险地段”的标志。

大部队路过我们做标志的地带时，正是夜里。领导发现了我们的标志，立即传令全队“保持队形，加速前进，不得掉队”。

新兵和女同志们立即紧张起来。谁也不敢吱声，小心翼翼地跟着部队急速前行。

经过危险地段后，新兵和女同志们悬着的心还是不能放下来。原地休息的军号吹响后，大家都寂静无声地坐下，新兵和女同志们更是不敢离开部队半步。

一次，有一位男学生兵需要拉大便，他在互帮互助组另一位成员的监护下爬进山上树丛中。下山时，他不小心滑了一跤，弄得树枝哗哗响，泥石唰唰滑下。

“土匪！”不知哪个女兵发出一声令人毛骨悚然的尖叫。

队伍立即乱了。战士们一窝蜂似的爬起来往四周跑。有的男同志帽子掉了，有的女同志鞋子掉了。有的战士的挎包、水壶没来得及拿，还有的失手丢弃，只顾逃命。逃窜中，有的人手臂划破，有的人膝盖磕破了皮，还有的人额头撞在一起。

老兵们一边高喊“不要慌！不要慌！”一边做好战斗准备。

在老兵们的指挥下，慌乱立即停下来。

才知道是一场虚惊。

2. 长途跋涉

“虚惊事件”后，部队专门开了会。领导要求我们特别是新战士和女同志要沉着、勇敢，遇到紧急情况不惊、不乱。领导说，遇事这么慌张，如果真的遇到土匪，就要吃大亏了。

在接下来的行军途中，部队有针对性地进行了数次演习。通过演习和老兵们的言传身教，新战士和女同志们很快掌握了行军及应对紧急情况的基本技能。

经过多次演习之后，李司务长和我更加注重回头接部队的这个环节。我们提前到达前站后，尽快做好准备工作，争取更多时间回头接部队，特别是遇有危险地段时，我们都冒着生命危险，尽早回头接部队前进。

部队经过近十天的长途跋涉，终于抵达湘西。

连绵逶迤的湘西大山峻岩峭壁，路滑坡陡，行军变得越来越艰难。

在进入湘西之前的一次打气大会上，我们得知在我们的部队此次返湘的两个月前，担任主攻任务的47军139师在进军湘西时，在山路上跌伤的战士非常多，有的还滑进幽深的沟谷，尸骨难觅。以415团为例，415团沿澧水西岸向大庸挺进时，有百分之八十以上的战士三步一跌跤。这支在东北战场虎虎生威的部队来到湘西后，战士们虽然斗志高昂，但不习惯在崎岖的山地急行军，加之水土不服，很多人病倒。在夜袭大庸的那个夜晚，415团有近300人得了疟疾，出现拉肚子、发低烧等症状，战斗打响之前，非战斗减员近百人。

我后来查阅有关文史资料时，查悉挺进湘西的先头部队一路上的艰苦卓绝，遇烈日，一天暴晒近十个小时，汗流浃背。遇雷雨，仅有军帽遮雨，浑身湿透。行山路，常遇崎岖小路和悬崖绝壁，有时还要在无人走过的荆棘中穿行，脸和手臂常被划破，有时还有蚂蟥叮咬。蹚水路，把枪和背包高高举起，涉水而行。战士们热得受不了，趁休息的短暂时刻，躺到冒热气的水田里解暑。有时饥渴得受不了，把桐油树的果实误当成苹果，向老乡买来吃，发生集体中毒事件。有时一天之内雨下了又停，停了又下，反复上十次，战士们的衣裤干了又湿，湿了又干，背上的背包越来越沉。从北方征战而来的战士虽有钢铁般的意志，身体却逐渐受不了。

分队领导要求我们高度戒备，谨慎行军，一只脚踩稳才提另一只脚，宁可稍慢，也要减少跌跤，避免跌进沟谷。

有兄弟部队的前车之鉴，我们在行军中吸取教训，步步小心。互帮互助组或左右搀扶，或前后牵手，除个别女同志和新兵摔过跤外，我们的队伍基本上没有出现非战斗减员。

3. 胜作一书生

12 月下旬，我们胜利抵达湘西大庸县城。

到大庸后，我惊喜地发现，到达县城里的解放军人数比我们原来的几个区队要多。我们立即融入大部队里。

刚驻扎下来，我和其他学生兵就接到通知：立即开始为期一星期的集训。

集训跟上中学和技工学校差不多，也是在当地一所学校里，也是在各间教室里，也有讲台和课桌。但台上授课的不是专职教师，而是干部，台上台下都穿着一样的军装——除一位地方干部外。

集训共七天，第一堂课是动员课。后面的课程总共有三位干部给我们讲课。其中两位是部队干部，一位是地方干部。

团刘副政委亲自给我们上动员课。他说："你们都是学生兵，从学生变成兵！从今往后，你们应该懂得，身为男儿，当以民为重。现在，祖国人民需要我们由学生变成兵，奋勇杀敌，胜作一书生！"

在刘副政委的带领下，我们齐声诵读——

烽火照西京，心中自不平。
牙璋辞凤阙，铁骑绕龙城。
雪暗凋旗画，风多杂鼓声。
宁为百夫长，胜作一书生。[①]

那两位部队干部给我们讲中国共产党的成立与光辉历程，讲中国共产党领导下的武装力量发展史，也介绍了47军的由来、经历的战斗故事等。那位地方干部给我们介绍了湘西的地情、民情及匪情等。

集训课为我揭开了"绥远"这个番号的谜底，解放军入川前，蒋介石在川北部署重兵防御。解放军部队将计就计，大张旗鼓在陕南川北集结，二野一部由赣南南下广东，一部由上饶隐蔽开往湘西，另一路由南京北上郑州后秘密南下转入湘西，支援二野入川作战的四野47军大部假冒"绥远"部队，从湘西入川，让蒋介石摸不清我军的底细。于是，47军的139师改称为"绥远一支队"，我所在的"绥远三支队"实为47军141师。第三大队即为141师423团。至于"分队"和"区队"，其实就是"营"和"连"了。给我们上课的部队干部说，重庆解放了，用不着骗蒋介石了，我们就不用再叫"绥远三支队"了。

① 这是唐代诗人杨炯的代表作《从军行》。题借用古乐府曲调名，王昌龄、李白、刘长卿等诗人都曾作《从军行》，表达国家有难匹夫有责的使命感和建功立业的豪迈情怀。

集训的第一天，我即成为了一名光荣的中国新民主主义青年团[1]团员。

通过集训，我们对剿除湘西匪患的必要性、紧迫性及取得胜利的难度和把握有了一个较全面较深刻的认识。

湘西匪患已有约六百年历史。明朝开始，江西、两湖等地一些人在战乱中流亡到湘西。其中一些强暴之徒窜踞山林，打家劫舍，欺男霸女，鱼肉百姓。历朝历代以来，有关政权曾多次剿匪，但不是被土匪打败，就是被土匪同化。更可恨的是，几乎每剿一次匪，就等于壮大了匪势——一部分武器被土匪夺去使用，一部分官兵被土匪擒获同化——剿匪不成，反倒自己被迫跟着土匪们当了土匪。

在全国基本解放之后，蒋介石仍企图以湘西作为他日后反攻的跳板，指派白崇禧、宋希濂等人在湘西组织土匪特务及各种反革命势力进行破坏活动，加封了一批土匪为"司令""军长""师长""队长"等，从而使很大一部分湘西土匪变为与中国共产党、与新中国政府对抗的政治土匪。

在我们从重庆挥师湘西之前，47 军主力已消灭宋希濂在大庸部署的敌 122 军，活捉敌 122 军军长张绍勋。但地处偏远的靖县、晃县、凤凰、乾城、龙山、保靖、古丈等十多个县的匪患仍很猖獗。这些地方的人民渴盼人民解放军荡平匪患，替他们报仇雪恨。

集训给我另一个重大收获——我对中国共产党的历史发展和党的宗旨有了更深的认识，我为自己成为一名光荣的解放军战士，成为 47 军的一员而倍感自豪。集训结束前，我郑重向党组织递交了入党申请书。

① 是中国共产主义青年团的前身。1957 年后改名为中国共产主义青年团。

第二章
“东北虎”初会“湘西豹”

1. 大庸，张绍勋被擒

短暂的集训结束后，我被分配到 141 师 423 团宣传队。

那天早上，大庸县城银装素裹，冬日的阳光照耀着穿城而过的小河，河水反射出鱼鳞般的光。县城以外，峭拔的群山重重叠叠，美如图画。

到团宣传队报到后，根据宣传队长的吩咐，我去大庸县城河边小街的一家铁铺打制宣传队用的道具铁件。

我回队后即被告知，由于前一向的良好表现及写日记的“独特”习惯，我被推荐到军部，临时担任军部宣传部的见习宣传员。

到了军部宣传部我才知道，我有幸被临时抽到军部，与我的湖南籍身份有关。宣传部的首长给我布置任务，一是照顾我军的两位长沙顾问。从常德开赴湘西前，我军特意从长沙聘请了两位随军顾问，一位叫陈今新，一位叫蒋新夫。二是帮湘乡籍随军作家蒋牧良收集剿匪材料。三是随时随地收集我军作战的第一手资料，并协助老同志做好档案整理工作。因工作的需要及工作的便利，我得以获得一些珍贵的档案资料。在我抵达湘西之前，大庸、凤凰、永顺等地已解放，匪军或毙命，或投诚。

大庸之战是我军在湘西北的第一仗，全面荡清了敌 122 军张绍勋匪部。这是“东北虎”与“湘西豹”的首次较量。当时，47 军主力尚未接到转兵西南的命令，我还是个重庆街头的流浪汉。

1949年9月中旬，我47军从常德兵分三路合击大庸。139师担负正面主攻任务，由慈利沿澧水进击，先后攻占溪口、渔浦，正面向大庸推进。141师由石门向九溪、桑植方向推进，负责阻击宋希濂主力由鄂西增援及阻截大庸之敌向北逃窜。140师的418团由沅陵向大庸以西的熊壁岩、东门坪方向推进，以拉截张绍勋匪军向川、黔退逃。

担负正面主攻任务的139师以416团为前锋，以417团为预备队，直赴大庸。另安排415团沿澧水斜抄到敌人侧后。

虽然这支来自中国东北战场的铁军“东北虎”在赶赴湘西途中，发生了严重的非战斗减员，战士们身体遭受疟疾等疾病及极度疲惫的干扰，但战士们斗志昂扬，意志坚定。

“东北虎”与“湘西豹”的第一次交锋在10月15日凌晨一点打响。

作为前锋部队的416团，凌晨一点行至狗子垭，与敌345师的前哨部队相遇。敌345师虽然以逸待劳，防线严密，但脑子和眼睛不管用。我416团摸清敌情，随即发起猛烈进攻。敌前哨部队还没弄清楚前方移动部队是什么人时，便遭我军重创。敌人的第一防线被我军迅速撕裂。

敌前哨部队溃败后，345师大部只得向溪口方向退却。我416团乘胜追击。

次日清晨，416团和担任师预备队的417团追上逃敌，与敌激战三小时。“湘西豹”抵挡不住，丢弃了所有重型武器和无数物资，往大庸城内撤逃。

敌撤往大庸城的山道崎岖狭窄，险象环生，但匪兵轻车熟路，如履平地。他们利用山崖和沟谷边缘退打阻击，使我416团付出巨大的伤亡代价。

416团追击的速度放缓，417团赶到。两团拥挤在狭窄的山路上。如果敌军集中炮火向我回击，后果不堪设想。139师师长颜明德、政委袁福生决定，前锋部队416团按预定路线追击敌军，417团改变行军路线，沿澧水迂回前进。颜明德师长和袁福生政委亲率 416 团前卫三营和通信骑兵排带着电台火速追向大庸。

下午，颜师长、袁政委率部抢占了大庸城北的制高点子午台，看到逃窜来的敌军正企图向大庸城西门和南门内撤退。

“阻止敌军逃进城内！”颜师长通过电台命令两个炮兵连向西门及南门澧水渡口开炮。

随即，接到师长命令的两个炮兵连开始炮轰。密集的炮火封锁了敌军入城的路。半小时后，416 团全部赶到城外，做好战斗准备。

临时改变行军路线、沿澧水迂回前进的 417 团在嶙峋险峻的山路上攀爬了三个小时，才翻过大山，看到主路。按原定计划，他们应该继续向北与 416 团会合。

这时天已近暗，继续向北行军已十分不便。该团尖兵排派人去请个当地百姓来当向导。在大山里找百姓是一件非常危险的事情。大山莽莽，找人本来就不易，随时可能遭遇土匪袭击。见到山里有户人家，很难辨认这是土匪还是山民，更不知道他家冒出的烟是炊烟还是土匪之间通风报信的暗号。向导可能带队伍走正确的路，也可能把队伍带进匪军的包围圈。

尖兵排没找到百姓，却抓了个国民党的士兵。团首长即对俘虏进行审讯，得知这条主路直接通往大庸，并得知城内的敌 122 军已准备弃城逃走。

团党委立即研究认为，天色已晚，很难按原定计划向北推进与 416 团会师，于是决定争取战机，顺主路疾赴大庸城。

后来的结果证明 417 团党委的决定是完全正确的。敌 122 军在大庸城的南、北和西面部署了重兵，对我军进行了较严密的防范，但在城东几乎没有设防。因为敌军认为城东有澧水做屏障，水深浪急，且无桥无船，故断定我军不可能派主力部队从东面进攻。沿澧水翻山再走主路的 417 团几乎没有遇到敌兵就赶到了大庸城东门之下。

历史总有很多巧合，很多战功来自巧合。但偶然之中包含着必然。如果417团没有大无畏的精神和舍我其谁的勇气，他们就不会克服重重困难赶到城东。如果换上国民党部队，他们或许只能在骂骂咧咧中原路撤返了。

417团在东门下听到西门、南门那边传来隆隆的炮火声，信心倍增。他们知道，大庸城已被我军团团包围了。于是，417团向东门发动强攻。其余三面的敌军来不及也顾不上驰援东门，十多分钟后，417团高举红旗，杀声震天地从东门冲入大庸城。

417团冲进东门时，夜幕初下。团首长命令分散摸索前进。

一营营长、山东籍勇士阎太云和三连连长曲贤圣带领一个排，在弯弯曲曲的街道内摸索前进，在黑暗中抓到一个敌军官。

阎太云、曲贤圣立即审讯该军官，得知该军官是敌122军军部的一名副官，姓孙，并得知敌122军军部已从文庙迁至大庸县立初级中学内。

原来，狡猾的敌军长张绍勋认为，初级中学不起眼，且师生众多，解放军不可能重炮进攻学校，甚至可能会忽视对学校的把控，这就给了军部官员换装逃脱的机会。

学校不能强攻，怎么办？阎太云暗觉不好，但立即心生一计。

他压低声音威严地对被俘的敌副官吼：“蒋介石都已经完蛋了。你想死还是想活？”

敌副官扑通一声跪下，连连求饶：“我上有老下有小，我当然想活啊！”

“那好！你带我们去军部！”阎太云命令道。

“这……这……你们到哪儿弄敝军的军装呢？”敌副官感到为难。

“老子就穿解放军军装去！你跟哨兵就说是张绍勋请的解放军代表来谈判的！”

“不敢啊！不敢啊！张军长知道要杀头的！”敌副官拉开哭腔。

“怕张绍勋杀头？不怕我现在就杀了你！”

敌副官赶紧求饶，答应带路。

于是，阎太云、曲贤圣带领全排士兵跟随敌副官往初级中学走。

敌军军部的哨兵看见，吓得大叫：“站住！干什么的？”

阎太云用手枪顶了顶敌副官的腰。敌副官用略带颤抖的声音骂：“瞎了狗眼……这是张军长请来谈判的……”

“原来是孙副官啊！对不起！对不起！”敌哨兵伶俐地道歉，但他听出副官的声音有异样，准备朝天开枪。曲贤圣一刀抹在哨兵的脖子上。

后来的两道岗哨，阎太云一行人如法炮制，一直走到校长办公室。听到里面有人在高声说话。

“说话的就是张军长。”敌副官告诉阎太云。

“不许动！”

“举起手来！”

“缴枪不杀！”

曲贤圣带领战士们冲进去，几十支枪口对准校长办公室里的六七个敌军官。

校长办公室里，敌122军军长张绍勋、217师师长谢淑周、345师师长黄鼎新等全部举起手来，乖乖就擒。

张绍勋只得发出部队投诚的号令。

正在这时，139师师长颜明德、政委袁福生率领416团从西门攻入城内。

大庸全城解放。

县城解放了，但大庸县内的匪军并不肯销声匿迹。年底，匪首张宏勋、宋占元纠集土匪头子开会。他们对国民党张绍勋部的软弱无能极度不满，扬言“叫共军领略真正的湘西本地汉子是多么强悍难敌”。

那次会议上，他们策划攻打县城。

获知该情报后，我军大造二野大军要过境的舆论，假装四处筹备粮草，安排二野大军住房，借以迷惑吓唬匪军。张宏勋、宋占元摸不清我军底细，不敢轻举妄动。我军抽派一个排连夜出击张宏勋，“湘西本地汉子”张宏勋乖乖地缴械投降了。

次年初，我军主力从四川、重庆返回后，剿匪部队对另一个“湘西本地汉子”宋占元部进行围剿，宋占元被我军活捉。宋占元部的残兵全部或投降或被俘。

2. 永顺，汪援华投诚

汪援华的人生是一场悲剧，但其中的悲意，我在后来才品味出来。在 20 世纪四五十年代，我和随军顾问陈今新、蒋新夫及随军作家蒋牧良一样，只感受到了胜利的甜蜜和喜悦。

汪援华投诚的详细情况，是我陪同蒋牧良先生到 141 师了解收集的。

1949 年 10 月，我军 139 师胜利解放大庸。由石门经九溪、桑植推进至大庸以北的 141 师来不及休整，继续浩浩荡荡地开向永顺。

永顺县城正驻守着 9 月初才树了国民党旗帜的湘西匪军——暂编第一军的暂四师、暂编第三军的暂五师。

大庸城被解放军攻破，敌 122 军张绍勋、谢淑周、黄鼎新等一齐被生擒的消息立即传到永顺敌军暂四师、暂五师的耳朵里。

接着，我军 141 师直赴永顺的消息也迅速传到永顺。暂四师和暂五师决定保存兵力，弃城逃跑。

弃城前夜，敌暂五师原师长汪援华刚升任暂编第一军副军长，师长由肖仰之代理。暂五师原本拥兵九千余人，但出城逃跑时溃不成军，汪援华和肖仰之仅率亲信 300 人逃至樟木桥。

10 月 19 日，永顺县解放。

我 141 师决定以“拉”的方式争取汪援华。

我军知道，汪援华不属于“死硬派”。汪援华与一般土匪不同，他没有完全丧失正义感，他没有完全抛弃血性。他曾经参加过北伐战争，也曾在淞沪会战中与日寇进行过血战[①]。军首长认为，如果对汪援华进行政策宣传，他是可以被争取过来的。

从解放军胜利渡过长江起，汪援华就一直在痛苦地思考何去何从的问题。他任国民党常德警备司令时就动过起义的念头。解放军节节南下，打到洞庭湖畔时，他跟桑植县原县长、绥靖公署少将高参冯泉密谋起义，并派人与解放军接头。但他派去的人尚未返回，解放军已包围常德，汪援华跟着宋希濂的副司令、常德指挥所主任周磐退至沅陵，因而错过了率部起义的机会。

永顺解放的次日，受141师师长叶健民、政委刘旭指示，永顺县原参议长向乃根及参议员唐纯青等人组织成立了“永顺临时治安委员会”，由唐纯青任主任。

22日，永顺县民主人士谭子琪带着141师副师长余启龙及唐纯青等人的亲笔信，找到汪援华和肖仰之。

谭子琪向汪援华讲明了新中国已经成立、国民党已经垮台的形势，劝汪援华抓住机会投诚。汪援华深感解放军是给他面子，也是给他生的机会，一旦开战，他凭300残兵败卒，能跟威猛如虎的解放军对抗吗？他一家老小还能有活路吗？

次日即23日，永顺临时治安委员会主任唐纯青亲自赶到樟木桥，转达141师师长叶健民、政委刘旭对他的邀请。

唐纯青说，解放军欢迎他入城商议，并允许他带随从和枪。

汪援华相信解放军和共产党言行一致，于是与部下稍作沟通，便率代师长肖仰之、一旅旅长曹培斌、一团团长鲁邦典、二团团长汪楚雄、三团团长覃培伍及几名卫兵跟随唐纯青进了城。

141师师长叶健民、政委刘旭、副师长余启龙等热情地接待了汪援华

① 淞沪会战时，汪援华任国民革命军第73军15师45旅89团二营营长。

一行。汪援华一行当即表示愿意投诚，并当场签名画押，宣布投诚。

次日，汪援华以暂编第一军副军长的名义发出《告暂四师、暂五师及永顺县地方部队官兵书》，劝告暂四师、暂五师余部及永顺县人民自卫军放下武器，向解放军投诚。他忠告道：“大势所趋，如洪水之猛下，逆潮以冰，鲜不灭顶？时机稍纵即逝，为福为祸，多于一念之间。一念之善，则为天堂，则为革命斗士。一念之差，则为地狱，则为民族败类，则为人民罪人。”

接着，141 师派唐纯青到松柏场，向敌暂四师劝降。

唐纯青到达时，暂四师师长罗文杰不在。副师长向明岐热情接待了他多年至交唐纯青，并立即召集团以上军官开会商议。

那天，向明岐主持召开的会议开得很不顺利。

一旅旅长李兰初在会上撒野。他骂道：“咱暂四师八千多兄弟，都是罗师长一手带起来的。今天罗师长不在，谁也别想做主！”

他还打算冲出会场去枪毙唐纯青。

副师长向明岐见李兰初如此放肆，也发起火来，他训斥李兰初：“两军交战不斩来使。你休敢碰唐纯青一根汗毛！投不投诚，各人自己决定，我姓向的绝不为难大家。但是，江山已改蒋为毛，我们面临的形势很明朗。要战要和，大家拿各人的身家性命仔细掂量！”

会议不欢而散。

会后，李兰初拖走了一部分“死硬派”向东南方向逃窜，躲进云庵山五连洞。

第二天，向明岐和二旅族长向宗模及部分团长率余下队伍进城向解放军缴械投诚。

暂五师余部除副师长曹振亚拉走一路人马外，大多都向解放军缴械投诚。

应该说，汪援华是有重大立功表现的。他的悲剧，我将在后文叙述。

3. 凤凰，“湘西王”归顺

“湘西王”归顺，是随军顾问陈今新、蒋新夫引以为豪的事情，也是随军作家蒋牧良先生在跟我聊天中数次提到的事情。蒋先生很喜欢凤凰的风土人情。我陪同他去凤凰古城采访过几次。每次到沱江边上，他都要久久驻足，甚至坐在江边的石头上，饶有兴致地欣赏江边的吊脚楼。蒋先生极喜欢凤凰的景致。江边有山，他得空就叫我陪他爬山。我的老家长沙县有山，后来在重庆更是多山，但那些山确实都比不上凤凰的山。没有土匪的凤凰林中，我们很放松，沿山路蜿蜒而上，进入密林深处，便领略到古诗中“蝉噪林逾静，鸟鸣山更幽”① 的意境。清脆的山泉在林壑间淌过，留下一串叮叮当当的旋律。来自大自然的乐音，轻轻叩击着我们的心扉。

我记得蒋先生说过的一句话。那是一天上午，刚爬上一座山，他站在山顶，望着山下的坨江，肯定地对我说：“凤凰的和平解放保全了凤凰的美。若干年之后，凤凰必将让世人流连。”

湘西凤凰的和平解放，是我军对匪政治攻势的又一次胜利，是使凤凰人民免于战火的一件大喜事。

1949 年 11 月间，47 军军长曹里怀、政委周赤萍率军部及 140 师、军直炮团和教导队进驻沅陵，成立湘西军区。47 军与湘西军区两块牌子一套人马。曹里怀同志兼军区司令员，周赤萍同志兼军区政委。在这之前，一部分逃入山林的国民党反动军队和地方土匪武装慑于我军军威，自忖匿于深山前景堪忧，于是纷纷派人与我军联络，表达归顺投诚的意愿，希望免于一死。

---

① 南朝诗人王籍《入若邪溪》中的诗句。

我军党委深刻分析形势，研究认为，应认真总结争取汪援华投诚的成功经验，扩大政治攻势成果，对那些“死硬派”进行军事清剿的同时，对一部分可争取的武装队伍，应继续开展政治攻势，以有效的政治攻势赢得人心。

“湘西王”陈巨金①成为我军党委争取的重点对象。

陈巨金，是生长于湘西凤凰苗人中间的汉人，清朝末年曾任过统领，官衔相当于解放军的营长，领兵镇守西藏，沦为当时清政府镇压西藏人民的工具。在西藏干了三年后，陈巨金的部队被西藏人民消灭。他经青海、甘肃逃回湘西老窝。回来后靠反共再次起家，历任国民党师长、省防军第一警备司令等，曾以五万之众“围剿”红军。后国民党湖南省政府利用他在湘西的所谓名望，任命他为湘西行署主任。因其旧部遍布湘西，所以有“湘西王”之称。

随军顾问陈今新、蒋新夫曾在行军途中向47军首长提过争取“湘西王”陈巨金的建议。两位顾问说，陈巨金是湘西之王，湘西的土匪都听他的招呼，如果争取他下山，可以成为解放军解决湘西问题的一把钥匙。因此，他们建议我军充分重用他，给予其一定的地位，并通过他的影响，收编土匪部队。

47军政委周赤萍同志认为，如果陈巨金愿意下山，并愿意帮助我们争取其他土匪投诚，当然是好事，我们当然很欢迎，但绝不能依靠他来搜罗湘西土匪加以收编，否则可能毒害我军纯洁性，并可能养虎遗患。

事实上，陈巨金当时确实是值得争取的。

那年8月1日，蒋介石亲自给陈巨金写过一封信，信中要求他“戡乱建国，共图中兴”。但老谋深算的陈巨金没有回信，也没有作出明确答复。他心里清楚得很：不久将是共产党的天下，蒋介石离最后的败退不

① 后一般写作“陈渠珍”。当时我军称他为“陈巨金”。

远了。

9月的一天，47军副军长晏福生和联络部部长顾凌申邀请当地有名望的民主人士陈裕新、李振基等到沅陵47军军部座谈，并恳请他们前往凤凰与陈巨金见面，向他陈述当今形势，并邀请他到军部来商议和平解放凤凰乃至湘西之策。

陈裕新等人表示愿意全力帮助解放军劝说陈巨金。

陈裕新、李振基、朱寿观等民主人士带着47军首长写给陈巨金的亲笔信，立即从沅陵启程，走了四天终于到达陈巨金的老巢——凤凰县千年古堡黄丝桥。

陈巨金阅信后表示，从凤凰和湘西人民生命安危出发，他愿意考虑和平解放事宜。

随即，他向凤凰的部下发出“和平令”，叫他们“暂不要与中共大军武力对抗”。

不与解放军对抗，这实在是人民解放军与凤凰苗民的一次“双赢”。若要硬拼起来，人民解放军威武无敌，自然要坚决打赢。但凤凰竿军以勇猛著称于世，当年与日寇在浙江嘉善一战，凤凰竿军以死相搏，阻敌七天七夜，令日军亦感胆寒。

但当时陈巨金的内心仍犹豫不决，他没有同意到沅陵与解放军座谈。

月底，湖南省临时人民政府派出陈巨金的旧部高参王尚质、戴季韬等再次赶到黄丝桥劝陈巨金投诚起义。

1949年10月1日，是新中国在北京向世界庄严宣告成立的日子。这天，陈巨金正与王尚质、戴季韬密谈之际，民主人士李振基、朱寿观再次带着47军首长的亲笔信来访。

军首长的信里说，征得贺龙元帅同意，建议陈巨金不日进京，参加全国政协会议，请他做好赴京准备。

在湖南省临时人民政府和47军的两方劝说下，陈巨金终于顺应形势，作出了投诚的明确表态。

他提笔给 47 军首长回信。信中说，他“从旁指导凤、乾[1]两县组织治安委员会，改组农、工、学机构，以为解放之准备，深望凤、乾早日解放……得为解放区自由幸福之人民，余愿足矣……”。

接陈巨金的回信后，我军首长深感欣慰，翘首盼望其正式投诚。

10 月下旬的一天，陈巨金把他的旧部下及一些旧军政要员熊子霖、谭自平、包凯、沈荃[2]等邀至其家，召开会议，商议向解放军投诚之事。与会人员一致表示：“唯玉公[3]之命是从。”

11 月 7 日，凤凰县和平解放。

两天后，第二野战军的第一批部队及第四野战军 47 军部分队伍经凤凰顺利入川。

陈巨金说服并带领一批匪军投诚，并实现凤凰和平解放，因而是有一定功劳的。但功劳也并非后来有些人说的那么大。在军部的一次宣传座谈会上，我听到周赤萍政委对蒋牧良先生说，“湘西王”没有太大的实质影响力，在凤、乾以外，他未能为人民搜罗一人一枪。

4.“苗王”龙云飞毙命

“苗王”龙云飞跟“湘西王”陈巨金是同乡，也是凤凰人。陈巨金是汉人，所以不是“苗王”。龙云飞才是“苗王”。

龙云飞的人生有过一段辉煌——他曾在长沙保卫战中重挫日军，为保卫长沙保卫长沙人民立下不可磨灭的战功。但他在大是大非面前认不清方向，与国民党勾结，与解放军为敌，回湘西为匪后罪大恶

---

① 即凤凰、乾城。

② 著名作家沈从文先生的胞弟。因抗日立功，被国民党授中将军衔。当时已辞去军职，回到家乡凤凰。

③ 即陈巨金。陈巨金，号玉鍪，人称“玉公”。

极，功不抵罪。我在整理龙云飞毙命的档案资料时，内心极不平静。蒋牧良先生也对龙云飞在长沙保卫战的战功予以充分肯定，但他曾对我痛心疾首地评说：“天作孽犹可恕，自作孽不可活。龙云飞是自作孽啊！”

龙云飞率军抗日的英勇事迹，我也早有耳闻。我曾与负责围剿龙云飞的417团、416团、419团的宣传干事们作过认真探讨。我说，对于龙云飞，我爱其勇猛善战，爱其在民族危亡之际舍身报国并重挫日寇，展示了中国军人的骨气和威风。但我恨其凶残，恨其与民为敌，恨其滥杀无辜丧尽天良。

龙云飞也是凤凰人，年轻时曾跟随“湘西王”陈巨金，深为陈所器重，成为陈的得力干将。龙云飞为人凶残毒辣，善于投机钻营，所以步步高升，官至凤凰、麻阳“警备司令”和“七县屯务军指挥”。他自称“苗王”，强拉大批民工，给他盖起一座宫殿式大厦，侵夺千亩良田，娶得三妻四妾，并抓来上百个奴仆。

这些奴仆被抓进来时都年轻力壮，进来后没有人身自由，终年劳苦，挨打挨骂，没有一分钱工钱，等到年老力衰，龙云飞即令家丁将他们推下万丈深渊，活活摔死。

“苗王”对人残忍，在他的宫殿里设置刑堂，以杀人为乐。湘西众多匪首中，龙云飞杀人方法最多：丢鬼洞、推深渊、挖眼珠、破膛肚……他还喜欢用烧红的铁棍插鼻子、从活人身上剥皮。

张治中上任国民党湖南省政府主席后，派员前往凤凰收编革屯军，把凤凰一带的革屯军编为湖南新编第一旅。龙云飞任旅长。

1939年国民党第九战区司令长官薛岳收编龙云飞的新编第一旅，将其编入新六军暂六师。龙云飞任师长。在长沙保卫战中，龙云飞率部阻击日军，立下赫赫战功，受到蒋介石好评，并被蒋亲自任命为第六战区司令长官部少将参谋。

然而龙云飞受不了正规部队的约束，辞职回湘西，返回老家凤凰总兵营①，联合惯匪头子杨和清成立“湘西反共救国军”，后又扩充为“川湘黔反共救国军”，搜杀共产党员，并捕杀了一批准备配合解放军剿匪的苗民。他执迷不悟，一边残杀百姓和革命人士，一边等待蒋介石反攻大陆。

凤凰解放后，湘西行署和解放军多次派凤凰县委书记崔强、县长宋子兴等带人到总兵营做龙云飞及其子龙奎元的工作，争取其父子站到人民一边来。

一天，417 团部分战士在外巡逻，一位战士发现地上有一把电线，通信兵立即插上话筒，刚好听到有人在通话：“……两路包抄……务必趁机消灭共军……”

通信兵立即回来报告。通信兵窃听的重要情报与 417 团情报兵探听的情报完全吻合。原来，龙云飞父子受国民党特务陈靖雄唆使，拒绝我方的多次规劝，纠集杨和清及多路匪兵三千余人兵分两路袭击位于凤凰县城东、西两侧的鸦拉营和得胜营，企图包抄县城。

这位昔日的抗日名将，在历史和人生的关键时刻做了极其错误的决定，采取了极其错误的行动。

当时我军主力担负着在各地剿匪的重任，县城常备队兵力有限，情况十分危急。417 团副团长丁原昌率四个连队火速赶到凤凰县城，一部分兵力在县城补充设防，一部分兵力赶到鸦拉营和得胜营与龙云飞匪兵交战。匪军败逃木里山区，三天后又纠结在一起攻打宜哨，被我军击溃。我军分四路追击，占领龙云飞的老巢总兵营。

龙云飞没料到解放军的战斗力这么强，也料不到他自己和同伙的部队如此不堪一击。他思前想后，已是走投无路，只得带着儿子和亲信潜伏在凤凰、麻阳交界处的深山老林之中。

麻阳、凤凰两县好几万苗、汉人民在人民政府、解放军和民兵的帮助下，自发组织起来，在方圆几十里的交通要道设岗放哨，并堵截了连

① 现名山江镇。

绵不断的大山的各个出口。

机会成熟了！我军组织群众和民兵开展万人大搜山行动。搜山群众与解放军混合编成数千个小组，带上猎狗，每人带了六天的干粮，手持长枪、短枪、长矛、锄头、柴刀等进山，布下天罗地网。

搜山军民有时翻攀悬崖，有时钻进地穴，有时跳越裂罅，有时蹚过溪河。山里蚊虫多，荆棘密，晴雨不定。军民克服了重重困难，不断缩小包围圈。

搜到第五天，军民身上的干粮快吃完了。

突然，解放军某排排长曲荣和文化教员张引听到一位苗族组长呼喊："有土匪从山洞里跳出来了！快追啊！"

一问才知道，这个苗族组长带领组员搜到一个山洞口附近时，猎狗狂吠不已。这位苗族组长用长矛往里猛戳，突然从洞里窜出七八个匪兵，推开组员夺路狂逃了。

曲荣和张引分成两路朝组长手指的山窝包抄过去。这时，前方五六百米处响起了机枪声。原来，那边的搜山小组也发现了匪兵，我军的机枪朝匪兵逃匿的地方开火了。

枪声一响，原本寂静无声的山窝里突然钻出数十名搜山军民，大家一齐往前追赶。

曲荣和张引刚冲到半山腰，走投无路的匪兵端着机枪、长枪迎面扑来。曲荣立即指挥大家隐蔽并进行还击。当场打趴了三个匪兵。

剩下的匪兵掉转头，朝山林深处几个小茅屋逃去。

军民们将那几个小茅屋团团围住，并迅速靠拢。

搜山的群众说，小茅屋里不会有农民，因为农民都加入搜山队伍里了。他们还说，这几个茅屋可能原本就是土匪点烟报信的哨岗。

军民们与匪兵进行了短短几分钟的火力对射后，几个茅屋都静了下来。

"活捉龙云飞！"军民们怒吼着冲了进去，看到这样一幕：

一间屋后，躺着龙匪的军师田瑞清的尸体。

一间屋的窗下，躺着龙云飞的儿子龙奎元的尸体。

一间屋的后沟里，躺着大肚子“苗王”龙云飞的尸体。这个曾经阻击日寇令日寇寸步难行的英雄人物，竟以这样可鄙可悲的方式谢世。

第三章
遭遇“下马威”

1. 晃县血案

我曾在蒋牧良先生面前流露出对湘西土匪战斗力的轻蔑。蒋先生对我说：“湘西土匪如果真的那么没有战斗力，匪患就不会拖到现在啊。”果然，后来收集剿匪资料时，才明白蒋牧良先生的分析一点也没错。

1949 秋，47 军主力部队配合二野入川后，未被剿灭的土匪一边吹牛皮：“别看共军多威风，也不过是一阵风！湘西还是咱们的天下！”一边抓紧时间招兵买马，土匪数量大幅反弹。

年底，成都、重庆解放后，我军入川主力部队返回湘西。土匪气急败坏，决定给我们一个又一个“下马威”，让我们再次变成“一阵风”，好让湘西再次变成土匪的天下。

我 47 军分散进驻湘西各地。其中，140 师 419 团主力返回晃县。

第二年春节后的一天，军部接到该团部报告：该团发生血案——四名战士被土匪枪杀。原来，那天早上，该团派出五名战士乘船上街买菜，买菜后又乘船赶回团部。船行至一个河弯时，五位战士遭到一大股土匪伏击。

土匪人多势众，火力又猛，我军五名战士寡不敌众，除一人带着枪伤潜入冰冷的河水中逃脱外，其余四人英勇牺牲。受伤逃脱的战士在河岸边的草丛里藏了很久，险些冻死过去。后在老百姓的帮助下，赶回团部报告。

“咱们还没剿杀土匪一兵一卒，倒叫土匪杀了咱们四位战士！”团首长们义愤填膺，立刻派出一个连的兵力分头朝事发点扑去。河弯早已不见土匪的踪影。战士们又分头追到山林里搜寻。但大山绵延，山高谷深，树木茂密，荆棘密布，搜寻难度极大。

连长姓王，东北人，四十岁出头，虽然在山里转悠了大半天徒劳无获，但他咽不下这口气，不肯轻易收兵。入夜后，恐遭匪兵围歼，王连长只得率战士们返回连部。

第二天天刚蒙蒙亮，王连长率队伍再次进山搜寻，在山口见到一个砍柴的老头。

这老头须发斑白，身材瘦削，穿着破烂，一看就是当地山民。

王连长客气地跟他打招呼，并招呼他过来聊天。

老头说他是这个山麓的苗民，老婆死得早，两个儿子被土匪打死，两个女儿一个被土匪抢走，一个被土匪杀害。他告诉王连长，他痛恨土匪，恳请解放军帮山民们除害。他还说，他熟悉昨天杀害四名战士的土匪，他知道他们的藏身地。

王连长大喜过望，请他带路。

但经历了南征北战的王连长多了个心眼。他知道这里的土匪跟老百姓在外形上一模一样，必须处处谨慎小心。

于是，王连长请老头带该连一营一班的战士前往搜寻，他带剩余的四五十人尾随策应。

跟随老头打前站的一班班长姓李，河北人，他和战士们一样，都不太习惯走山地。可那老头带的路偏偏七弯八拐，一会儿上，一会儿又下，爬过了四座大山，又下了四次山谷。转了四五个小时，李班长和战士们累得气喘吁吁，早已不知道返回的路。回头看时，早已不见了王连长的策应队伍。

李班长走得生疑，忍不住问老头：“阿叔，咱们没走错吧？”

“只管放心来。过一阵保证有你们要的猎物！土匪精得很，他们的窝不会在大路边，要不早被你们剿光了！”老头一边回答，一边带着战士们朝前走。

又走了好一阵，一个班的战士在老头的带领下来到一个洼地。

离洼地七八百米处，正有一缕青烟飘起。

老头说：“土匪在煮中午饭呢！”

李班长示意战士们迅速隐蔽起来，他自己爬上一棵树观察。

他看到青烟飘起的地方有一个岗哨，有一个土匪肩挎一支长枪在来回走动。还有几个人影在岗哨后面走动。

“真的找到匪巢了！”李班长心里一阵激动。在此之前，他们班还没有跟土匪交过战。第一次搜寻土匪，他们班就率先找到了匪巢！

李班长正在寻思该怎么端掉这个匪巢，老头面露惶恐地说：“长官！我不敢跟着你们打枪。我家里老母在等我打柴回家呢。”

老头说罢，钻到一块大石头后面，匆匆往林子里走。

过了一会儿，突然四面枪声大作。

“杀死解放军！”

“坛子里的龟脑壳，你们跑不了啦！”

原来，那个“砍柴的老头”其实是一个老匪。一班的战士被带进了土匪精心策划的埋伏圈，他们被七八十个土匪团团包围了。

李班长知道中了计，赶忙指挥战士们四散开，并迅速藏身在大石头、土堆和大树后，用冲锋枪、手榴弹等抵制土匪一次次的进攻，并占领有利地形，择机撤离。

那天，从下午两点左右，激战到傍晚。眼看子弹和手榴弹所剩不多了。情况越来越紧急。再不能撤退，或再得不到王连长的救援，全班战士可能全部“光荣”①。

① 即牺牲。

李班长他们危在旦夕，王连长他们在哪儿呢？

原来，老匪带领李班长他们翻山越岭兜圈子，作为策应的王连长带着大伙人马越落越远，后来，他们遭遇一大伙土匪，双方激战，王连长他们一直脱不开身。就算脱了身，也找不到他们。山那么大，到处是瀑布，很难清晰地分辨枪声的具体位置。

好在天快黑的时候，山顶上响起解放军的冲锋号。

王连长摆脱了大伙土匪的纠缠，杀得匪军七零八落，听到枪声火速赶来支援一班来了！

围着一班厮杀的土匪原打算耐心地等到天黑，再放赶山狗[①]出来，一个一个活捉我军战士，没料到解放军居然来了大部队吹起冲锋号策应。土匪竭力顶住王连长率领的大部队的进攻，但渐渐抵挡不住，土匪们边打边撤，退到树林里各自逃窜了。

那一仗，不但没能报前一天遇害的四位战士的仇，还牺牲了八名战士，重伤两人，失踪一人。

土匪逃窜后，心急如焚的王连长连夜找到山下一位老猎人，恳请他协助寻找失踪的战士陈秀琛。

“活要见人，死要见尸。哪怕只有一线希望，我们也要尽最大努力争取！”王连长对老猎人说。老猎人感动了，不顾老伴劝阻，带上他的猎犬就跟王连长出门。他们先回了营房。猎犬的战士的寝室闻了闻陈秀琛的被子、枕头、鞋子及没来得及清洗的衣服。老猎人和猎犬随即带着王连长和战士、护士一起进了山，在伸手不见五指的黑夜莽林里寻觅。一直寻到次日天亮，猎犬对着悬崖下的某处狂吠。

王连长和战士们急急探下头去，看到在悬崖下的一根树枝上挂着一个人。

“陈秀琛！”战士们惊呼。

---

① 一种凶猛的猎狗。

两个战士顺着绳索下了悬崖，把陈秀琛从树枝上抱了下来。

陈秀琛的身子冰凉僵硬，早已经牺牲了。

这位英勇的战士陈秀琛，是湘西本地人，原被国民党军抓去当兵，辽西会战中国民党军集体向我军投诚后，他参加解放军，刚入了党。可惜这位二十岁不到的苗族后生，在家乡的土地上壮烈献身。

后来，我们从被捕的土匪口中得知，那天陈秀琛被土匪活捉后，匪首叫他同化为匪，他用苗语严词拒绝。土匪们在他要害处捅了数刀，然后把他踢下悬崖。

2. 赎救向兰香

如果说晃县血案还算是“兵家常事”的话，那么，花钱赎人，就算是“胯下之辱”了。忍常人不能忍之事，才能成常人不能成之事。这是我和蒋牧良先生及军部宣传部其他干事的共识。

回戈湘西后，139 师 416 团奉命进驻泸溪。

泸溪县大陂流的匪首杨云飞率领喽啰们撤到大山里，藏匿不出。经过几次剿匪行动后，收效不大。

当地老百姓有传言，说杨云飞是个“再生人”。

“再生人”是湘西传说中的一种神秘人，这种人在刚学会说话不久就告诉家人——他的前世是某某某，他是投胎来的——解放军首长不相信迷信，但也不断定“再生人”现象是假的。

当地老百姓说，杨云飞在满两周岁后就告诉他的家人，他的前世是邻家被野猪咬死的一个屠户，他于某年某月某日在某地被多大的野猪咬了几处致命伤。他带着屠户的家人去事发点，他所说的居然与事实毫厘不差。

说杨云飞是被野猪咬死的屠户投胎，还不如说他就是一只极其凶恶的野猪。他犯有滔天罪行。1950 年 1 月初，他在泸溪、乾城边境的麻扎鱼梁袭击由 416 团直山炮营三连护送的 48 条货船，凶残杀害 24 名战士，将 48 条货船上的物资洗劫一空。

一天，团部接到老百姓报告：女农民向兰香及另几个小伙子农民被杨云飞抓进山里，杨云飞提出要赎金 500 元。报信的老百姓说，杨云飞放出狠话，如果三天之内收不到赎金，就立即杀掉向兰香等人。

向兰香及其他几个小伙子家都是贫苦山农，家里肯定拿不出钱来。乡亲们都没有钱，所以向我军团部报信，听听团部的意见。

向兰香是大陂流的一位女农民，这些天来在帮助我军剿匪上有功。

被杨云飞抓走的一个月前，向兰香和大陂流其他农民一样，没有见过解放军。

泸溪解放的消息，向兰香早就听到了。但一直没有机会走出大山，走到县城看看解放军的模样。

她听说，解放军待人和气，买卖公平，不拿群众一针一线，向贫民发放救济粮。她还听说，解放军要没收土豪的田地，并且分给贫苦农家。

有一天，一个在外地干活的泥瓦匠回大陂流，带来一个喜讯：解放军住进了河溪。

河溪离大陂流有三十里山路。这个距离，一天能转个往返了。

听到这个消息，向兰香兴奋得一宿没合眼。第二天，她带上两个六七岁的儿子，像回娘家一样，兴高采烈地翻山越岭到河溪看解放军。

下了山，进了河溪的地界，母子三人充满好奇，站在路边伸长脖子，期待解放军的出现。

那天，向兰香和两个儿子如愿见到了解放军。

一位牵着战马的解放军战士见到了她，笑容可掬地向她打招呼，问向兰香从哪里来的。向兰香第一次看到这么温和亲切的“大兵”，感动得眼泪在眼圈里打转转。她说她从大陂流来，只为带孩子看看解放军。

牵战马的解放军也很感动，他像亲叔叔一样把孩子抱在怀里。

另几位解放军战士也围拢来，问向兰香母子饿不饿，其中一位解放军战士给了她两个儿子几个白馒头，还送给她一张毛主席的肖像画。

向兰香相信，解放军对老百姓的亲情，绝不是装出来的。相比之下，国民党的军队，哪曾正眼看过老百姓一眼呢？哪肯抱老百姓的孩子？哪会担心老百姓的饱与饥呢？

“亲人！他们是我们的亲人！”向兰香带着儿子回大陂流时，一路都在想。

回大陂流后，向兰香跟邻居们描述她的见闻。她说解放军对穷人亲，说解放军把老百姓当家人，说解放军的帽子上有一颗“红五星”。乡亲们都盼着“红五星”早日到大陂流，挖掉杨云飞这颗“毒瘤”。

过了一些日子，“红五星”真的来了大陂流！

这些“红五星”是河溪解放军一个连的兵力，是专门来剿灭匪首杨云飞的。

这个解放军的连队不熟悉路，请当地老百姓带路。

向兰香第一个报名申请带路。在她的带领下，另有七个小伙子也申请为解放军带路。

解放军的连队兵分八路，在向兰香及乡亲们的带领下，摸向杨云飞驻扎的小龙溪寨。

小龙溪寨那一仗，解放军如猛虎下山，匪兵四散逃窜。遗憾的是杨云飞和大部分匪兵逃掉了，解放军只生擒了十几个散匪，并缴获了三部电话机、十几支步枪和一些食物。

在大山里撤退时，解放军遭到暗处土匪的机枪扫射，死伤了六七人。

解放军的连队没有在小龙溪寨和大陂流驻扎下来，而是连夜带着死伤的战士并押送土匪俘虏赶回了河溪。

杨云飞的眼线、恶霸地主胡素珍派人向杨云飞告了密。杨云飞得知是向兰香等人带的路，恨得咬牙切齿。

一天深夜，杨云飞派人下山把向兰香及那七个小伙子捆了掳上了山。

向兰香他们被掳上山后，土匪们顾不上睡觉就开始实施暴行。土匪们把向兰香他们的上衣全部脱光，吊在洞里的木桩子上，甩开牛皮鞭子往向兰香他们身上猛抽。把他们抽得皮开肉绽后，泼上盐水。

然后就开始分开“审讯”。

土匪们把向兰香与其他人分开，单独提审。

“河溪有多少‘共匪’？”土匪恶狠狠地问。

“没有‘共匪’！只有亲人！”

又是一阵牛皮鞭子猛抽，再泼上盐水。

“‘共匪’有多少人？”

“还是那句话，没有‘共匪’！只有亲人！”

“老子问你他们有多少人？”

“不知道！”

那天夜里，向兰香不知挨了多少下牛皮鞭子，不知挨了多少盆盐水。

第二天一早，匪首杨云飞派了两个匪兵到河溪，给解放军送他的亲笔信。

杨云飞在信中狂妄地说，要处死向兰香如同捏死一只蚂蚁，但念及向兰香与解放军是亲人关系，那就请解放军拿500大洋来赎。杨云飞还写道，500大洋必须由送信的两个匪兵带回。

解放军驻河溪团部知道向兰香和七个小伙子是因为带路剿匪才被抓的，非常气愤。但团部研究认为，救人要紧，同意拿钱赎救。

那一次，杨云飞认为自己获得了大胜。他利用解放军救人为先的心理，轻易获取解放军的500元赎金。他更高兴的是两名送信的匪兵亲临河溪解放军团部，摸到了解放军团部的一些军情。

奄奄一息的向兰香及七个小伙子在一个深夜里被土匪带下了山。

但杨云飞没有料到，解放军赎救向兰香及另外七个小伙子的事在老百姓中传开了，解放军更加赢得了人心。被赎回的向兰香不顾挨打体弱，坚持为解放军指路。解放军连夜团团围住小龙溪寨，活捉了匪首杨云飞。

3. 女文工团员遭掳

比花钱赎人的“胯下之辱”更大的耻辱，且更让人不能容忍的，是我们的姐妹被土匪掳走。

部队回湘西不久，我们就听说永顺县郊“仙人洞”传来湘西军区女文工团员遭土匪掳走的消息。军部宣传部部长王山同志起先指示我们“不要收集”这方面的资料，后在蒋牧良先生等人的恳请下，默许我们了解相关情况。

其实，我军知道，女文工团员是土匪攻击的重点目标，一是因为文工团非战斗部队，战斗力往往不强，土匪容易得逞；二是因为女文工团员长相俊美，令好色的土匪们垂涎三尺。女文工团员遭土匪掳走的事曾有发生，所以全军及军区上下对文工团尤其是女文工团员重点保护，严加防备。

女文工团员、女战士一旦落入土匪的黑手，就会经受百般蹂躏，万般凌辱，那种经历实在惨不忍闻。

最早一次发生在1949年10月初。当时我军部队初到湘西，吉首、乾城一带的匪首老黑驴率千余匪兵突袭吉首县城，掳走湘西军区在县城内的五名女工作队员和一名女卫生员。军区部队在山里反复追剿了几个月，但没能抓住老黑驴的这股土匪。后来老黑驴派人送来书信，要求解放军用烟土和弹药赎人。部队假装答应赎人，并准备趁交换之机歼灭土匪。但狡猾的土匪早有防备，屡屡变换交货换人的地点。

那天，交货换人没成功。军区一个连队与前来接头的一小股匪兵发生枪战。匪兵逃散后，我军连队在山上发现一个匪窝的木梁上吊着一个浸透了鲜血的麻袋，里面是一具面目全非的女尸。

连队中没有人见过被掳的女工作队员和女卫生员。他们把女尸带回吉首县城后，经仔细辨认，确认女尸是被掳走的年仅20岁的女工作队员、军区某侦察排长的未婚妻小梁。当时小梁全身赤裸，牙齿全无，身上几乎没有一处完好的皮肤。

当天晚上，连队再次摸黑上山，没能寻到匪窝，但抓住了两个散匪。侦察排长亲自审讯那两个被俘的散匪。两个俘虏交代，他俩是受老黑驴诱惑新当土匪的。老黑驴曾派人下山宣传，说他们抓获解放军漂亮妹子一批，想“尝鲜”的赶紧入伙。他俩坦白，他俩都见过那六个被老黑驴抓上山的漂亮妹子，先后强奸过其中两个。他俩还听说，老黑驴敲光了其中三个最年轻妹子的牙齿，然后经常用他那根肮脏的“黑驴鞭”往年轻妹子嘴里塞。

“狗杂种!”侦察排长腾地站起身，一脚踹翻审讯桌，冲到两个俘虏跟前，挥起铁锤一般大小的拳头。

旁边的战士赶紧跑过去，使出吃奶的劲，紧紧抱住气得七窍生烟的侦察排长。

俘虏交代的情况报上去，上级指令迅速传来。军区首长当时吃饭，听到被掳女同胞的惨况，把饭碗狠狠地砸在地上。他指示，要穷尽一切办法解救被掳走的姐妹们。

侦察排长带着满腔怒火，在山上仔细侦察寻找，但直至消灭老黑驴匪部，也没能找到徐小梁以外的另外五人。有土匪说，五位姐妹被老黑驴折磨死后扔下悬崖喂了豺狼虎豹。

还有一次发生在1950年春节前后。湘西军区文工团组成小分队到我47军慰问演出。文工团小分队共20人，其中女文工团员14人，男文工团员6人。女文工团员中，除南下的老兵外，很多新兵是47军中的一支从常德出发途经著名的美人窝桃花江时招录的，个个长得国色天香，美若天仙。他们在47军军部及各师团驻地慰问演出了近一个月。农历正月十六早上，胜利完成演出任务的文工团20名演职人员在我军一支给养队的陪护下离开芷江去怀化，途中被蓄意埋伏的数百名土匪团团包围。敌我双方展开激战。等我47军驻怀化和芷江的部队闻讯赶到时，土匪早已逃窜得无影无踪。军区文工团和给养队近50人全已壮烈牺牲。

经现场勘察，文工团的14名女战士中，有五名腹背和脑部中弹，显然是在战斗中中弹而牺牲的，另外九人是自杀牺牲的——她们的中弹部位都在太阳穴，她们是在土匪最后冲上来时，为了不落入土匪手中而饮弹自杀的。

那伙土匪是穷凶极恶的变态狂。14名牺牲的女战士中，有的衣服被剥光，乳房被割掉，胯间被捅进了匕首。

那两件事情后，部队闻女文工团员被掳就色变，怎么永顺县郊“仙人洞”又有女文工团员被土匪掳走呢？

原来，是女文工团员爱美爱洁的天性和“仙人洞”口温泉的诱惑让她们落入土匪之手。

那天黄昏，湘西军区文工团几位战士在县城附近巡回演出后，乘车回部队时路过离县城不远的温泉。

到温泉之前，有人从山上往汽车上扔石头。战士们迅速下车，持枪准备战斗，却发现并无土匪，扔石头的是山上的一群猴子。战士们乐不可支，哈哈大笑。他们想，永顺是汪援华投诚之地，没有发生大的战役，且温泉离我军驻守县城的部队较近，枪声一响便可迅速得到大部队驰援，哪有那么不怕死的土匪呢？

女文工团员们放松警惕，加之一路泥尘，一身疲惫，就叫三名男战士在附近放哨，她们几个脱光衣服跳入林中的温泉。

然而事实就有那么残酷无情。女文工团员全部被掳走，帮她们放哨的三名男战士被土匪用刀砍死。

后来据分析，土匪的穿着与老百姓是一样的。他们假装是砍柴的山民或赶路的百姓，在外表上没有人能判断他们是土匪。他们一定是分散行动的。几个人假装成老百姓从不同的方向靠近放哨的男战士，用柴刀、匕首、石头等凶器凶残地杀害男战士，然后把赤身裸体的女战士掳进“仙人洞”，逃窜到保靖县了——“仙人洞”的另一个出口在50公里外的保靖。

第四章
擒匪先擒王

1. 围歼曹振亚

1950年秋，我打电话请求141师师部提供一些围歼曹振亚及活捉陈策勋的补充材料。第二天上午，141师即安排一名战士给我送来材料。这名战士叫罗盛教——就是后来在朝鲜救落水儿童英勇牺牲的国际主义战士罗盛教。他是湖南新化县人，当时在141师直属侦察连任文书，他平时表现好，多次受到嘉奖，所以我早就知道他。

这是我第一次见到罗盛教。可能是赶路太急，他的旧军衣已经湿透，好像能拧出水来了，帽檐下露出的一缕头发像刚洗过一般滴汗。那年他才18岁，中等身材，并不显得壮实，但那方方正正的脸膛，黑得发亮的肤色，一对倒竖的浓浓眉使他显得特别精干，特别是一双眼睛，虽然不大，却藏锋卧锐，流露出一种机警、智慧的神采。我叫他换下湿衣服穿我的衣服，他不肯。我收下他送来的材料，还顺便向他打听了汪援华投诚的一些事，不过他坦诚地告诉我，他了解汪援华投诚的情况不多。

罗盛教后来在朝鲜英勇献身的感人事迹，我将在后文叙述。这里，我先讲围歼曹振亚的故事。

我141师师长叶健民、政委刘旭在永顺县采取政治攻势，成功争取暂编第一军副军长汪援华、敌暂五师代理师长肖仰之向我军投诚。然而，暂五师副师长、“死硬派”曹振亚却不愿跟汪援华一起向我军投诚，他拉走一路人马，逃至槟榔坪一带。

这个曹振亚落了难，仍不改好吃好喝好色的习性。他喜欢吃五花肉，尤其喜欢吃肥肉。酒只喝本地人酿的“包谷烧”①。他还有一个恶习——喜欢喝人乳。谁家有媳妇生了第一胎，过了“十朝”②就得把产妇送上山，供曹振亚喝奶。产妇上山后，不光要给曹振亚喂奶，还要陪睡。过个十天半月，曹振亚才把产妇放下山。

人们说，曹振亚既要人当老婆，又要人当奶妈，是个变态鬼！

不是生第一胎的妇女曹振亚不要，他嫌生第二胎、第三胎的妇女年纪大、奶头软。

那时候湘西山里女人生第一胎时，一般都只有十六七岁。

也许是喝了人乳营养过剩，曹振亚肥得像头年猪。

不久，141 师主力奉命配合二野部队入川作战，仅留少部分部队及一个健康营③控制永顺、大庸两县。曹振亚大喜，认为解放军也不过是过路虎，嘲笑汪援华上了解放军的当。他自称“反共救国军司令”，一边欺压群众，一边磨刀霍霍准备反攻县城，一边还做着“蒋介石反攻大陆”和“第三次世界大战爆发”的白日梦。

1950 年年初，141 师主力回戈湘西，决定彻底收拾曹振亚。

师党委研究决定，将彻底收拾曹振亚的光荣任务交付给 423 团。这或是我参加 423 团作战立功的好机会，但我在军部宣传部工作，所以没有获得围歼曹振亚的机会。

1 月底的一天，鹅毛大雪纷纷扬扬，永顺莽莽群山银装素裹。地上一踩一个深深的脚印。这正是追击土匪的好天气。

423 团采取分兵围剿战术。一营经桑植县后转南，二营经大庸县狗子

---

① 山民用高山玉米酿的白酒，度数较高，酒劲大。

② 即产后十天。

③ 即留下来的伤病人员，非正式建制。

垭后向西，三营与团直属队经温塘向北。部队冒雪包抄前进，走了两天两夜。第三天凌晨三支队伍合围槟榔坪，由当地群众带路，以迅雷不及掩耳之势团团包围“反共救国军司令部”。

“司令部”空无一人。

我方的哨兵从桑植、大庸等地快马加鞭回来报信，曹振亚匪部前一天上午即化整为零，四散逃开了。

匪兵们逃匿前，还放出谣言：曹胖子曹振亚早就飞到台湾去了。

那次只抓了两个藏匿在农民家养伤的匪兵。第一次围歼计划没有成功。

4 月上旬，湖南军区召开了剿匪工作会议，根据 3 月中旬中南军区高干会议关于“在我力量不足时，某些次要地区可暂时空白起来，将匪有意识、有步骤地往一个地区或几个地区压缩，尔后组织力量一鼓而歼灭之”的精神，认真总结了春季剿匪的经验教训，要求克服少数同志中存在的急于求成与麻痹大意思想，使广大指战员进一步认识到匪情的严重性和剿匪斗争的艰巨性、复杂性。剿匪工作会议重新调整了部署，制定了新的进剿计划，决定暂时放弃湘西边缘区，相对地集中兵力对中心区进行重点进剿。

于是，湘西军区除少数部队留在边缘防线外，主力部队集中在大庸、永顺、保靖以南，会同、黔阳以北，凤凰、麻阳以东之中心地区，采取由东向西、由北向南、由中向外的进剿方针。

这样，处于中心地区以外的槟榔坪一带就暂未布置重兵进剿。曹振亚得以苟延残喘。他嘴里向部下吹嘘“共军奈我何”，心里却片刻不敢放松。

狡猾的曹振亚其实在 423 团的第一次围歼行动之后，就没有回槟榔坪，而是逃到湘鄂交界的九龙山庚家湾了。

423 团虽然把主力部队放在中心地区，但并没有放弃对“飞到台湾去了”的曹振亚的侦察。

一天，423团派出的侦察员老王，和永顺当地山民彭玉山一道，乔装打扮成山民，转悠到了湘鄂川交界处的牛石镇。

老王是怀化榆树湾人，口音和永顺本地话稍有不同。他假装是贩卖山货的邻县人。

傍晚，他俩走进一家客栈，要了一间楼上的客房，然后到楼下要了一张临窗的餐桌，要了些酒菜，边吃边观察动静。

他俩正喝着酒，听到邻桌好几个山民打扮的人说要到九龙山去。那群山民中还有一个行动迟缓的肥胖少妇。

彭玉山立即产生了怀疑。九龙山是个地势险恶之地，别说从没人去那里贩卖山货，就是砍柴打猎也不会往那里走。

彭玉山朝侦察员老王使了个眼色，二人便假装喝闷酒，其实在竖起耳朵听他们讲话。

彭玉山听到他们议论“胖子”，再看那个肥胖的少妇像是刚过“十朝”的产妇，猜测这是一群去找曹振亚的土匪。

他俩匆匆吃罢，上楼进房，商量对策。

“我立即回部队报信，你留在这里‘做买卖’！”老王说。

彭玉山也认为事不宜迟，老王最好连夜就回部队。

老王前脚刚出门，客栈的老板娘就喊：“啥子事黑天瞎火要出门？不怕土匪么？”

客栈瞬间寂静了。喝酒的、吃饭的、住房的全都屏住气息朝门口张望。

彭玉山急中生智：“他在这里不安分，出去找个漂亮小妹玩玩！”

“漂亮小妹咱店里多的是，他看不上眼？”老板娘一边说话，一边朝餐桌那边使眼色。

三四个山民打扮的人立即冲了出去。

彭玉山一看不好，正准备下楼尾随，被留在客栈的三个土匪扭住了。

这三个土匪把彭玉山捆绑了，用一团棉布堵了嘴，推搡着往门外走，一边故意嚷："欠老子的钱，看你还往哪里跑！"

土匪们把彭玉山拖上山，立即用黑布蒙上他的眼睛，往更深的山里走。

彭玉山的双肩双膀双手被绑得死死的，眼睛蒙着，嘴巴堵着，被人前拖后推。他一边走一边想："老王能不能顺利回部队呢？他会不会被土匪抓到了呢？"

土匪们到了大山深处的一个茅屋后，停下来歇脚。

彭玉山被土匪捆住腿和脚，绑在厨房外的石磨上。

有土匪狠狠踢了他一脚，狠狠地骂："狗日的！害得老子饭都没吃饱！"

土匪们叫这家主人炒菜弄饭，然后扯出彭玉山嘴里的棉布，开始审问。

"哪支'共匪'派来的？"为首的一个老匪拿短枪指着彭玉山问。

彭玉山的眼睛蒙着黑布，啥也看不清。但他嘴里硬："老子是正经生意人，贩草药的！"

"你那个同伙跑哪里去了？"持枪的老匪追问。

"他出去找小妹，关老子毬事啊？"

"店里的小妹为何不要？偏偏要去外面找？"

"你们哪里见着店里有小妹啊？店里哪有小妹嘛！"

彭玉山说得对。土匪也没见客栈里有小妹。如果有，他们早就找小妹"开心"了。客栈那个老板娘是个亲匪派，是曹振亚手下几个小头目共用的女人。她当时那么说，只是为了通知土匪抓人。

这家茅屋的主人曾被曹振亚匪部抓去当过挑夫，土匪们都认得他。渐渐地，他这里成了土匪的驿站。土匪抢来的肉和米，有时会放在他这里。但这主人并不坏，他这么干，只是为了赚点吃的养活自己和他的瞎子老母亲。

随土匪进山的肥胖少妇主动帮着烧火。

这个少妇是牛石镇附近杜鹃山下人。那曹振亚逃到九龙山后，个把月没喝人乳了，心里痒痒的。便吩咐手下帮他弄产妇。他特意叮嘱："弄稍年轻稍好看的就行，这年月，管她娘的生头胎还是二胎！"

土匪抓她时，这个少妇一个人带着没满月的婴儿在家。家里其他人下田劳作去了。

在牛石镇客栈里，土匪一拨人追侦察员老王另一拨人抓彭玉山时，她本可以有机会逃脱。但她感觉彭玉山是解放军的人，是抓土匪的好人，她打算"老老实实"进山，寻找机会解救彭玉山。

少妇在烧火时，听到茅屋主人说："解放军不来，这些畜生还得害人。"

少妇诧异地看了他一眼，压低声音，故意问："你不是土匪？"

"我不是！但我没办法。他们说，我不老实，他们就杀我的瞎子娘！"茅屋主人低声说。

"他们是入冬的蜷铃子[1]，活了久了！"少妇肯定地说。

厨房里忙乎了一会儿，腊肉、熏鱼的香味就飘散开来。土匪们垂涎欲滴，叫上那个随同他们来的产妇，一起围在饭桌上开始喝酒吃饭。

少妇不断给土匪们倒酒，自己也偶尔喝一点。土匪们喝得兴起。其中一个老匪色眯眯地盯着少妇丰满的胸部，结结巴巴地问："弟兄们，想不想喝奶？"

"想！真她娘的想！"另两个年轻的土匪起哄了。

土匪们都知道，曹振亚已朝不保夕。这少妇这么热情倒酒，两个年轻土匪早已悄悄燃着欲火。见老匪捅破心里那张纸，他俩立马淫笑着起哄了。

少妇却不紧张害怕，也无害臊之色。她端着酒杯，盈盈一笑道："不就那点儿事吗？但我的奶只够一个人喝饱。到底给谁喝，要看谁的

① 方言，指蝉。

酒量大!”

土匪们经不住少妇这么撩拨，仰脖子就倒酒。

老匪左手端着酒杯，右手像蛇一样挽住少妇，顺势揉捏着少妇鼓胀的胸部，色眯眯地嚷：“老子也要学胖子，喝奶还要睏觉!”

少妇任由老匪揉捏，大大方方地只顾劝酒倒酒。

不大一会儿工夫，三个土匪都已大醉。一个年轻土匪开始呕吐，另一个趴在桌子上睡着了。老匪醉意里保留着一丝清醒，他一边吩咐房屋主人细心看守彭玉山，一边朝少妇嚷：“老子酒量最大！快陪老子去睏觉!”

少妇一边扶老匪上床，一边用眼色和口型叫茅屋主人抓紧机会放走彭玉山。

茅屋主人见两个年轻土匪都趴在桌上不省人事，趁少妇扶着老匪进了厨房隔壁的黑屋，迅速拿起菜刀跑出去，几下就砍断绑在石磨上的绳子，并把彭玉山手臂和腿脚的绳索砍断。彭玉山自己扯下蒙眼的黑布，来不及揉搓捆得发麻的腿脚，便踉跄着起身，悄然无声地消失在黑幕笼罩下的山里。

黑屋里的床上，老匪极力用意念控制正被酒精侵蚀的大脑，不肯自己沉沉睡去。他一边撕扯着少妇的上衣，一边嚷着叫少妇帮他脱裤子，还不忘朝外面下命令：“你们……快……把外面……那……那……共军的奸细……杀……杀……了!”

老匪和衣躺在床上。少妇在床上半躺半坐，假装害羞地推开老匪的双手，说：“阿叔公莫要急，莫要急！先脱你的，再脱我的!”

少妇帮老匪扒了裤子，一边在他胯里摸，一边把两只脚慢慢地往地上挪。等双脚安安稳稳着了地，她左手撑着床檐，右手五根指头紧紧捏住老匪胯里那两只臭蛋，往后猛力一扯，同时左手松下床檐，整个身子往后倒去。

老匪变成“太监”了!

随着老匪撕心裂肺的一声惨叫，少妇猫打滚似的从地上爬起，飓风一般冲向黑压压的林里。

那天夜里，两支队伍团团包围住了九龙山。

原来，那天晚上，恩施军分区和九龙山民兵连都得到了情报：除老王被土匪枪杀在牛石镇的乱石林中外，彭玉山一路摸到恩施军分区一大队，扯碎老匪两只臭蛋的少妇找到了山下的民兵连。军分区一大队和民兵连先后赶到九龙山。

一大队先打掉了曹匪“司令部”的一个岗哨，抓了个土匪，立即审讯。得知曹振亚住在九龙山麓大木塘的一间木房子里，一大队和民兵连迅速包抄过去。

一大队和民兵连以迅雷不及掩耳之势包围了曹振亚的木房子，冲锋枪一阵扫射把“司令部”打成了马蜂窝。

曹振亚像只行动迟缓的硕鼠，从西侧的窗外摔下来，正准备爬起来逃跑，被一梭子机枪打倒在地。

饱吸产妇乳汁的曹振亚，来不及哼一声就去见阎王了。

2. 陈策勋求死未成

活捉陈策勋的补充材料，也是141师直属侦察连任文书的罗盛教那次连同围歼曹振亚的材料一起给我的。

活捉陈策勋，是我141师423团的又一次可喜战绩，它充分体现了我人民解放军的机智和勇敢，可惜我因为借调在军部宣传部，没能参加战斗。

陈策勋与藏匿于山林、奸淫掳掠的一般土匪不同，他上过学堂，识文断字，也曾创办学校，开厂制药支援抗日，赢得过较高的社会赞誉。但这不改他恶贯满盈的大土匪的本性。他原本是贺龙部下的一个营长。

其伯父陈图南叛变革命被武汉市公安局捉拿处决后，陈策勋站到其伯父陈图南一边，并与柏永厚、刘景星等人谋划煽动士兵哗变。事情败露后，他逃离贺龙部队，投向国民党反动派的怀抱。此后，他卖力“剿共”，导致红军于1928年在双溪桥梨树垭和洪家关的战斗中受损，次年在庄尔坪战斗中失利。1929年，陈策勋将贺龙在九溪的祖坟挖毁，将洪家关的贺家老屋及风雨桥烧毁。这一年，他率匪众打死了贺龙的部下、红军团长贺桂如。1932年，他凶残地杀害了贺龙的妹妹贺满姑。1948年，他被任命为国民党常澧警备司令部参谋长，次年先后当上了第一独立旅旅长、陆军暂编第二师师长，与人民解放军为敌。

1949年年底，47军离川返回湘西后，陈策勋脱离其他匪徒，藏匿在其家乡桑植空壳树、走马坪、橙子界等地的深山中。

山区阴雨绵绵的天气真是令人烦恼，持续的气温下降更是让战士们难以招架。太阳似乎中了湘西女匪放的蛊[①]，总不肯露出明媚的阳光，也叫山林不露出绚丽的景致，却叫冰霜雨雪在山里山外漫天播撒。

山深路远，恶劣的天气更增添了抓捕的难度。423团和民兵在当地农民的带领下，经过了三个多月的清剿，依然没有抓到陈策勋，甚至连他的一点蛛丝马迹也没找到。

剿匪小分队开始把摸查重心转移到与陈策勋有关的地域设伏监视。

1950年4月的一个午夜，春雨如注，雷电交加。剿匪小分队队长赵凤岐带领两个民兵潜伏在监视对象之一的彭长坤屋旁的茅草丛中。

山风吹过，湿衣服贴着身子，赵凤岐他们冻得浑身打战。但他们一动不动，咬着牙坚持着。

功夫不负有心人。凌晨三时许，陈策勋的管家陈广远现了身。

陈广远现身时，当时谁也没认出他。

赵凤岐和两个民兵只看到黑乎乎的山里钻出一个“赶尸人”，身后直

① 放蛊是湘西一种神秘巫术，用毒虫熬制成一种毒药，使人中毒后任由摆布。相传此术世循传女不传 男。

挺挺地立着两具“尸体”。

“尸体”是立着的，跟着活人走。

这现象叫“赶尸”，是湘西特有的神秘巫术。赵凤岐曾经听说，但没见过。这次躲在茅草丛中见着，心里直打鼓。正在他惊讶之际，“赶尸人”却摸黑到彭长坤家，压低声音喊门。

民兵听得真切。这正是陈广远的声音——陈广远给陈策勋当管家之前曾经干过几年“赶尸”的行当。

紧接着，屋内响起轻轻的脚步声。门打开了一条缝。陈广远闪身进去。

陈广远闪身进去时，两具“尸体”竟直挺挺跌倒在地。

两个民兵拉着正在发愣的赵凤岐迅速从茅草丛中钻出，把耳朵贴到木门上，听到陈广远的声音：“找你搞点吃的回橙子界……”

民兵一听就明白了。橙子界是陈策勋大老婆陶慧莲的娘家。陈策勋一定藏在橙子界的陶家。

陈广远从彭家出来后，两具倒地的“尸体”居然霍地立起，跟着陈广远一跳一跳地走了。赵凤岐和两个民兵悄悄撤退，回到小分队驻地，喊醒小分队员，疾速赶赴橙子界。

天还未到拂晓，赵凤岐指挥小分队员和民兵们把陶家围了个水泄不通。

屋里除了陶家的人，只有陈策勋的管家陈广远以及陈策勋的大老婆陶慧莲和大儿子陈明德。

小分队员和民兵们在陶家及附近仔细搜查，没能搜到陈策勋。没办法，赵凤岐把陈广远、陶慧莲、陈明德带到空壳树乡政府关押起来。

陈广远等三个俘虏被关在同一间黑屋子里。

晚饭后，黑屋子的门打开了。民兵们推进来一个双手被反绑住的新俘虏。

新俘虏不服羁押，骂骂咧咧的。

陈广远小心地试探他："你哪里人？哪一行的？"

"老子恩施人，做生意的！"

"做生意的还被抓？啥子生意？"陈广远带着嘲讽的口气接着问。

新俘虏不再吱声，他皱紧眉头，狐疑地瞄了陈广远一眼，又往陶慧莲和陈明德身上扫了几眼。

"恩施那里我去过，我到过侯司令府上。"陈广远往新俘虏身边靠了靠。

"你认识侯司令？老子就是奉侯司令之命来找陈师长的。"新俘虏转头贴近门缝，往外望了望，压低了声音说。

"你招了吗？"陈广远焦急地问。

"招个屁！老子说做山货生意的！老子把路条交给了这班'共匪'！"

"你找陈师长啥事？"陈广远悄声问。

新俘虏白了陈广远一眼，说："啥事能跟你说？我奉侯司令之命，一定要当面跟陈师长说。"

说完，新俘虏侧着往地上一躺，疲惫不堪地打起了呼噜。

陈广远和陶慧莲、陈明德母子对视了一下，听着新俘虏的呼噜声，沉思了一会儿。陈广远认为，只要路条没有问题，只要这个恩施人不招供，解放军就会放这个恩施人出去。他担心误了侯司令与陈策勋的大事。

于是，陈广远推了推新俘虏，悄声告诉他，陈师长在橙子界。

陶慧莲不放心，压低声音问新俘虏，侯司令找陈师长是为了啥。

新俘虏说："我不晓得那么多，只晓得侯司令要接陈师长去恩施，商量反共大事。"

第二天天刚亮，黑屋子的门打开了。赵风岐在解放军战士和民兵的陪同下走进来，亲自帮那恩施人松了绑，充满歉意地说："经我们查证，你的路条没有问题。我们执行剿匪时期的政策，对外地人都要严加盘查。请你理解！希望没耽误你做生意！"

恩施人一边不满地冲赵风岐嚷嚷，一边会意地朝陈广远点点头，钻出了黑屋子。

“新俘虏”并非恩施人，也并非生意人，而是本地民兵彭长炎。

这是彭长炎和赵凤岐等共同谋划的一出好戏。

这天是 1950 年 4 月 26 日。匆匆吃了早饭，赵凤岐带领剿匪小分队的 14 名解放军战士赶到橙子界，在当地民兵的配合下，将橙子界团团包围，逐户搜查。

村子里没有发现陈策勋。

难道消息有误？赵凤岐不甘心，指挥人员分散向村旁的山林搜查。

橙子界当地一位叫刘芳才的农民拿了一支打猎用的土制火枪参加了搜山行动。当刘芳才独自一人搜到黄铺坡垭口时，发现一个新搭的茅草棚。

刘芳才心生疑惑，小心翼翼地走近茅草棚，看见棚内的地上铺有稻草，像是有人睡过，这更引起他的警觉。

但棚内并没有人。刘芳才悄无声息地爬上棚后的小坡，看到坡下不远处的大泡叶树下坐着两个穿破棉衣的男子：一个穿着蓝布棉衣的老头，一个穿青布棉衣的后生。刘芳才一眼认出，穿青布棉衣的后生是陈策勋的妻侄陶香臣。

刘芳才端着火枪逼近。二人不逃跑，也不反抗。穿蓝布棉衣的老头将一根金条、一块金壳手表和一副水晶眼镜递给刘芳才：“好兄弟，这送给你！”

刘芳才不理这一套。他警觉地用火枪对准老头，一边大声喊：“来人啊！抓着土匪啦！”

赵凤岐及附近的军民闻声纷纷赶过来。

在赵凤岐等人的审问下，穿蓝布棉衣的老头承认他就是陈策勋。

赵凤岐喝令陈策勋下山。陈策勋却不肯动，坐在地上叹气。

军民们立即把陈策勋捆绑了，往山下抬。

到了山口的康三峪，陈策勋突然神志不清，面部出现痛苦的表情。

一个本地农民用两手扳开陈策勋的嘴，探视了一下喉咙，再用鼻子使劲闻了闻，道："这家伙吞鸦片了！给他灌桐油！"

本地农民们迅速从路边的农家舀来一竹筒桐油，扳开陈策勋的嘴，把桐油全倒进他的嘴里。

陈策勋当即呕吐起来。

陈策勋当天即被剿匪小分队押送往桑植县城，和他的胞弟陈育勋关押在一起。

3. 击毙张平

张平是湘西剿匪故事中一个不得不讲的人物。蒋牧良先生曾对我感叹道："张平是上天创造的空前绝后的特例。以前没有出现过，以后，湘西土匪剿完永远也不会再出现了。"

说起古丈的张平，当时在湘西无人不知。

说起古丈的张平，当时的湘西农民无不惊恐失色。

在古丈乃至整个大湘西，有一首关于恶魔张平的民谣，妇孺皆能背：

天见张平，日月不明。
地见张平，草木不生。
水见张平，浑浊不清。
人见张平，九死一生。

民谣里传唱的这个恶魔张平，古丈县李家洞人，原名张大治。张平作恶多端，主要体现在三个方面：一是六亲不认，二是杀人如麻，三是奸污妇女。他杀亲夺枪，少年为匪，烧杀淫掠无恶不作。他和其部杀害的群众达 3000 人之多，被他奸污的妇女不计其数。被他看上的女性无一能逃脱他的魔爪，十二三岁的女童也不能幸免，自家长辈婶娘舅母也不能幸免。

然而，这个人憎鬼厌的张平，却也像龙云飞一样，有过一段可歌可泣的抗日经历。

那是1937年10月底，日寇进攻上海、浙江前夕，由国民党湘西暂四师改编而成的128师被调往浙江抗日。128师382旅763团团长舒安卿是张平的义父，舒安卿叫张平带上兄弟跟他去浙江。张平知道和日本人打仗输多赢少，疼惜他的兄弟，故意没带他古丈的人去，跑到邻县沅陵另外招了三百多人。张平为了尽量保全他的三百多号沅陵兄弟的性命，向舒安卿申请他的人马都不直接进入编制，取了个番号叫“团部直属通讯连”。张平任连长。11月上旬，舒安卿的763团奉命死守嘉善四天，为我军在淞沪战场赢得了时间，打到最后，“团部直属通讯连”三百多号人几乎全部牺牲，只剩下张平和李疤子[①]两个人了。十几个日军举着日本军刀把他俩团团围住。张平和李疤子拿着他们在湘西当土匪时用的大砍刀，两人背靠着背。日军高叫着“八格呀鲁”扑上来，张平怒吼着古丈话“戳——你娘——屄”，与李疤子奋勇挥刀以死搏击。他俩一口气砍翻七八个日本兵，被砍杀的日军的鲜血把他俩喷成可怕的“血人”。其余的日军竟全都被吓跑了。

在民族危亡之际，张平把生命置之度外，浴血御敌，尽显民族气节，但面对乡邻毫无感情，比冷血动物更加残暴，尤其是对中国人民解放军摧枯拉朽节节胜利的形势缺乏正确的认识，与解放军为敌，与人民为敌，这就必定是自掘坟墓。

张平残暴的性格在年幼时即已显露。他对家里的长工、佃户任意凌辱鞭挞，对亲生父母也拳打脚踢。16岁那年，他那财主老爹一命呜呼后，他老娘就成了他的“发气筒”。有一次，他因一点小事不如意，便武松打

① 李疤子本名叫李丁庸，沅陵桐木溪人。

虎一般把他老娘打得遍体鳞伤，并把老娘扔在大门外，叫他老娘滚蛋。他胞兄含泪背着老娘逃到花垣县。他老娘在花垣县养好伤后，改嫁给了一个山民。

打走了老娘，张平就想弄枪当匪了。他听说他的叔公家藏着两支枪，于是找了一个夜里敲开叔公家的门，用斧头逼迫他叔公把两支枪拿出来后，一斧头把他叔公的脑瓜砍成两半。

有了两支枪后，他带着一伙匪徒，找古丈县本地匪首兄弟向昌园、向昌家入了伙。后来，他杀了向家兄弟，当了县第七保联防队队长。因残酷镇压数起农民运动有功，他被国民党任命为古丈县党部执行委员。接着，胆子越来越大的张平指使流氓警察当众强奸了县长老婆，赶走县长后，他自封“古丈县县长”，成为古丈县头号“霸主”。

张平擅自撵走县长、独霸古丈的恶行震怒了国民党湖南省部。长沙方面派出剿匪队伍抓捕张平，但每次派出的剿匪部队都无功而返：不是被张平打败，就是被张平用大洋和鸦片收买。最后，国民党改剿为用，封他为暂编第一军暂十一师师长。

大权在握的张平更加为所欲为，无恶不作：他一手提屠刀，大肆抢劫和屠杀农民，一手提美造卡宾枪，准备与南下的解放军决一死战。他奸淫掳掠本性不改。威胁古丈县城烧饼店老板李华清将 13 岁的女儿送到李家洞。李家小女孩被他活生生蹂躏致死。古丈二区老鸦浦有个农民交不起大烟税，张平便带人到这个农家，亲手用刺刀将他家的婴儿钉在墙上，“欣赏”婴儿在战栗和啼哭中流尽鲜血而死。

1949 年 9 月，我军英勇无畏地抵达湘西，与张平近在咫尺。

张平派人给我军送来一封亲笔信。信中称他是肝胆赤诚的爱国人士，是与日寇拼过命的，他的部队与解放军并无误会。他还希望与我军“合作”。

不久，张平发觉我军主力入川，仰头朝天大笑：“洪水已过！洪水已过啊！”

狗胆包天的张平竟然将他的六个常备队扩充为三个纵队，准备袭击我 47 军沅陵驻地。他叫嚣：“打到沅陵呷年饭！打到常德呷元宵！再到桃花江美人窝 ① 抢些美人回来玩！”

张平袭击沅陵的消息传到我军首长耳里。根据 47 军副军长、湘西行署主任晏福生指示，沅陵县委书记区振宗、县长张子祥亲自组织护城队，在城墙各方架炮，并在城外设障伏兵，严密防范张平匪军。

张平率数万“湘西健儿”从古丈开赴沅陵，听打前阵的探子回报我军守城架势，吓破了胆，半途撤返。

我军当时在乌宿的驻军只有两个连，即警卫连和机枪连，外加湘西军区武工队，人马不多，但决定在乌宿、莲花池一带对撤返的张匪部队予以打击。

我军的两个连及军区武工队由我 47 军住宿科陈副科长统一指挥。考虑到我军兵力有限，难以围歼张匪部队，决定占领有利地形，争取打乱匪兵，以少胜多。

战斗打响后，张平企图用人海战术把我军队伍消灭。张匪的得力干将宋清泉、李登庸指挥匪军像洪水一样反复冲锋，企图撕开我军埋伏在金马溪口的火力网。

张平见金马溪口的解放军兵力并不多，骑着栗色大马到阵前鼓劲：“弟兄们！狠狠打！打死一个共军赏四十块大洋！”

在湘西本地土匪中，张平的武器装备算是比较好的。他有一批国民党军队中较先进的机枪，并拥有若干名训练有素的机枪手。在张平的指挥下，机枪手向明清等朝我军不停地扫射。

我军的机枪连见匪兵太多，渐渐有些抵挡不住，于是架起唯一的一门迫击炮，朝百米之外一匹栗色大马轰了一炮。迫击炮弹在张平坐骑旁爆炸，惊得他的栗色大马发狂跃起。张平摔落在地上。

---

① 桃花江在益阳桃江流域，那里盛产美女。“桃花江是美人窝”的歌词曾唱响东南亚。

接着，迫击炮朝疯狂涌上来的黑压压的匪兵连轰了几炮。

匪兵吓破了胆，转向往张平的老家李家洞逃去。

由川返回湘西后，我军作出部署，令141师422团进军李家洞，清剿张平。

422团兵分三路，在迫击炮的掩护下，手持机枪、冲锋枪，如猛虎下山直捣张平匪部，接连攻破张平的弟弟张大旺布下的枫香塘第一道防线、马坡槽第二道防线。张平匪众被打得七零八落，四处溃散。

422团广泛发动当地民兵和农民，开展拉网清剿，并宣传动员土匪下山投降。

匪众自知解放军战斗力太强，张平绝非解放军的对手，分散藏匿在山中不是长久之计。于是，张平的各路大、中、小队长们纷纷率兵下山求降。张平最器重的机枪手向明清自首。张平手下副大队长孙家怀等数十人带着枪投诚。张平的舅父、给张平管军粮仓库的张安昭也带着仓库钥匙向解放军投降了。

不久，张平的弟弟张大旺被我军擒获。但张平依旧不见影踪。他逃到哪里去了呢？

一天，五个山民结伴上山狩猎，砍柴。他们在深山坳里看到一间破旧的草房。草房顶冒着炊烟。山民们喉干舌燥，进屋讨水喝。进到屋里，山民们说明来意，只见这家男男女女五口人充满敌意的表情。

坐在墙角的一个缺牙瘪嘴的老太婆盘问山民们的来历后，恶狠狠地骂：“你们这些土匪！人民政府正在搜山，你们别连累我们好人家！我们没水给你们喝，你们快滚！”

没办法，山民们只好出来。几个人越走越犯疑，讨口水喝，怎么会挨这一通骂？山里人哪有这么不热情的？

“这里原来住的是个孤老头，早死了。怎能有男男女女五口人呢？”其中一个山民恍然大悟地叫道。

“那老太婆就是张平扮的！那恶魔一样的眼神，只有张平有！”另一个山民断定。

这五个山民匆匆下山，找解放军报告了这个情况。

422团团长李益闻讯立即组织兵力上山围剿。但解放军在山民的带领下找到那间破草房时，房里空无一人。

虽然无功而返，但解放军推断张平仍在古丈——张平与外县土匪私仇很深，既然这么多天潜藏在古丈，他就一定仍留在古丈。

一天早上，罗衣溪下的山坡上，一个十多岁的男孩在锄地。

这男孩的父亲叫张高升，以前被张平胁迫当土匪，后弃恶从善，回家当了农民。张平曾捎人传话给张高升：张平要亲手宰杀张高升。

这男孩锄地时，突然听到身后有人用低沉的嗓音喊他。

男孩回头一看，他家土地旁边的茅草丛边蹲着个破衣黑脸的男人。

那男人可怜地哀求道："我快饿死了，叫你爹弄点吃的来。啥都行，能填肚就可以了。"

男孩一边机警地回答："好咧！"一边扛上锄头飞跑下山。

男孩下山后立即告诉他父亲张高升。张高升简单询问儿子后，断定山上那家伙就是张平。于是，张高升吩咐儿子，二人分头到解放军团部和公安局报信。

团部听到消息，立即组织起来。当时422团团长李益率部队下乡了，团部只剩一个班驻守。班长动员通讯员、炊事员、卫生员全部出动。团部旁边的区政府也立即动员起来，区干部王锷、王素芝和民兵们紧跟解放军战士疾步上山。

与此同时，县公安局孙局长带领公安人员直扑罗衣溪，并沿路在各要道留人把守。

大家赶到山坡上时，张平已逃走。人们在张高升家土地旁的草丛里发现一只破背篓。背篓里有一件烂上衣和一把柴刀。

区干部王素芝一边搜山，一边喊："张平！我们看见你了！快出来投降吧！"

“叭！”一颗子弹从王素芝的耳旁呼啸而过。张平从开着淡蓝色小花的荆棘里窜出，边回头开枪边朝山顶踉跄而去。

团部的通讯员小江端起冲锋枪，朝病狼一样狂跳的张平打了一梭子。

张平左腿中弹。他身子往左边摔倒，旋即爬起，右腿用力一跃，跳下山岩。

岩下田埂上有位叫王保的战士，看到张平跳下来，立即端起卡宾枪射击。

这一枪正中张平心窝。

天憎地恨的恶魔张平，终于迎来了气绝身亡的时刻。

张平死后，张平唯一真正爱过疼过的小老婆杨丙莲不肯改嫁，独自抚养她与张平所生的六个儿子。杨丙莲被称为“中国最后一个压寨夫人”，2014年底才平静地辞世。杨丙莲活在世上的时候，不愿在人前评论张平。她只是说：“他对我不恶。”无法想象，被张平宠爱得四体不勤的“压寨夫人”，把六个儿子拉扯成人，她曾历尽了怎样的千辛万苦，她内心深处对张平是怎样坚韧的感情。难道在张平和杨丙莲之间，真的有超越善恶的爱情吗？爱情之花，也能盛开在极恶的张平与他抢来的柔顺的小老婆的心田并能长开不败？如果，张平的生命在抗日战场戛然而止，如果，张平的墓碑刻上烈士的荣誉，那么，每年清明，在张平墓前静默而立的杨丙莲的背影，该是多么美丽动人？杨丙莲与张平的爱情，又该是怎样悱恻缠绵，又该怎样被后人传颂？

第五章
拿下八面山

1. 秦简之上的零星枪声

拿下八面山，是我 47 军主力返湘后取得的第一个重大胜利，也是我 47 军湘西剿匪的标志性成果之一。剿除八面山匪患后，两位随军顾问赞叹我人民解放军“惊为天人”，随军作家蒋牧良先生和 47 军政委周赤萍同志对八面山之战的资料特别关注。在他们的重视下，我曾与 141 师 422 团的宣传干部们反复仔细整理八面山之战的有关资料。

可以这样说，八面山剿匪胜利，湘西再无大匪。

1950 年元旦刚过，47 军 141 师 422 团从四川返回湘西，团长郑波、政委傅必福在湖北利川接到师部命令：立即奔赴龙山，彻底消灭八面山之敌。

八面山位于龙山县西南角，湘、川、鄂三省交界之处，南北长 90 公里，东西长 40 公里，山势险峻，易守难攻。山上有燕子洞、雷风洞等天然岩洞无数。这些洞平时无人。土匪都在山下或山脚享乐。一有战事，便逃至洞里。这些洞是八面山土匪绝佳的躲命之地。数百年来，各朝各代，官兵都奈何八面山不得。

当时，龙山的国民党残部与本地土匪已获悉我军回湘，惶恐万状，却又心存侥幸，期盼蒋介石反攻大陆。在这种背景下，国民党暂编第一军军长孙子贤召集暂十二师师长师兴周及暂编第三军暂十师师长瞿波平、龙山本地土匪瞿闵生等，在八面山岩科落举行反共会议，成立“湘鄂川黔边防总司令部”。会后，师兴周、瞿波平在八面山地区张贴反共宣传标语，招兵买马，欺骗老百姓与他们联手对付解放军。同时，他们抓紧修筑防御工事，准备让返湘的解放军“尝尝厉害”。

就是在这样的情况下，422 团接到进军龙山的命令。

422 团从湖北利川到龙山县城，仅用了三天半时间，并在这三天半时间翻越了近百座大山，蹚过了近百条河流。没有汽车，全靠两条腿。这是 422 团自参加辽沈战役以来最艰苦卓绝的山地急行军。三天半时间里，422 团损员五十多人。

1 月 7 日抵达龙山县城，疲惫不堪的 422 团派出侦察部队深入调查匪情，并抓紧时间休整了两天。

侦察部队向团长郑波、政委傅必福汇报了师兴周、瞿波平在八面山和里耶布阵的情况。

师兴周、瞿波平是什么样的土匪呢？他们的战斗力有多强呢？

在被国民党反动派收编当上师长之前，这二人是龙山势均力敌的土匪，对立了近二十年，谁也消灭不了谁，最后泾渭分明，各自割据龙山一方，直到我军从川返湘，才为了联手反共求生存而握手言和，共同盘踞八面山。

客观地说，师兴周极具军事天赋。这家伙自少年起就有几样嗜好：杀人、耍鸦片、舞刀枪、玩女人。他用敲诈勒索的手段弄了几杆枪，后又通过向国民党驻龙山部队的长官行贿鸦片，得到一大批“建立民团”的武器，跟周围武装势力发生过数次军事冲突，都取得了胜利。自此，他的枪瘾和烟瘾一样逐渐增大。他曾说：“老子本就姓师，天生就是当师长的料。老子杀的人越多，搞的女人越多，师上的一横就没了，老子就成了帅！”

师兴周当上龙山县保安团团长后，与贺龙领导的红军有过一次著名的较量。那是1935年6月，贺龙领导的红二、六军团回师龙山后与师兴周领导的龙山保安团在龙山县城发生了一次攻防战。

贺龙亲任攻城总指挥。攻城的红军主力有红四师12团、红六师18团、红十七师50团。红军先用重炮猛轰，并团团围城，切断入城溪水，让城内的师兴周部无法从城外调入粒米滴水。

攻城的红军想了很多办法，包括用重炮轰开城墙缺口、用轻重机枪猛烈扫射、挖地道等，均被师兴周的保安团打退。红军攻了近一个月，无功而返。敌我双方各死伤百余人。凭这一仗，师兴周名声大振。蒋介石授予其“国范”奖章。

这“国范”得主却因好色而饱吃过一顿大粪，还得了个“吃屎佬”的绰号。他前前后后共抢了六十多个农家女子，家里设了“三宫六院”，挑选了“皇后”“妃子”等，每晚点灯“宠幸”。但这还不能满足他的淫欲。他经常带着卫兵跑到农家，打伤男人，霸占年轻女子，蹂躏一次后就处死。有一次他带领一个卫兵外出找年轻女子，不小心掉进一户农家的大粪坑。粪坑很大很深，坑壁很滑，他在粪池里沉沉浮浮，吃了满肚子大粪。

与师兴周对峙多年的瞿波平，是“威震”湘川鄂的大土匪瞿伯阶的堂侄。

瞿伯阶靠经营鸦片买枪置炮，其势力扩展到川东和鄂西一带。国民党曾派一大支部队进剿瞿伯阶。这支部队的司令姓赵。瞿伯阶利用地形摆出迷阵，把赵司令的部队引入深山，团团围住之后，四面放火。赵司令的人马全部被烧死在山沟沟里，大批先进武器被瞿伯阶悉数掠走。“瞿伯阶火烧赵司令”，成为龙山县乃至湘川鄂一带家喻户晓的故事。

瞿伯阶无儿无女，他有意提携堂侄瞿波平。瞿波平从给瞿伯阶当卫士开始，后当上团长。瞿伯阶死后，瞿波平继承了瞿伯阶的匪业，与师兴周继续对峙。

为了共同对付解放军，这两个死对头临时组合在一起，成为八面山下解放军的强敌。

但这对临时组合只是相互利用而已，并非肝胆相照团结一心。师兴周老奸巨猾，避重就轻，他提出由他镇守在八面山上的寨子里，让瞿波平扼守在八面山的门户要冲——里耶镇。

里耶镇当时只是一个山脚小镇，名不见经传。若干年后，人们发掘惊动天下的珍贵文物——秦简，里耶才成为世人瞩目的文化圣地。当时，解放军与土匪的一场小型战役，没有惊扰到深埋在地下的秦简，那不过是秦简之上的几处零星枪声。

我422团将进攻里耶的情报，被瞿波平获知。按师兴周、瞿波平共同议定的防守战术，瞿波平将派精兵在里耶的要塞——吴家溪上面的岩冲把守。那里易守难攻，解放军一个团的兵力是难以在短时间内攻下来的，即使攻得下来，也得损耗几百上千兵力，还得耗费十天半月以上的时间。

但瞿波平并没有按师兴周的意愿用兵。他把部队带到吴家溪后，将主力偷偷转移到八面山脚的西头，留200人轻装逗留吴家溪，派50人守岩冲。

瞿波平对守岩冲的土匪小队长汪家友说："共军打仗不要命。兄弟们不要跟他们拼命。师兴周那老毬就是想借共军之力消灭我。待共军一来，你们就朝天放几枪，立即撤到吴家溪。我等你们一起上八面山。"

解放军直捣里耶的速度，远远超出了瞿波平匪部的想象。而瞿波平守军的溃败速度，也远远超出了师兴周匪部的想象。

我422团在龙山县人民政府的帮助下，1月10日一早从龙山县城出发，兵分两路，踏着厚厚的积雪，沿洗车河两岸南下，直扑距县城两百余里的里耶镇。13日天微微亮的时候，里耶浓雾弥漫。422团已在浓雾的掩护下抵达岩冲。

那天，师兴周派手下姚元兵到里耶镇上查看各裁缝店为他们赶做棉衣的情况。这批棉衣是师兴周为进山御寒准备的。姚元兵的士兵慌慌张张地报告："不好了！岩冲出现了共军！"

姚元兵不以为然："怎么可能？你怎么判断是共军呢？"

士兵急切地回答："我们的人看到了穿土黄色军装的部队。"

姚元兵哈哈大笑："共军吓破你的卵啦！你以为共军是天兵天将啊？瞿波平的人不就是穿土黄色军装嘛！"

但随即传来几声枪响。瞿波平安排"守"岩冲的土匪小队长汪家友率众仓皇往吴家溪逃去。零散的枪声越来越近，姚元兵顾不得叫上他的几个兵，慌忙跨上马，往八面山方向逃窜。

就这样，师兴周、瞿波平失守里耶。里耶落入我422团手中。

2. 猎人助"天兵"

里耶之战，422团不费吹灰之力取得胜利。

但这是一场留有争议的胜利。围绕没费多少子弹的里耶之战，47军内部有不同意见，当时有不少争议，现在有争议，将来也必定仍有争议。军部宣传部有同志提出，如果当时乘胜追击，师兴周部就可能不会逃到燕子洞里，我军就不会在八面山付出那么大的代价，甚至就可能没有八面山战斗了。况且我军后来以重大死伤为代价换取八面山的胜利，八面山战斗因而难以称为胜利。

确实，422团那天没有乘胜追击，没有趁敌来不及准备时一举在八面山下剿灭师兴周、瞿波平。师兴周得以逃到燕子洞内，瞿波平得以从吴家溪北山脚潜逃上山。

但是，422团没有乘胜追击也是有客观原因的。422团从湖北利川赶赴龙山，经历了最艰苦的急行军。从龙山县城到里耶，又是一次极其艰苦的急行军。汪家友扼守岩冲天险，不战而逃，这是用兵之疑。师兴周以老奸巨猾著称，这样轻易弃守岩冲，不能不引起422团的警惕。422团刚来，不熟悉地形，也没有深入掌握匪军的布局。万一掉进师兴周故意布下的陷阱，422 团这支疲惫之师岂是以逸待劳的师兴周部的对手？

不管怎么评说，当时的情况确实已经变得很糟：师兴周、瞿波平这两只老虎已经归山。师、瞿匪众号称上万，而 422 团不足两千人。这样剿下去，短期之内，我军胜算不大。

422 团攻下里耶的当晚，141 师师长叶健民翻来覆去睡不着。他和师党委其他首长连夜开会达成共识：加派 421 团和师直炮兵营火速赶往里耶，与 422 团联手拿下八面山。

八面山上岩洞众多，但燕子洞最奇险。燕子洞由四个一字儿排开的岩洞组成，位于悬崖之上。通往八面山上的路是师兴周近年来开凿出来的阶梯小道，设有无数个要隘。沿小道设有刺索，吊着牛铃，碰到就会响铃。要隘口修筑了工事，有的还砌了起落门。要隘易守难攻，守要隘者无需一枪一弹，只要落下滚石和滚木，进攻者就得丢命。国民党曾以两个师的重兵，攻打八面山长达一个半月，死伤数百，无功而退。

八面山白雪皑皑，踩在雪上发出“唰唰”的声音，极易被山上的匪军听到动静。夜晚气温更低，上山的梯阶小道结着冰，往上进攻时稍不留意就会摔得粉身碎骨。

422 团和 421 团综合多方信息，得出结论：师兴周指挥部肯定设在燕子洞内。

根据分工，422 团从八面山南的大小岩门进攻，421 团从山北的西眉峡进攻。

先说从山南发起进攻的 422 团的攻山情况。团长郑波先让炮兵营开炮，422 团负责进攻小岩门的一营和进攻大岩门的二营战士们藏在大石头和山窝窝里放枪、呐喊，并吹起激昂的冲锋号。郑波此举是为了引诱土匪还击，暴露火力点。

但师兴周根本不上当。山上洞里静悄悄的。

借着炮火的掩护，一营的尖兵排冲出掩体，往山上冲去。

一时牛铃大作。最靠近山脚的暗堡射出呼啸的火舌。尖兵排的战士应声倒地。随后，滚木从悬崖上冲下来，没有中弹的战士被撞下万丈深渊。

二营也发出了向大岩门冲锋的命令。但冲上山的战士要么被匪兵的机枪射中，要么被我军的炮弹误中，还有的被滚石砸下岩涧。

这仅仅是攻山的前奏，422团的一营、二营已倒下一大片一大片的战士。战士们滚烫的鲜血融化了冰雪，雪地里留下一块块鲜红的凹面，像一张张怪兽的血盆大口。

从山北进攻的421团同样损失惨重。

北山西眉峡由师兴周的中队长师明金据守。422团团长谢松柏派二营四连作为攻山先锋。在冲锋号的鼓舞下，四连突击排的战士们像老虎一般呐喊着朝山上冲。

师明金的机枪在悬崖上朝下笔直地打了一梭子，突击排冲在最前面的四个战士便变成了四具尸体。

421团改变战术，派出三个突击组，携带六〇炮、掷弹筒、轻重机枪，不惜火力朝各个要隘轰炸，有效地摧毁了师明金的一些火力点。

天色将晚时，421团仅攻克了师明金中队位于山脚的两道岩卡，422团寸山未得。

山南的422团找到本地猎人彭贤发求助。

猎人彭贤发曾因反抗师兴周匪部抢劫，被土匪绑架进山。土匪传话威胁彭贤发的家人：赎金一百光洋，否则就杀死彭贤发。彭贤发夜里侥幸逃脱，捡回一条性命。

彭贤发从内心深处痛恨师兴周，见解放军上门诚恳求助，立即答应下来。

彭贤发知道在山南的易家堡有一条通往山上的路。那条路其实不是路，是他和另外几个猎人探索出来的。

彭贤发叫战士们准备好登山的草鞋。草鞋能防滑，踩在雪地里也没那么大动静，是山里猎人最好的“登山鞋”。

大清早，天刚有点儿亮，借着大雾，422团把二营四连分成若干个区块，一个班的战士跟彭贤发走在最前面，其他区块跟着最前面的部队，各区块间隔几十米。

四连的战士们在彭贤发的带领下，或在地上匍匐，或在绝壁上攀岩，或借助千年老藤荡跃。

彭贤发像头猎豹，行动很敏捷。战士们费尽了九牛二虎之力才跟上他。近两个小时后，神不知鬼不觉地，四连连长杨保山和一百多名带着冲锋枪的神勇的战士全部摸到了八面山山顶。

由上往下打，就变得容易了。师兴周安排在各要隘的机枪手以及负责放滚石、滚木的匪兵全部在杨保山连长和战士们的冲锋枪下。

南边山下，主攻的炮弹持续射向各个要隘。一营、二营的战士们呐喊着往山上冲。杨保山一声令下，四连的战士像百余只下山猛虎，冲锋枪口指向哪里，哪里的土匪就倒下一大片。师兴周的碉堡听不到从山上传来的枪声，四连的战士轻而易举地把手榴弹扔进碉堡里。

土匪仗着山势时似乎坚不可摧。看到解放军像天兵一样从天而降，碉堡开了花，机枪也哑了，立即溃不成军，往山里洞里四散逃命。

山北的421团也乘机攻下西眉峡，与422团在八面山上胜利会师。

在猎人彭贤发的帮助下，八面山被踩在了“天兵”的脚下。

3. 师、瞿落网

八面山上，师兴周的指挥部燕子洞成为我军志在必得的囊中之物。我军费了九牛二虎之力，就是冲着燕子洞来的！

当天晚上，422团和421团合围燕子洞。燕子洞四个岩洞被解放军战士们围得水泄不通。

夜幕拉下。大山显得格外寂静。

悬崖下，两团战士们夜营八面山，安排班次轮流监视燕子洞。

悬崖上，燕子洞里桐油灯点得通亮。洞里传出举杯畅饮的声音和土匪的示威声："老子们在这里享受美酒和美女。共军们就在山下待着挨饿吧！你们三年五年也别想攻进来。老子们三年五年还有吃不完的腊肉！"

郑波和谢松柏见师兴周已成瓮中之鳖还这么狂妄，气得肺都要炸开了。如果用炮朝上面轰，把洞口炸个稀巴烂是没有问题的，但洞里有多深，解放军不知道，土匪往洞里撤几丈，炮弹就没办法了。

第二天天刚亮，422团炮轰燕子洞，洞里的土匪没反应。

难道洞里的土匪跑光了？抑或是被我军的炮弹消灭光了？

二营以炮弹为掩护，派一个连架着梯子爬上洞。

洞内竟然空无一人！

原来，在前一天一大早，即杨保山率四连跟随猎人彭贤发摸上山顶的同时，狡猾的师兴周安排部下守卫八面山和燕子洞，自己带着家眷转移到八面山西壁去了。八面山被我军占领后，燕子洞里的土匪虚张声势，把桐油灯点了，腊肉煮了，把酒倒了，吃了燕子洞内最后的晚餐，趁着黑夜，在洞深处的一个秘密洞口放下绳索，一个一个地全溜走了。

四个洞里都有收获：第一个洞里堆满了抢来的腊肉和大米；第二个洞里堆满了弹药和鸦片等；第三个洞里堆满了干柴；第四个洞应该是师兴周指挥部。这里有一座电台和三部电话机。地下有一份比较完整的电报："……今共军又兵临龙山，誓当为党国尽忠，惟弹尽粮绝，伏望空运支援……"

八面山之战两个月后，根据中南高干会议精神，我军集中兵力进军重点剿匪区域。龙山县城的驻军奉命向古丈开进。龙山县城只有武工队和公安局的部分兵力。武工队只留有一个排，公安局只有两个班。

一天，瞿波平突然集中了三千匪兵，狂妄地叫嚣"光复龙山"，把县城团团围住。龙山县城危在旦夕。

武工队和公安局的兵力在县领导、局领导等带领下，与瞿波平匪兵对峙了七天七夜。最后，解放军援军赶到，打退瞿匪，消除了险患。

孤注一掷的瞿波平彻底失败了。他深感大势已去，找到141师师长叶健民，缴枪投降。

师兴周仍藏匿无踪。我军四处打探，相信师兴周插翅难逃。

一天，我军得到一条重要线索：永顺县一所学校的某学生，是师兴周的儿子。

我军立即找到这所学校，在该校校长和教师的配合下，我军动员师兴周的儿子告发师兴周以立功。

这男生失声痛哭起来，答应给我军带路。

原来，这男生的母亲被其父师兴周杀害了。这男生对杀母仇人师兴周既恨又怕，并无父子感情。

为了争取时间，我军当即派出一支侦察兵小分队乔装成收山货的商贩，用箩筐挑着腊肉和药材，将男生乔装成商贩的儿子，走了大半天，到了一个叫内七蓬的村子。男生说，这个村子应该就是师兴周的藏身之地。

侦察兵正准备找村里的民兵连商量围剿师兴周的事，不料突然旁边逼过来大约二十个土匪。土匪举起枪，叫侦察兵“放下箩筐，立即滚蛋”。

原来，土匪真的是把侦察兵当成商贩了。

侦察兵小分队石队长将计就计，悄声命令战士们在放下箩筐的同时取出冲锋枪迅速干掉这股土匪，并特意强调“留一个当活口”。

土匪们防备不足，被我侦察兵小分队瞬间扫射倒地。

我侦察兵抓住一个活口。经审讯，活口交代：师兴周就在内七蓬村内。

我侦察兵迅速将村子包围起来，并派员与村民兵连接头。在民兵的动员下，农民们立即组织起来，对村子进行地毯式清查。

查了几遍，都没有找到师兴周。但据已被抓到的土匪交代，他们一致肯定师兴周就在村内。

难道师兴周插翅飞走了？

天黑下来，搜查难度加大。如果让师兴周趁夜逃走，要找到他就更难了。侦察兵小分队一面组织民兵和农民加强封锁，一面继续仔细搜查。

带路的师兴周的儿子突然对石队长说：“师兴周绰号叫‘吃屎佬’。他会不会藏在屎坑里呢?”

石队长立即下令打起火把仔细搜查各家各户的粪坑。

在一户农家的粪坑里，两个战士一边用木棍搅，一边大声喊：“师兴周，再不出来我们就开枪了!”

粪坑里果然有声音：“别开枪！我投降!”

“吃屎佬”师兴周，带着一身恶臭，沿着木棍爬出坑，冻得瑟瑟发抖。

至此，八面山地区师兴周、瞿波平匪患彻底清除。

第六章
“乌龙山剿匪记”

1.“飞毛腿”瘸

20 世纪 80 年代，一部根据我 47 军剿匪战迹改编的电视连续剧《乌龙山剿匪记》名噪一时。这部电视连续剧影响实在太大，提到“湘西土匪”，人们就自然而然地想起“乌龙山剿匪”。

乌龙山是个虚构的山名，电视剧的外景主要是在八面山拍的。当年我参与整理剿匪材料的时候，并不会把清剿姚大膀与彭春林、杨永清等人的故事放在一起。这几个原型人物背后都有着曲折的经历。

电视连续剧《乌龙山剿匪记》里的几个主要人物，基本上都有原型。田大榜无疑就是晃县匪首姚大膀，“独眼龙”正是永顺县土匪头目之一彭春林的绰号，四丫头应该是指和芷江匪头杨永清、曾庆元有关联的黄玉姣了。

说到湘西最有名的几个土匪，姚大膀坐不上头把交椅。论名气，他不算最大。论官阶，他一生当“山大王”，1934 年国民党为了堵截红军，封他为“晃县铲共总队副总队长”，但他实际上仍是个“土鳖”。论战斗力和军事才能，他也远不如师兴周。

但他却实实在在是一个不能忽略的特色鲜明的匪首。

姚大膀是晃县杨家桥人，从小体格健壮，膀子又大又圆，人称“姚大膀”。他姚家世袭为匪，到姚大膀这一代，已是第24代“嫡传土匪”——他是个彻头彻尾的土匪。

姚大膀生性多疑，谨慎小心，据说他有一次抢劫古庙时发现一箱香，令人背着那一箱香逃窜。匪兵不解香有何用。原来，姚大膀每次睡觉时都要把一小截香夹在脚趾间。烧到香尽，他就要挪窝。所以行踪飘忽不定，国民党数次剿他，都无法探得他的藏身之处。

1950年，他已82岁。他身子骨硬朗得很，柔韧性极好。82岁的人，疾跑能撵得到猎狗，攀岩能赛得过山中的猕猴。人们称他的两条腿为“飞毛腿”。关于姚大膀的养生之道，众说纷纭。有人传说，他的匪窝里抓有两个少女。每晚，他在每个少女的私处都塞进一颗野果，有时是红枣，有时是山枣，有时是板栗，有时甚至是猕猴桃。野果在少女的私处存一夜，第二天早上他空腹吃下。总之，他身体矫捷是不争的事实。国民党曾派队伍剿他，刚还见他在这座山头一闪，正准备下令开枪扫射，却闻身后另一座山头传来他的笑声。

有人说姚大膀成了“山精”，常有鬼帮神助。据说，有一天晚上，国民党派了整整一个团的兵力包围他的匪巢。姚大膀当时正在打牌。桌上的桐油灯芯突然结了个“灯花”。他立即感应到有险，于是吹灭桐油灯翻上了屋顶。国民党兵冲进屋抓了他的同伙，而他却像豹子一样纵身跳到围墙外的一棵老树上，再像猿一样从这棵树干跃到那棵树干，逃得无影无踪。还有一次，住在晃县县城的另一个大土匪张本清约他商议事。他答应第二天一早赴会。但前一天晚上，他听到山溪晨的娃娃鱼惨绝的啼哭声，心感不祥，没有赴会。而那一次正是张本清安排了人埋伏在会场，准备射杀他。他说，是山神叫娃娃鱼给他报信，救了他一命。

姚大膀在山里，如同井底之蛙，只知国民党奈何他不得，便以为正规军都不是他的对手。听说人民解放军解放了晃县县城，他以为是天上掉下肥肉。他狂妄地宣称：“这是山神给我送枪炮来了！”

1949年11月，我47军140师419团进驻已经解放的晃县。第二年

2月，按上级命令，419团参加全军中心地区剿匪任务。团党委决定，团部由一分二，分别设在怀化榆树湾和晃县。团直和一营、二营随团长开往怀化围剿土匪张玉林。晃县分部由副团长负责。

留守在晃县的只有兵力不齐的三营。当时国际形势已很紧张，三营战士大多是朝鲜人，上级命令调朝鲜同志回他们的祖国。这样，三营的兵力仅余一小部分，且所余官兵大部分是北方人，到湘西后水土不服，不少人在“打摆子”[①]。副团长王满仓也是“打摆子”的病号之一。

在兵力极其缺乏的情况下，王满仓把步枪连和迫击炮连改编成两个步兵连，以补充三营兵力，同时大力吸收本地青年入伍。为了免遭土匪蹂躏及躲避土匪抢亲、逼婚，十四五岁的山姑参军特别踊跃。这些姑娘大多安排在卫生队和话务队。

团部一分为二的消息不久就被土匪获知。姚大膀大喜过望，扬言要攻下县城。他勾结贵州万山地区的匪首杨国政、黄道司的匪首肖宗槐、芷江的匪首蒲老翠和晃县本地其他匪股头目蒲德美、蒲昭义、蒲德厚及姚本邦、姚芳菲、杨天雄等，密谋策划与隐藏在县城的军统特务和反动分子互相勾结。他们经常在城郊打信号。攻防之战一触即发。

留守晃县的副团长王满仓并非等闲之辈。他是甘肃中威人，自小就成了孤儿，跟随母亲讨饭。14岁时参加刘志丹领导的红军，走南闯北经历了无数大仗恶仗。

姚大膀向来不把正规军放在眼里，但这次他实实在在看走了眼。

419团到晃县几个月了，对城郊的地形非常熟悉。他们常派侦察员外出侦察匪情，土匪的一举一动几乎都在我419团掌握之中。姚大膀率众攻打晃县城的前一天，王满仓就已经得到了情报。他和营部商量决定佯装不知匪情，以迷惑匪军。

王满仓指挥大部分兵力，携带重轻武器从城东门出发，浩浩荡荡地

① 即疟疾。

向怀化榆树湾方向开去。他们故意放出消息，称调往怀化剿匪。天黑后，王满仓又命令部队悄悄折返，从北门撤回县城。

同时，王满仓派一个排的兵力埋伏在城南一座山上。这座山下有一条官路，那是姚大膀匪部攻城的必经之路。这个排的任务是放土匪路过，待土匪靠近城门附近时再打，与城内守军形成对土匪的首尾夹击之势。

此外，王满仓命令一个班的兵力通过浮桥到对河的龙溪口的山上埋伏，并下令要求这个班只要土匪不伤老百姓，即使抢老百姓的东西，也不要暴露。

为了让姚大膀尝尝人民解放军的厉害，王满仓下令将四门九二步兵炮架在晃县体育场附近，再将四门迫击炮架在汽车修配厂旁的一座矮山上。步兵炮和迫击炮炮口分别对准晃州坡和岑占坡。炮架好以后，全部用竹枝和杉树树枝掩盖起来，不仅土匪不知道，连地方政府的干部也不知道，因为地方政府中有部分可能通匪的旧政府留用人员。

王满仓布置好这些后，就给姚大膀布下了一只大“口袋”，只待姚大膀往里钻了。那天晚上，王满仓的“打摆子”病又发了，一冷一热的。热时他恨不得把衣服全脱光，冷时穿上棉袄盖上两床棉被还打冷颤。

第二天清晨，天刚发白，不知情的地方干部正准备铲除操场上的积雪，419团在县城四面布置的警戒都报告发现了雪地里突然冒出来的黑点点。黑点点越来越大：土匪！

王满仓正在发高烧，头昏脑涨。他连衣服也顾不得穿，抓起望远镜就往外冲。他命令电话员给师部打电话报告，但发现午夜还能正常使用的电话已经被狡猾的土匪割断了线。团部唯一的电台被带到榆树湾去了。三营真正成了孤军。

王满仓用望远镜往四周仔细观察，心里已经作出部署。城南山上已放了一个排的警戒，问题不大。对河龙溪口那边只放了一个班，据报近百名土匪已到城边并打伤了一家布店的人。王满仓立即决定加强龙溪口的防护。于是，一个排的兵力跑步冲过浮桥，迅速登上龙溪口的山头与那个班会合。这时，方家屯方向和大湾罗方向传来零星的枪声。王满仓用望远镜一望，看到这两个方向涌来不少像黑猴一样在雪地里跳跃的土匪。再看四周，土匪越集越多，已经钻到我团为他们布好的“口袋”了。

事后才知道，土匪们攻城的路线是：姚大榜匪部二百多人从方家屯经坳背罗扑向龙溪口；杨国政和肖宗槐匪部一百多人从大湾罗经兴隆坳扑向龙滩坪；蒲德美、蒲昭义匪部五十多人经丁字坳进攻老晃城；姚芳菲匪部三十多人经晃州坡进攻兴隆街；杨天雄匪部二十余人经岑占坡攻打塘湾。

随着四个方向的信号弹腾空而起，王满仓精心布置的枪炮齐发。一时间地动山摇。

城内几处监狱里的犯人听到突然爆发的密集的枪炮声，一阵躁动，企图越狱。王满仓早已事先准备，每处监狱都安排了数名地方干部和战士看守，并在每个监狱门口架了机枪。犯人躁动一阵后只好服服帖帖。

土匪没料419团人数这么多，准备这么充分，火力这么强。在我军的强大火力网中，土匪瞬间死伤一大片，雪地上处处是殷红的血迹。

但土匪并没有被吓倒。他们或藏于土丘后，或匿于林中，不断地朝我军放冷枪。只要我军火力稍歇，便叫喊着亡命朝我火力点冲锋。但他们的武器装备实在太差了，除了猎枪和砍刀，土匪手中最先进的武器就是国民党配发给姚大榜围截红军时用的枪支。

战斗持续了七个小时。湘西土匪的彪悍充分显现。

是役，419团无一伤亡。

这次自以为是的攻城失败后，众匪内讧不断。他们投降的投降，潜逃的潜逃。姚大榜主力尽失，雪上加霜。他带着一干亲信，在晃县、芷江及贵州等地的深山里东藏西躲。

那年12月的一天深夜，姚大榜与亲信乘小筏子渡江，被我军侦察兵发现。待姚大榜一伙人离船刚跳上岸时，枪声响起。随后，无数手电灯一齐亮起。几个土匪腿脚受伤，有的栽倒在地。

“举起手来！缴枪不杀！”419团三营九连长、七连二十多位解放军战士端着冲锋枪把姚大膀一伙团团围住。

姚大膀的“飞毛腿”也受了伤。他被我军战士们押着，一瘸一拐地走进了团部剿匪指挥部。

2. 五连洞破

土匪其实并不喜欢洞居生活。洞里光线暗，难分昼夜，空气潮湿阴冷，蚊虫蛇蝎蝙蝠多，说话头上嗡嗡作响，走路常常磕碰摔跤。但在走投无路时，他们往往把山洞作为最后的屏障。

“独眼龙”本名叫彭春林，是盘踞在石洞里的一个恶魔。当时军部宣传部有一名干事也叫彭春林，一只眼睛是“萝卜花”[①]，跟恶魔彭春林名同形似。我们常拿他开玩笑。

恶魔彭春林是国民党暂五师师长李兰初的警卫团团长。汪援华向我141师师长叶健民、政委刘旭投诚后，李兰初带着彭春林和一些亲信逃到永顺县东南角云庵山上的五连洞内。

彭春林是个杀人不眨眼的家伙，是个人见人憎的恶魔。正因为如此，才深得李兰初倚重。他帮李兰初跟其他土匪抢地盘时，右眼中弹，仅留左眼，得了这个绰号“独眼龙”。

云庵山海拔高近3000米。山顶原有一庵，长年累月被云雾笼罩，山便得名“云庵山”。海拔约2500米的云岩之上，有五个峻险壁陡的石洞。

这五个石洞从东往西分别叫金蚌洞、水洞、苗洞、黄泥洞和钉岩洞。洞与洞内部不相连，虽然不利于李兰初彭春林等相互通报情况，但也不利于我军攻洞。我军即使攻得一洞，也不能通往其余的洞内，必须一一

① 指黑眼珠受伤后留下永久性的白斑。

击破，方可歼灭匪众。

李兰初逃入云庵山五连洞后，彭春林即召来当地手艺最绝的岩石匠们，用巨石把五个洞门堵上围墙。那确实是独具匠心之作，五个洞口巧妙地变成五个固若金汤的碉堡。

每个碉堡里都备有几百筐箩腊肉、大米、红薯、玉米、弹药和鸦片。

然后，彭春林令岩石匠们在崎岖小路上修筑了一道道石寨门。

李兰初对“独眼龙”的军事准备工作十分满意，大加赞赏。“独眼龙”更加狂妄自得：“可以不分白天黑夜睡大觉。攻破五连洞的人，只有天兵！”

李兰初把居于中央的第三个洞苗洞作为总指挥部，把最西边的第五个洞钉岩洞作为副总指挥部。李兰初自己居苗洞，令“独眼龙”居钉岩洞。

1950 年 3 月初，我 141 师将进攻五连洞的光荣任务交给 423 团。根据 47 军统一部署和 141 师的安排，423 团主力部队派往其他区域集中。团部将擒拿李兰初、彭春林的命令下达给了擅长打攻坚战的二营。

为了打赢这场攻坚战，师部从保靖 422 团抽来一个机炮连支援二营。

3 月 3 日，423 团二营和 422 团机炮连共三百多人进驻云庵山下。

听到解放军来打李兰初彭春林，附近村子的老百姓兴奋不已，奔走相告。附近上溶乡、中溶乡、上榔乡自发组织超过千名民兵和村民申请参战。村民们送来大米、玉米和柴火等物资。二营营长段志杰安排战士将这些物资折算成钱发给老百姓。

军民心心相连，战斗情绪高昂。

段营长和机炮连柴连长等商定好作战战术后，第一天上午，五座六〇炮对着位于五连洞下云庵山中上段的五处石寨门开炮。

轰隆隆的炮声打破了云庵山的宁静。

凶残有余谋略不足的“独眼龙”来不及跟总指挥部联络，令负责联络的匪兵挥旗发布命令开火，用密集的火力阻击解放军攻山。

除了第三洞没有开火外，另外四个洞里及埋伏在上山小路各要隘的火力齐发。“哒哒哒哒”的声音不绝于耳。

如果是师兴周，他绝不会命令开火。“独眼龙”显然没有师兴周聪明，他中了段营长的计。匪军刚才的开火，极大地暴露了火力点。

匪军这些火力点，被二营和机炮连悉数记录下来。

接下来数天，解放军像是被“独眼龙”的火力还击打怕了似的，围而不攻。

起先，“独眼龙”还洋洋自得，但李兰初越来越生疑了，“独眼龙”也不免有些忐忑。

知己不知彼，是当过师长的李兰初的兵家大忌。虽然用石头阻挡了解放军上山的路，但也阻挡了匪军下山探听情报的路。李兰初困在山上，感觉耳目失了灵。洞里粮食再多，也终有吃尽的一朝。万一解放军围而不打，他岂不要出洞觅食?

段志杰跟李兰初和“独眼龙”玩心理战术。他吩咐解放军白天睡觉，晚上点着桐油灯喊号令。

这种昼伏夜动的规律让“独眼龙”很紧张。虽然山上和洞里戒备森严，但夜里解放军如果突袭，“独眼龙”看不见，总不踏实。

后来几天晚上，“独眼龙”憋不住气。他猜测，解放军晚上不睡觉，一定是准备玩名堂。于是他下令晚上时不时地朝山下扫射一阵。他想，这样至少可以让解放军不敢贸然进攻。十多天下来，土匪们日也耗，夜也耗，又困又紧张，疲惫不堪。

段营长终于等来了机会。

18 日早晨，山中的雾浓得化不开，两米之外的树木全看不见。空气中的雾和地上的雪连成一片白茫茫的世界。那时刻土匪大多在沉睡中。

机炮连的六〇炮却“看得见”。原来，段营长和柴连长早已安排人神不知鬼不觉地把数十门六〇炮架在了对面山地的树林里，炮手将炮口精确对准山上小径的各处要隘。前一天黄昏前再次做了精确瞄准。

“放!”一声令下，数十门六〇炮一齐发射出愤怒的炮弹。众多沉睡中的匪兵还没来得及醒来就已经去了阴间。

利用浓雾，段营长的第一奇招是放炮，第二奇招是爆破。

段营长指挥成立了一连二班副班长马耀芳为组长的爆破组，并准备了大量的炸药包。

爆破组的战士们在对面山上六〇炮及身后机枪、冲锋枪的掩护下，逢炸毁的要隘就冲，逢没炸毁的要隘就扔炸药包。一刻钟之内，马耀芳他们已接连冲过六道要隘。

上午10点，太阳迟迟露了脸，浓雾正在逐渐散去。阳光照在雪地里，反射出耀眼的光。

爆破组和段营长率领的突击队已经冲到五连洞下。

爆破组的成员两人一组，分别炸洞。

负责炸金蚌洞的是马耀芳和爆破手钟永生。马耀芳抱着一个炸药包猫在石坑里，借一团浓雾飘来，飞鸟似的腾起，猛地扑向金蚌洞。

一梭子弹从洞壁的射击口飞出来，马耀芳中弹扑倒在地，炸药包滚下深不见底的山涧。

钟永生两眼射出愤怒的火焰，他在马耀芳倒地的一瞬间跃出，在机枪手的掩护下冲到金蚌洞外。

钟永生迅速看了金蚌洞的结构。洞顶没有缺口，无法用手榴弹投掷。他把炸药包塞进石头缝隙里，迅速点燃了导火线，然后闪到金蚌旁的巨石后藏起。

他等了几秒，没听到金蚌洞爆炸的声音。他冲出来一看，第二个洞已经被战友炸开了。

钟永生跑到金蚌洞的缝隙一看，气坏了。炸药包已不见影踪。

他接过战友递上来的炸药包，第二次塞进缝隙，正准备点导火索，炸药包被土匪从碉堡内戳出，跌入山谷。

钟永生听到另外的洞接连响起爆炸声。“缴枪不杀”的喊声此起彼伏。

“老子就守在这里，看你们怎么戳！”钟永生把两只炸药包紧塞在洞的墙根口，同时点燃两根导火索。

“轰——”

金蚌洞终于炸开了。

金蚌洞炸裂的石头砸中正在附近的战士陆明伟，陆明伟当即牺牲了。陆明伟从重庆出发时与我在同一个互帮互助组，他是班里年龄最小的战士，是他家里的独子。

经过搜查，第三个洞内的李兰初被抓着了，却没找着第五个洞内的“独眼龙”彭春林。

“集中手电！”机炮连柴连长高声下令。

几十支手电一齐集中到第五洞。战士们在洞内发现一只洞井。井里传来呼呼的风声，不见人影。

“彭春林！你藏在里面冷不冷啊？快出来！再不出来就开枪了！”柴连长朝里喊。

没人回应。

“叭叭叭……”柴连长拿过身边战士的冲锋枪，朝水里扫了一梭子。

“我投降！”一个带着哭腔的颤抖的声音从井下拐弯处传来。

战士们抛下一根绳子。一个浑身污垢的水鬼般的丑八怪沿着绳子爬上来了。

“高抬贵……手！共军……真的是……天兵啊。”丑八怪闭着一只眼睛瞪着一只眼睛，说话时两排黑牙磕碰着。

这家伙正是“独眼龙”彭春林。

3. 四丫头真相

有句老话，“巾帼不让须眉”。湘西当时也有几个出名的女匪首。

我在军部宣传部的时候，偶尔会收集到女匪的故事。这些女匪中有无论对方其他条件如何，只索要日本鬼子五颗头颅即以身相许的“湘西头号女匪”吕芪，还有凤凰县的龙真姣等。但在我47军剿匪资料里看到，名气最大的女匪非黄玉姣莫属。

我们在湘西剿匪的时候，还没有电视连续剧《乌龙山剿匪记》，所以黄玉姣还没有“四丫头”的绰号。当时的有关资料显示，黄玉姣是军统女特务，是国民党保密局湘西站的骨干分子，能左右手同时开枪且百发百中。她受上级指令，带领一批中统、军统和三青团特务到芷江、中方等地，主要工作是支持芷江匪首杨永清反共，并争取“曾西胡子”曾庆元、“灵鸡公”彭玉清等人辅佐杨永清成就“反共复兴大业”。

据说，黄玉姣涂着口红、烫着头发，妖里妖气，洋里洋气。她走在芷江街头，总是叼着骆驼牌香烟，戴着墨色太阳镜，穿着美式女军装，腰挎两支手枪，与曾庆元成双成对地出入高档酒店，挥霍无度。

资料中还说，黄玉姣认了杨永清为干爹，但这干爹对军统女特务黄玉姣敬畏有加。在杨永清的撮合下，黄玉姣成了曾庆元名义上的老婆。为何说是“名义上的老婆”呢？资料里说，曾庆元在政治上绝对服从于军统女特务黄玉姣的指挥，但曾庆元享有当着黄玉姣的面强奸妇女的“自由”。

“四丫头”的这个干爹杨永清，二十出头时就纠集一伙歹徒上山为匪，后受国民党反动派招安，官至旅长、师长。后解职回家，发展圈子势力，被附近各地匪首们尊为“龙头大爷”。他是湘西匪首中集“匪、特、军、霸、圈子”五位一体的湘西土匪“祖师爷”。白崇禧到芷江召开反动的“军政会议”时与他歃血为盟，结拜为兄弟。我军进军湘西时，他联合反动党、政、军、警人员，部署怀化、芷江、晃县等地“防务”，妄图阻挠并歼灭我军。

我军140师首长曾多次派人送信，劝其归降，但杨永清执迷不悟。他召集部下各头目发出狠话：“我就是只剩我这管鸦片烟枪，也要跟共军血战到底。”还威胁部下：“哪个敢找共军投降，我就砍掉他的脑壳！”

1950年春，我140师以四个团的兵力合围杨永清，打死、打伤、活捉、追降了杨永清的数百匪众，但杨永清逃之夭夭了。419团负责追击清查杨永清。杨永清和黄玉姣在野坟穴中蛰伏数日。有一天，黄玉姣扮成“媒婆”，护送由杨永清扮成的“新娘”，雇请数名农民组成“婚嫁队伍”，准备潜逃，被419团战士张学荣识破。杨永清和黄玉姣就此落网。

“四丫头”名义上的老公曾庆元，在我军强大军事攻势和政治攻势下，自感穷途末路，于1950年7月向我420团缴械投降。

湘西剿匪结束后不久，我发现上述关于黄玉姣的资料有误。在我的印象中，419团和420团的宣传干部上交的档案资料里，并没有提到黄玉姣。到底是谁整理出与真实情况相距甚远的黄玉姣资料？我不得而知。也许，是口口相传越传越讹的艺术化后的“黄玉姣”误插进我军剿匪史料的缘故吧。

我后来在沅陵亲眼见到了被关押的黄玉姣。现实生活中的黄玉姣的相貌和装扮，与此前的资料明显不一样。她没有烫头发，更不涂口红，没有妖里妖气的痕迹，倒显得斯文沉静。我进一步了解得知，她出身芷江本地的小户人家，在芷江师范读书时被土匪曾庆元看上。曾庆元派人上门威胁逼婚，黄玉姣父母不得不从。黄玉姣心里一万个不同意，但为了保全家人性命，违心嫁给曾庆元。婚后，曾庆元忙于反共与逃匿，她与曾庆元很少见面，也很少说话。她并不特别漂亮，不会使枪，两只眼睛是“斗鸡眼”，因此被人误传为“双枪女特务”。她没有见过杨永清，从未与杨永清结为“干父女”，更不可能与杨永清同藏于野坟穴。她的母亲因悔恨当初同意她嫁给曾庆元而上吊自杀。她的胞妹黄莹姣的命运比她好得多。黄莹姣后来当了女兵，嫁给姓范的军官。这位军官后来成为我海军某部的高级干部。黄玉姣被关押一年后被我军释放，后嫁给杨永清的一个马夫，过着清贫的日子。黄玉姣、黄莹姣的一位侄子后来成为广东省某重点中学的校长。2012年，黄玉姣在怀化安江去世。

第七章
集训土匪

1. 熊家坪

经过一年多的艰苦奋战，1950 年年底，湘西数百年匪患，基本得以剿清。这么短的时间内胜利完成剿匪任务，这是封建王朝和国民党反动派想都不敢想的丰功伟绩。我军从长沙聘请的两位随军顾问陈今新、蒋新夫由衷地感叹，原以为人民解放军即使再英勇善战，也得至少十年才能完成剿匪任务。解放军真是神勇啊！

为了彻底消除匪患复生的思想根源和社会基础，根据上级指示，我们对土匪进行集训。只有进行集训，区别对待，才能算彻底剿匪。

我军在沅陵、会同、永顺共设了三个集训专区，并以就近为原则，各专区下设若干个集训点。

后来我得知，三个专区共设有 180 多个集训点，对三万多名土匪进行了集训。

我对湘西土匪的不断认识和深入思考，是从集训工作开始的。但到集训工作完成后，我的认知都没有结束。这个认知的过程，经历了抗美援朝，直到今天。

集训之前的一年多时间里，我军在各县各地挥师剿匪，所向披靡，十万土匪无一完巢。土匪死的死，伤的伤。活着命的，非降即俘。土匪的形象，在我军纪律严明作风顽强的解放军官兵的反衬下，显得那么丑恶可恨。

但是，随着时间的推移，土匪的形象在我的脑海里不再是单一的丑恶。土匪的形象是复杂的。

首先，土匪的构成是复杂的。有的土匪如李兰初之流，是国民党反动派的顽固分子。有的土匪如杨云飞之流，是本地杀人恶魔。但有的土匪是因为受逼迫而成匪的，如大庸土匪金振彪，是被宋占元匪部在山上发现，用枪押着他逼迫他背小孩的。金振彪被枪押着背了三天的小孩，也就成了一名“土匪”。有的是因为贫穷，缺衣少食而入伙为匪的，如大庸土匪宋德清、宋海桥兄弟，不愿饿死才加入宋占元匪部的。有的是对家权、族权的服从而上山为匪的。如沅陵明溪口的十五岁少年谢根生，他的土匪叔父给他弄了一支枪，命令他背着枪入山为匪。还有的是为反对贪官污吏揭竿而起遁入山林为匪的。

其次，土匪的思想表现也是复杂的。有的誓死与民为敌，有他的活路，就没有老百姓的活路。有的只抢粮食，不杀人，仅仅为了养家糊口。有的顽抗到底。有的弃暗投明。有的甚至有强烈的民族感，当外敌入侵的时候能以身报国。

此外，土匪作为一种职业，其历史渊源和现实构成也是复杂的。有的时候，土匪是杀人夺财奸淫掳掠的恶魔。有的时候，土匪近似于结寨自卫的地方自治武装。有的时候，土匪是一个可以跻身地方名流望族的显赫职业。还有的时候，土匪甚至是出资兴办学校、仲裁纠纷的体面“权威”。

有时我会陷入沉思。这块重山叠岭、滩多河急、林密洞深的地方，自古以来是豺狼虎豹的天然产地，也是强盗土匪的天然产地。湘西是苗、土家和汉人混杂之地，民风桀骜。这里女人如火，辣味十足，敢爱敢恨，男人更如炸药，敢死敢拼，从无畏惧。当缺少了约束，人的社会属性减弱的时候，人的自然属性和野性就大大增强了。有的人就以强凌弱，进而为非作歹，物欲、情欲放纵，人生观扭曲，变成恶魔。湘西的有利地形，成为恶魔们绝佳的藏身处，几百年来官府奈何不得，于是积疴成疾了。换上世界上任何一个地方，只要有这样的“宜匪气候”条件，大概也是要“盛产”土匪的。

对土匪进行集训的三个专区是以师为单位的。139 师负责沅陵专区，下设凤凰、麻阳、吉首、花垣、泸溪、溆浦、辰溪等分区。140 师负责会同专区，下设怀化、芷江、新晃、通道、黔阳、靖县等分区。141 师负责永顺专区，下设龙山、桑植、大庸、保靖、古丈等分区。

我 141 师所属的永顺专区各分区共设有 60 多个集训点。其中，离 423 团部较近的有一个叫桑植熊家坪的集训点。这个集训点由 423 团负责。

当时，两位随军顾问陈今新、蒋新夫已回长沙，随军作家蒋牧良先生已离开湘西奔赴广西。我认为自己抽调在军部宣传部帮助工作的光荣任务已经圆满完成。于是，我向军部宣传部及 423 团部提出返回团里工作的申请。

不久，我接到上级通知，返回 423 团部宣传队。

我接着向团部申请，我恳请到熊家坪集训点工作，我要靠近土匪，了解土匪。

团部很快批准了我的请求。

就这样，我成为桑植熊家坪集训点的一名干事。

2. 三个阶段

与我一起被团部派到桑植熊家坪集训点的还有团宣传队的刘寅同志。此外，团部安排一营一连抽调一个加强排作为集训点的护卫队伍。一连副连长王保生同志与我们一起组成集训队，负责集训管理工作。

熊家坪集训点设在一座熊姓祠堂里。

这座旧祠堂有南、北两栋，加上东、西厢房，共有十多间房屋。王保生和我们研究后决定，立即请当地砖石匠对十多间房屋进行封闭并加牢，又请木工对祠堂内原有的熊姓族人存谷的大木仓进行了加固处理。

封闭后的祠堂成为一个封闭的庭院，很适合进行集训活动和管理。

加强排即集训点护卫队伍住在祠堂大门两侧的耳厢房内。耳厢房一侧设有接待室。集训队队部设在耳厢房楼上。

王保生副连长是正式干部。我和刘寅同志都是享受干部待遇的战士。我和刘寅同志推王保生同志当集训队长。由于我和刘寅同志都是从团部抽调下连队的同志，平时工作上，王保生同志非常尊重我和刘寅。刘寅比我大两岁，是从东北打过来的战士，资历比我老。但我文化程度比刘寅高，且在军部机关协助过工作，所以我们三个人互相尊重，大小事情都共同研究。

在做好上述内务布置的同时，我们到附近乡和保派发由47军统一印制的《集训土匪通知》传单，张贴布告。通知和布告里要求土匪自带衣服、被褥、钱粮，在一个星期内到熊家坪集训点参加集训。

接下来的几天，土匪陆续到熊家祠堂报到。这些土匪，有的是自动来的，有的是保甲送来的，有的是家人送来的。家人送土匪的场景很感人：有的父母送子，有的妻子送夫，有的兄姐送弟。送到之后，家人殷殷嘱托，叫参加集训的土匪好好听子弟兵的话，重新做人。

三天时间内，来报到的土匪络绎不绝。他们既有熊家坪的，也有邻乡的。加上团部押送过来的俘虏，集训点的土匪已超过350人。

见人数已经让祠堂承受不了，经向团部请示，我们请各保甲广而告之，本集训点停止招收土匪，动员余下的土匪到其他集训点去报名。

我们对350多名土匪按报到顺序编班，让土匪自己管理自己：他们自己铺稻草打地铺，煮饭做菜也是土匪自己负责。

集训的作息制度采用的就是我们解放军部队的作息制度。早上出操，上午上课，下午讨论，晚上点名。晚饭后做集体游戏或组织集体打柴。

按永顺专区的统一安排，我集训队对土匪的集训为期两个月，分成三个阶段。

第一个阶段是政治动员。

按团部指令，给土匪上课的任务由我和刘寅同志负责。但集训的第一堂课是由团宣传队队长李年余同志上的。

第一堂课是动员课。李队长给参训土匪讲明集训的目的和意义。李队长说，我们组织进行集训，就是为了彻底肃清湘西匪患，让当过土匪的人有一次悔过自新的机会，让湘西人民不再受匪患之苦。集训表现好的，我们发集训证明，回家好好当光荣的农民，可以参加农会，可以参加土改分田地。李队长还宣布了一个令参训土匪们振奋不已的好消息：对集训表现好、年纪轻、当土匪时间不长，没有罪恶的土匪，还可以参加中国人民解放军呢！

随后，李队长在动员课上宣布了集训的五条禁令：不准请假和逃跑，不准串通闹事，不准打架斗殴，不准干预别人检举揭发或打击报复，不准在无批准情况下与外界接触、通讯、通话。

动员课后，我们组织了讨论会。讨论会气氛很活跃。大部分土匪表示要珍惜集训机会，遵守集训纪律，好好学习，悔过自新，争取良好表现，回家好好当农民。一部分土匪表示渴望参加解放军。还有一部分土匪坦认自己是惯匪、恶匪，有罪于人民，担心集训表现再好也无路可走，所以情绪低落，忧心忡忡。但他们也表示，将遵守纪律，好好学习，认罪伏法。

通过这一天的政治动员和讨论，我们初步掌握了集训土匪中的重点对象。

第二天的课，由我向集训土匪讲授湘西土匪的阶级基础和历史根源。讲义是由军部宣传部统一印刷好，由李队长带来的。在李队长的耐心辅导下，我提前认真地备了课。

课上，我跟土匪们讲：湘西匪首本身就是大地主、大资本家。他们成立所谓护卫武装，其实是为了疯狂地压迫和剥削农民，满足他们不断膨胀的私欲。他们以强凌弱，称霸一方，没有纪律，不讲公平正义。他们常常和反动政府勾结，官匪一家，鱼肉人民，坐地分赃。

我以桑植本地匪首陈策勋为例。我说，陈策勋本身就是一个霸占良田三百多亩的大地主和开办制药厂的大资本家。他与国民党反动派勾结，与人民作对，挑唆引诱农民加入匪部当他的走狗，杀人劫舍犯下滔天罪行。

我还说，人民政府进行土地改革，就是要把被大地主大资本家占有的田地分给农民，让农民耕种属于自己的田地。不参加集训的土匪，不能获得农民身份，不能分田地。

那堂课引起参训土匪的强烈共鸣。下午的讨论会上，不少土匪悔恨自己上当受骗当土匪，当了万恶的匪首的帮凶，做了对不起家人和乡邻的事，这次集训后，一定要回到人民中去，戴罪立功，永不为匪。

这堂课后，大部分受训土匪认识到土匪的阶级本性和反动本质，思想上起了根本变化。不少土匪主动到我们集训队部谢罪并开始检举揭发。

政治动员阶段结束后，宋占元匪部投诚的宋德清、宋海桥兄弟二人到队部找我。他俩对因贫穷挨饿而被宋占元引诱当土匪的经历感到悔恨，对帮宋占元欺压乡里的行为感到耻辱。他俩说，投诚之前，他们的小分队把四支步枪、三把大刀、两枚手榴弹和一些弹药藏在一个山洞里。他俩表示愿意在集训结束后向乡里谢罪，退还抢劫的金钱，并愿意带我们去找藏在山洞的武器。

在宋德清、宋海桥兄弟的带领下，我和几位护卫队员顺利取回武器。途中，他俩还动员尚未参加集训的同伙赶紧到佛塔坡集训点去参加集训。

经报请团部同意，我们决定对这两兄弟的罪过不予追究。鉴于他俩的立功表现，队部让他俩提前结束集训，给他俩颁发了集训证明，让他俩回去当农民参加农会，并奖励他俩大米 20 斤、旧币 20 万元（旧币的

20万元，大约可买五只农家鸡）。他俩回去的时候，痛哭涕零地感谢政府，感谢解放军。

有一天下午，我正组织土匪们讨论。有个十五六岁的农家女孩气喘吁吁地跑到集训点就要往里闯。门口的战士拦着她问她有什么事。她跟战士简单说了情况后就隔着围墙大喊：“福哥！伯娘病重，快不行了。你赶紧跟我回家啊！”

围墙外的喊声我们都听到了。一个叫张福祥的矮个子土匪火速站起来，满面悲痛，泪水哗哗地流。

我问他什么事。他哭着向我说，墙外是他堂妹妹在喊。他来集训时，六十多岁的母亲孤身一人病重在家，他来集训队时委托邻家的堂妹妹照看母亲，现在母亲病危，他希望能赶回家给母亲送终。

当时，张福祥的情况我很了解。他的父亲、叔父惨遭土匪杀害，婶娘被土匪劫持后失踪。他被逼迫给土匪当了两个月挑夫。来集训后，表现很好。

我立即带他到队部。我和王保生和刘寅同志商量。我提出，张福祥不是匪首和惯匪，是被胁迫的，他在母亲病重时离家参加集训，且集训表现良好，应该同意其回家为其母亲送终。

王保生和刘寅同志都表示支持我的意见。尽管有“不准请假”的集训禁令，但我们决定对张福祥从宽处理，让他提前结束集训，颁发集训证明，回家当农民。

张福祥背着他的破棉被离开集训点时，“叭”的一声双膝跪下，给我们磕了三个响头，然后和他堂妹妹跑回家去了。

集训才过十天，我们对宋德清、宋海桥兄弟和张福祥的处理，实实在在地兑现了“胁从者不问，立功者受奖”的处理土匪的政策。集训点的土匪在讨论时动情地说：“解放军说话算话，我们心服口服！”

第二个阶段是忆苦、忆仇教育。

这个阶段基本上不授课。前期一般是分班进行讨论并请当地农民讲经历。土匪们积极忆苦根，讲阶级苦、生活苦，也讲当土匪跟着匪首的经历苦。

在这个基础上，我们找出各班的苦根苦苗忆苦，并请来当地的农民控诉土匪奸淫掳掠无恶不作的罪行。

忆苦、忆仇的人及聆听的人常发出阵阵哭泣。有时，人群里会振臂高呼：

血债要用血来还！

为死难的阶级兄弟报仇！

当土匪可耻！当农民光荣！

忆苦、忆仇阶段结束后，穷人出身的土匪的阶级觉悟大大提高，土匪们对自己罪行、过错的严重性进一步加深了认识。通过这个阶段，我们在参训土匪中培养了一批积极分子和骨干。同时，恶匪、普匪的界线已经水到渠成地逐渐分明了。

我们决定让 86 名穷人出身、当土匪时间不长、作恶不多并且对地主阶级和匪首有深仇大恨的普匪提前结束集训，颁发集训证明，让他们回家当农民。

这一次大规模的宽大处理，极大地孤立和打击了惯匪、恶匪。他们感到压力越来越大了。

一些已经拿到集训证明的积极分子不愿意回家，主动要求留下来观察惯匪、恶匪，与我们一起与惯匪、恶匪作斗争。

第三个阶段是土匪悔过，认罪，服法。

这个阶段是兑现“首恶者必办，胁从者不问，立功者受奖”的重点阶段。

这个阶段一开始，一些惯匪、恶匪就主动自查、认罪，如实交代自己的罪行，恳求政府宽大处理。

根据当地老百姓的检举及集训土匪之间的相互揭发和各人的认罪情况，我们共查出分队长以上的土匪头目41人，匪龄十年以上、杀人一个以上、强奸妇女五人次以上、抢劫烧毁民宅五次以上的惯匪、恶匪120人。此外，曾在义雾口武装袭击我423团的反动罪恶土匪66人。

根据上级规定，这些惯匪、恶匪属必杀范围。除按规定分队长以上土匪头目须交团部统一处置外，其余应在各集训点实施枪毙。

3. 严防死守

在永顺专区，我们熊家坪集训点实施枪毙的任务是最重的。除41个分队长以上土匪头目将交给团部外，还有188名惯匪恶匪须就地枪毙。

要枪毙那么多土匪，我们感到有压力。我们担心，惯匪、恶匪自感末日来临，随时可能出现集体逃跑甚至暴动。他们人多势众，人数是我们的五倍，且他们大部分是年轻力壮的强悍后生，一旦狗急跳墙后果不堪设想。据我们了解，除离我们最近的佛塔坡集训点须就地枪毙的人数高达三百多外，大部分集训点只需枪毙二三十人。那时候，有个集训积极分子向我们告密：“土匪中有人在悄悄传话，说第三次世界大战已经在朝鲜打起来了，蒋介石又要打回来了，共军的末日快到了。”

我们一方面加强警惕和戒备，一方面紧急向团部报告和请示。

团部给我们作了五点指示：

一、美帝国主义已经发动侵朝战争，战火已经烧到我国边境，我国政府已应朝鲜政府请求，派出中国人民志愿军赴朝作战。这个问题只向自己部队进行宣传。对于造谣传谣者，查实一个，枪毙一个。

二、立即将惯匪、恶匪与普匪分开关押。对符合镇压条件的土匪，开好公审会，分批镇压。

三、对在义雾口武装袭击我423团的土匪，绝不心慈手软，血债要用血来还，不论持枪与否，一经核实，一律枪毙。

四、加强戒备，严防死守。发现土匪中有组织暴动和逃跑者，坚决镇压，不可放走一个。

五、抓紧公审、镇压，尽快结束集训工作。

历史地、批判地看，当时受朝鲜半岛战事的影响，要求在短时间内抓紧公审、镇压土匪，以求尽快结束集训工作，这在指示上是不够严谨的，在各集训点的执行过程中更难避免错误的产生。团部的指示，应该是受师部的影响，那么，师部的指示，可能是受军部的影响。而从如此高的层面作出不尽合理的决策，就难免扩大镇压面。以汪援华为例。汪援华是参加过北伐战争，与反动军阀打过仗，后又参加淞沪会战与日寇进行过血战的人。他在永顺向我军投诚后，发出《告暂四师、暂五师及永顺县地方部队官兵书》，为劝告敌暂四师、暂五师余部及永顺县人民自卫军投诚作出了贡献。他理应得到我军的优待。然而，1950 年 12 月 16 日他在沅陵被镇压，三十多年后才得以平反并被追认为革命烈士。汪援华是被错误镇压的人中的幸运者。不管是后来平反的，还是没有平反的，他们都在那场镇压活动中永远地消失了。有居心叵测的人借此贬损剿匪，这是站不住脚的。客观地看，当时的国际国内形势没有给我军深思熟虑的时间。更进一步说，我军主力支援二野入川后，一些已经宣布投诚的匪军不是又疯狂反共了吗？大批志愿军正陆续赴朝作战，万一留下活口的土匪与台湾“反攻大陆”势力里应外合，那将是多么严重的后果？不管有无扩大镇压面，总归是瑕不掩瑜。湘西剿匪的丰功伟绩，是不容置疑的，是永载史册的。数百万湘西人民对我军清除匪患的衷心拥护和感激之情，是发自内心的。

在当时那极度紧张的时刻，我们根本不会质疑团部指示的合理性，时间上也容不得我们细想。那天，团部的五点指示是晚上到达集训点的。我们立即将团部的五点指示在护卫部队中进行了传达，并作了认真研究。

我们迅速制定了五条紧急措施：

一、立即派一个班的兵力将41个分队长以上的土匪头目移交团部集中处置。

二、认真检查、加固耳厢房楼下的大木仓。将符合判处死刑的惯匪、恶匪关进大木仓。

三、加快公审、镇压。抽一个班专门执行镇压任务。每天分上午、下午两批召开公审会。公审会由当地农会组织，由我和刘寅同志参加宣判。

四、提高警惕，严防死守。惯匪、恶匪是一伙政治土匪、亡命之徒，他们必然要做垂死挣扎。对木仓实行24小时双岗双哨制，每天晚上八点后加派一名班长或正、副排长带岗，发现异常情况及时报告。

五、发挥积极分子和骨干的作用。对立功者进行奖励。

有备才可无患。就在我们制定出五点紧急措施的那天晚上十点多钟，普匪中已经提前拿到集训证明但主动要求留下来的积极分子谢根生跑到队部大喊："谭同志！一个惯匪叫我帮他解开手上的绳索，他要逃跑！"

我立即跟他跑出去。只见那个企图逃跑的惯匪正往加固过的砖墙缝里钻。他像个瘦猴，头小肩窄，但墙缝比他的肩窄得多。

我一个健步冲上去，将他拖到门外，就地枪毙在石阶下。

我回头朗声告诫其他惯匪："逃跑是没有出路的，也是绝不能得逞的。谁逃跑就枪毙谁！"

这个叫谢根生的年轻后生当时才16岁，他15岁时受其叔父强令而入山为匪，没有作恶经历，集训表现突出，我甚至有些喜欢上了他。

这次就地镇压，对其他企图逃跑的惯匪是一次迎头痛击，起到了杀一儆百的效果。

这次事件再次提醒我们：惯匪、恶匪们绝不会诚心认罪，坐以待毙，集体逃跑或暴动很有可能发生。我和王保生、刘寅同志商量决定：从现在开始，加强对开饭、提人时的警戒，在人员和火力警戒上增加一倍。

4. 公审

我们集训点第一批公审对象中，有一个“神兵”头子。

“神兵”是湘西一群政、教、军合一的乌合之众。“政”是土政策和霸王措施，“教”是邪教和巫术，“军”是土著武装。他们有时依附国民党反动派，有时独霸一方山林，与人民为敌，与解放军为敌，做尽了坏事。但老百姓以为他们是“神”，既恨又怕。

集训点报到时，熊家坪当地农会送来一名四十岁左右的“神兵”头子。这家伙姓胡，没有名字，当地农民只知道他是“神”。我们在登记簿上写他的名字是“胡假神”。农民们说他能飞檐走壁，刀枪不入。这家伙进来时，头发长过女人，下巴的胡子长过头发。大寒天，我们捂着棉军装还嫌冷，他却敞开烂棉袄和衬衣，露出胸前杂乱浓密的毛。

他进来后，不爱说话，常闭目张嘴，念念有词。我们故意不搭理他，任他神里神经逍遥自在。他自恃神灵附体，上课时不太守规矩，讨论时也不积极。

集训开始后不到一个星期，我们接到许多检举他的材料。材料说，这家伙勾结土匪，诈骗农民不少钱财，奸污妇女和幼女16名，致伤致残五人，杀害农民二人。

人证物证俱在。这是一个十恶不赦的坏人。

在忆苦、忆仇教育阶段，不少受训土匪表示对这家伙恨之入骨。当地群众提出，这个家伙该杀，不杀不足以平民愤。

我和刘寅同志根据群众的要求，认真整理好这个“神兵”头子的罪行报军事法院，提出公审建议。军事法院很快批准我们的建议，并指示：坚决镇压，搞好宣传，作好防范。

接到军事法院的批示后，我们立即认真研究，作出五条执行措施：

一、首批公审两个人："神兵"头子胡假神和恶匪李得胜。

二、公审大会定在星期天上午九时。地点定在熊家坪小学操坪。在操坪搭建一个公审台。台高一米，台西侧的土丘作为行刑点。在行刑点周围划定警界区。

三、第二天即提前三天发布公告，与当地农会一起挑选出一批大会控诉人。

四、安排一个班的兵力担任会场保卫，安排民兵连配合。挑选两名优秀战士担任执法人。枪上刺刀。子弹用开花弹。万一出现臭蛋，立即用刺刀捅，确保万无一失。

五、为确保首批公审大会圆满成功，定在星期六晚上即正式公审前夕举行一次对"神兵"头子的预审会。

一切按部就班进行，工作推进很顺利。

预审会挑在集训点附近一间土砖房子内进行。我们虽然不信鬼神，但担心"神兵"头子有过人的武功，所以格外谨慎小心。我们在房子四周都设有岗哨。

按这个"神兵"头子"设坛作法"的要求，我们在房子中间烧了一堆木柴，在柴火中烧了五块红砖。在房内还摆了一张木桌子，木桌子放了一块白萝卜，白萝卜上插着一根红香烛。

这"神兵"头子微闭双眼，念念有词，从柴火里挑了一根小树枝点燃香烛。接着，他穿上黑长袍，左手握住一块掉了漆的令牌，右手握住一柄旧桃木剑，摇荡了几下长头发。突然，他令牌一拍，手舞桃木剑，两只赤脚左蹦右跳起来。

这是他在"请神"。

五分钟后，我们问他："神兵请到了没有？"

"还没。"他摇头回答。

我们让他再请。

他重复了一遍拍令牌、舞剑、左蹦右跳的一整套动作。比第一次不同的是，他烧了两次纸钱。

我们又问他。他一脸沮丧，迟迟不开口。在我们的逼问下，他才泄气地回答："还没请到。"

"你的神兵请不来，那是不是要走这五块火砖呢？"我们厉声问道——他自己说，设坛作法时，他要赤脚从五块烧得通红的红砖上踩过。

他央求我们再一次让他请神。

王保生同志不耐烦地说："今天晚上只允许你请三次！三次请不到，你就别装了！"

第三次请神，他还是重复那一套动作。与前两次不同的是，他的手在发抖，脸变得灰白，双脚蹦得没那么高，腿脖子明显有些发软了。

我和刘寅同志没兴趣欣赏他的表演。我俩把烧红的红砖夹出来，齐齐整整地铺在地上。

他蹦完后，两只有些肿胀的眼睛呆滞地盯着砖头上冒出的火星，迟迟不肯用赤脚去踩。

突然，他一屁股跌坐在地上，额头和鼻尖直冒汗。

我们故意问："你的神兵不来了？"

他丧气地喃喃："喵得[①]神兵了。"

预审会很成功。我们心里有底了。

第二天上午，公审大会在熊家坪小学操坪正式举行。

闻讯来看公审的群众从四面八方络绎不绝地涌到公审大会现场。我们担心有人破坏秩序，更担心胡假神和李得胜的同伙劫法场。

全副武装的战士们威风凛凛地各就各位。民兵们也按指定位置威严地端立着。岗哨手持冲锋枪巡逻。

我绕操场走了一圈，没有发现异常情况。

九点整，我高声宣布："公审大会正式开始！今天公审的两个恶匪恶

① 湘西方言，即没有。

霸。一个是杀爹伤娘、强奸自己亲妹妹的恶匪李得胜。一个是恶贯满盈的‘神兵’头子胡假神。先审李得胜。现在把李匪押上台来！大家有冤的申冤，有仇的诉仇！”

被五花大绑着的李匪由四个民兵押上台后，“扑通”一声跪下。

一个头发灰白的跛脚老妇在一个十二三岁的女孩的搀扶下走上台来。跛脚老妇指着跪着的李匪大声说：“这个畜生是我的儿子。三年前他不听我们劝阻硬要当土匪。有一回他回家要强奸我这个女子[①]。当时我女子还不满十岁，是这个畜生的亲妹妹啊！他爹上前制止，打了这畜生一耳光。这畜生竟开枪将他爹打死了。他又开枪打断了我的脚，强奸了他的亲妹妹。这个畜生已经灭绝了人性啊！”

可怜天下父母心。然而，这个白发老母亲恳请我们杀掉她的儿子，这是因为儿子让母亲伤透了心啊。老妇一边说着，一边号啕大哭起来。她拉着旁边那个女孩一齐跪在我们面前，请求我们将他的畜生儿子镇压。

台下的农民群众大声喊：“杀死他！枪毙他！”

我当即宣读了军事法院的死刑判决书，宣布立即行刑。

李匪被战士和民兵拉到台西侧的土丘旁。一声枪响，这个死有余辜的家伙一命呜呼了。

接着开始公审胡假神。

操场上数千群众屏声凝息，睁大眼睛看这个刀枪不入的“神”如何接受法律的严惩。

我刚说完请大家申冤诉仇，一个看起来六十多岁的老汉手持一根粗大的茶树棍冲上台，要朝“神兵”头子的脑袋上打过去，被我们阻止了。

老汉丢下茶树棍，哭诉道：“十年前，我女子病重在床。经别人介绍，我请这个‘神兵’头子来帮我女子治病。他一来就说我女子是被狐狸精缠了身，要请‘神兵’把狐狸精赶走。他说请神要关门窗，把我和

① 湘西方言，即女儿。

老伴关在外面。后来听我女子在房里喊救命。我老伴朝门缝里看，看见这畜生正在强奸我女子。我和老伴踹开门，他就开枪朝我们打。当场打死了我老伴，打中了我的肩。他说是我和老伴冒犯了天神才要打死的。我老伴死后，我女子受了刺激，病情恶化，不久就死了。这畜生欠我家两条人命啊！今天，这个仇一定要报啊！”

台下顿时像炸了锅，群情激愤，怒号声此起彼伏：

这是个恶魔！
杀死他！
他强奸了我屋里媳妇！
他杀害了我爹！

我们为了让群众了解“神兵”的真实面目，特意让胡假神当众设坛作法。

我高声宣布：“现在让胡假神请‘神兵’来救他吧！”

台下立即安静下来。

但这家伙像泄了气的皮球，不肯再装神弄鬼。

“既然他请不来‘神兵’，那就宣布军事法院判决书：坚决镇压，立即执行！让我们看看他究竟能不能刀枪不入吧！”

战士们和民兵在警戒线外把守着。执法战士朝“神兵”头子胸口开了一枪。子弹出膛，他应声倒地。

喵得神兵！喵得神兵！
逮得好[①]！逮得好！

---

① 湘西方言，即干得好！

上午的第一次公审大会秩序井然，圆满完成了任务。那天下午，我们又公审了两名恶匪。

那不仅是熊家坪集训点的第一次公审大会，也是永顺专区的第一次公审大会。有的集训点还在忆苦、忆仇阶段。我们的首次公审工作得到上级机关的表扬。

首次公审工作胜利结束后，我梦寐以求的意愿实现了——我加入了中国共产党，成为一名光荣的中国共产党党员。

一个月后，我的好朋友、三营九连的杨志成——那位曾经拉人力车和“闯大祸”的小伙子——也光荣入党，并提了干，当了副排长。

第八章
朝鲜半岛的炮声

1. 金日成的请求

1950 年夏天以来，朝鲜半岛的战事不断揪着我们的心。通过各种通讯工具和报刊，我们不断得知朝鲜的局势。后来，“第三次世界大战已经在朝鲜爆发”“美国开始帮助蒋介石反攻大陆”等谣言在集训点的土匪中传递。

那年 6 月下旬，朝鲜人民军在金日成的领导下，顺利向南挺进。随着朝鲜人民军的节节胜利，大小城镇纷纷落入人民军手中。然而，由于战线拉得太长，补给线被炸毁，食物和弹药无法补充，人民军的战斗力由盛而衰。这时候美国出兵干涉，拥有当时世界最强武器装备的美军陆军在其舰艇、飞机的配合下，在釜山、仁川等地登陆。

1950 年 10 月 1 日美军越过北纬 38° 线（简称“三八线”），1950 年 10 月 19 日占领平壤，企图迅速占领整个朝鲜，并公然声称：“在历史上，鸭绿江并不是中朝两国截然划分的、不可逾越的障碍。”同时，美国飞机多次侵入中国领空，轰炸丹东地区，战火即将烧到鸭绿江边。1950 年 10 月 1 日，朝鲜征服请求中国出兵援助。中国根据朝鲜政府的请求，作出“抗美援朝、保家卫国”的决策，迅速组成中国人民志愿军入朝参战。

金日成既是朝鲜民主主义人民共和国的领袖，又是我军的亲密战友。他在我国东北读中学时因为反对日本而入狱，后历任中国共产党领导下的东北抗日联军第一路军第二军指挥、东北抗日联军第一支队支队长等。1945 年返回朝鲜。

而 47 军及所属第四野战军，是由抗日战争转入大反攻后进军东北的八路军、新四军主力各一部及东北抗日联军逐步发展起来的，我 47 军中不仅有很多朝鲜官兵，而且有一些是金日成的老战友。

与金日成一样，许多朝鲜热血青年在我国东北积极抗日。他们被编入朝鲜义勇军。后来，朝鲜义勇军及其他朝鲜族部队全部改编为中国人民解放军，其主要战斗序列为 166 师、164 师、156 师。

为了支援朝鲜战争，金日成向毛泽东同志提出把中国人民解放军中的几个朝鲜师调遣回朝鲜。毛泽东同志同意了金日成的请求。

与此同时，我 47 军各部中的朝鲜籍官兵也陆续回到他们的祖国。1950 年 2 月，晃县匪首姚大膀纠结邻近匪兵围攻驻守晃县县城的我 47 军 140 师 419 团三营，就是看中占三营人数多半的朝鲜籍战士回国造成我三营兵力严重不足的“良机”。

1950 年 10 月 19 日，中国人民志愿军秘密跨过鸭绿江，赴朝参战。

志愿军赴朝后的一段时期内，报纸、电台对此没有作任何报道。美军远东总司令麦克阿瑟完全蒙在鼓里。在此之前，麦克阿瑟曾向他的总统杜鲁门拍着胸脯保证，苏联军队是不可能干预的，因为苏联没有随时可以开赴朝鲜的军队。中国军队干预的可能性很小，最多不过派几万人“意思意思”，而且中国军队没有空军，来也只是“挨揍”。

麦克阿瑟和杜鲁门都想不到，刚刚成立一年多的中华人民共和国竟然会派出陆军六个军约 29 万人的兵力，连毛泽东主席的亲生儿子毛岸英也在其中。胸有雄才大略的毛泽东同志从一开始就不仅是“意思意思”，而是要用胜仗告诉世界什么叫人间正义。

10 月 25 日早上，在清川江下游一个叫两水洞的地方，李承晚的军队被一支战斗力极强的神秘部队打得晕头转向，溃不成军，被毙、伤、俘486人，被缴火炮12门、汽车38辆、各种枪163支（挺），美军顾问赖勒斯被生擒。[①]11月1日，在云山地区，美军历史最悠久、装备最精锐、战斗力最强的陆军第一骑兵师同样被一支穿着补丁棉军装、装备处于明显劣势的神秘部队打得脸面无存，被歼2000余人，被毁、缴坦克28辆、汽车176辆、各种火炮119门及大批的枪支弹药。[②]美军王牌军在朝鲜战场被神秘部队击败的消息震惊了世界，在西方军事界引起了强烈的反响。时任美国陆军参谋长的乔 · 柯林斯将军在回忆录中写道："作为乔治 · 巴顿将军的部属，霍巴特 · 盖伊怀着沉痛的心情，咽下了一杯苦酒。"这杯苦酒使得美军上下如梦方醒，不得不重新认识朝鲜战场中突然冒出来的这个"勇猛而危险"的对手。

至此，中国人民志愿军在朝作战的事实浮出水面，震撼了美国白宫和五角大楼，也震撼了全世界。

然而，随着中国人民志愿军在朝取得一个又一个重大胜利，兵力不足的问题也逐渐凸显出来。朝鲜战场亟须投入更多的兵力。

捕风捉影的土匪们兴奋起来，他们以为第三次世界大战已经在朝鲜打起来了、蒋介石已经反攻大陆了，他们以为他们渴盼已久的出头之日终于到了。

集训点的土匪越来越躁动不安，特别是那些惯匪、恶匪越来越不服管教，借饭不够菜不好等名堂闹事。

我们的戒备措施不断加码，如让非必死恶匪与必死恶匪分开用餐。将关押必死恶匪的木仓加厚，四面仓板用粗大的木头牢牢顶住。除了开餐和"上送"[③]外，一般不打开仓门板。仓内点一盏油灯，只留正面最上面的三块小顶仓板不关，以便空气流通，并便于我们观察仓内情况。

---

① 即"两水洞战斗"，是中国人民志愿军入朝后的首战。

② 即"云山战斗"，是中国人民志愿军入朝后与美国军队的第一次交锋。

③ 即枪毙。

我们心里把弦绷得紧紧的，感觉那只大木仓就像一只随时可能爆炸的火药桶。

2. 征兵

一天，团宣传队队长李年余同志到集训点来检查工作，传达上级指示。

我很兴奋地得知，我军将紧急动员，准备赴朝作战。

王保生同志同日本鬼子交过手，每次跟我们讲起他在河北、山西等地打日本鬼子的故事就激动不已。听说要去打美国鬼子，他高兴得睡不着觉。

刘寅同志跟随部队从东北打到西南，也算是个南征北战的“老战士”了。他说希望快点打到朝鲜去，让美帝国主义知道中国人民解放军是不好惹的！

李年余同志说，在伟大领袖毛主席的领导下，中国共产党领导全国人民刚刚建立了新中国，中国人民端起饭碗准备吃饭，有人却往我们的碗里扔沙土，甚至要打碎我们的饭碗，夺取我们的性命，我们怎能不奋起抵抗？他还说，现在开始入朝前的大规模征兵工作，我423团征兵报名点就在团部，但为了方便群众报名，各集训点也接受报名。李队长指示我们积极动员周围群众报名，并尽快结束集训工作。

李年余同志特别补充道：“经过集训的符合征兵条件的原土匪也可以接受！”

我和刘寅同志立即用毛笔写了几十张征名公告张贴出去。由于人手不够，公告张贴数量有限，我们请当地农会和民兵连深入宣传和动员。

熊家坪沸腾了！

桑植县沸腾了！

永顺专区沸腾了！

整个湘西都沸腾了！

湘西子弟报名当兵的热情空前高涨。他们积极应征，热切盼望成为光荣的中国人民解放军战士，积极投入到打击美帝国主义的战场上去。

我们主要是征男兵，严格控制女兵数量，但女青年报名也实在太踊跃了，新招女兵数量不断增长。“四丫头”黄玉姣的胞妹黄莹姣当时即将从当地卫生学校毕业，来不及拿毕业证书，用极为工整的黄自元①体，抄录了南宋女诗人张玉娘的《从军行》：“三十遴骁勇，从军事北荒。流星飞玉弹，宝剑落秋霜。书角吹杨柳，金山险马当。长驱空朔漠，驰捷报明王。”托同学转递给校长，表达她杀敌报国的英雄主义精神。在父亲的支持下（她的母亲因悔恨同意黄玉姣嫁给匪首曾庆元，当时已上吊身亡），她跑到报名点，如愿成为一名光荣的卫生兵，后跟随部队赴朝鲜战场。

集训点安全戒备工作重于泰山。前来报名者人山人海，集训点人手严重不足。我们请民兵和农会加派人手大力支援。

看到这么多热情高涨的湘西青年，我的心里充满感动。

一年多前，解放军初到湘西，群众对我们不了解，加上国民党余部和土匪的反动宣传和威胁，很多群众躲进山林。我们进村后，帮群众挑水，扫地，放牛，养猪，喂鸡，晚上睡在大门外的屋檐下。烈日下，我们用水壶盛溪水喝，不吃瓜地里的西瓜。农家地坪边上的板栗熟透了掉在地上，我们捡了放在房主的木桶里，一颗也不拿。到集市买东西，我们不砍价，不强买。后来，躲进山林的群众消除了疑虑，逐渐回家，与我们打成一片。正因为有群众的无私帮助，我们才在短时间内打败了土匪，铲除了匪患。我们跟湘西群众建立了鱼水情。

如今，祖国边境有危险，人民军队缺战士，他们克服家里缺劳力、婴儿离父母、老人要照顾等种种困难，来到我们集训点，热切要求当兵。

---

① 黄自元是湖南益阳安化人，清末著名书法家。

老子陪儿子来，妻子陪丈夫来，兄弟姐妹同时来……这样一幕幕的火热场面，永远烙在我的心里。

一批从集训点出去的原土匪——他们已经成为光荣的农民——也积极报名。

因立功在集训第一阶段提前回家的宋德清、宋海桥兄弟带着他们的堂兄弟报名了。

因母亲病危提前结束集训的张福祥报名了。

从熊家坪集训点走出去的原土匪中，共有 72 人报名。其中有些年纪稍大，经请示团部，都成功报了名，并顺利通过了层层审核。这些人——原来的集训对象——没隔多久都成为我们的亲密战友了。

已经拿到集训证明但主动留在集训点配合我们工作的积极分子们如谢根生也成功报名，也成为我们的亲密战友了。

3. 土匪暴动

12 月 25 日晚，佛塔坡集训点传来噩耗：发生土匪集体暴动恶性事件，数百名土匪绑架五名给他们送晚餐的干部、战士后强行突围。暴动虽然被及时镇压，无一土匪突围逃脱，但五名被绑架的干部、战士全部遇难。

五名遇难者中，有我的好兄弟杨志成。

佛塔坡集训点的防卫部队是三营九连。由于佛塔坡集训点的土匪人数众多，团部派了整整一个连负责防卫。杨志成就在九连二排任副排长。

听到团部传达的噩耗，我简直不敢相信。悲痛中，回忆起与杨志成同窗求学、一起拉人力车、一起爬煤车及一起行军的点点滴滴，我忍不住失声痛哭。

杨志成是好样的，他带领四名战士送晚餐刚进入一间关押土匪的密室，被早有谋划的土匪抓住。他竭力大声呼叫，九连闻声立即做好严防死守和战斗准备。数百土匪像一大群恶狼从密室冲出，架着杨志成等人一边突围一边威胁：“谁敢开枪我就杀死他们！”杨志成双手被几名悍匪反拧着，无法挣脱，高喊九连的战友们“开火！开火”。他趁土匪慌乱突围时扭头咬向身边一名悍匪的脖子，并伸腿绊倒一片企图逃窜的土匪。

九连战士们朝土匪射出愤怒的子弹，那间密室的数百土匪全部被镇压，而杨志成和他的四名战友也英勇牺牲。

我们化悲痛为力量，更加谨慎地加强防卫工作。

30 日晚上十一点左右，天上飘着鹅毛般的大雪。

王保生和刘寅二位同志晚饭后去团部参加紧急会议，还没回来。

为完成团宣传队的时事教育任务，我在楼上的办公室制作道具——美国五星上将艾森豪威尔的五色星条帽。

突然，我感到木楼在颤动。

我警觉地站起来，这时，楼梯上传来急促的脚步声。执勤班长气喘吁吁地说：“报告！木仓里土匪暴动了！”

我感觉全身的血瞬间冲上头部。我像下山猛虎一样，几个大跨步从楼梯上冲下。

我冲下来时即听到木仓门板被踢得“砰！砰”直响。

我站在仓外，朝天放了一枪，朝里喝令：“停！停！不许乱动！”

木仓内的恶匪不仅没有停下来，反而更加躁动了。

我看到仓内的油灯已经熄灭，里面漆黑一团。

木仓颤得越来越厉害，开始往围墙方向倾斜，有倒塌的危险。

我意识到这是仓内的恶匪们都集中在木仓一侧，并拼命往这一侧同时用力。安危悬于一线了。

全排的战士们都集中在靠近围墙的木仓外边。他们有的死死地扶住顶着仓板的木头，有的往相反的方向用力推，以防木仓倒塌。

我怒吼道：“再不停就开枪了！”

我的吼声刚落，靠近围墙这边的一块仓门板被踢断了。如果仓内穷凶极恶的土匪——除去已经公审镇压的还剩72名恶匪——暴动得逞，那必是一场血战，我们将付出惨痛的代价。

此时此刻，容不得我有丝毫犹豫了！

就在土匪踢断仓门板的同时，我果断地下达了镇压命令：“打！”

我扬起手枪朝门板断裂处开了第一枪。

“哒哒哒哒……”三支冲锋枪、两挺机枪同时响起，隔着仓门板朝里一齐开火。

三班长提着一支冲锋枪跑到楼上，“哒哒哒哒”从上往下射击。

三班长的枪弹穿透木仓，打到我们的宿舍里——事后才发现，我的被子和雨布被三班长的机枪打出很多枪眼。

我担心三班长的机枪误伤战士，令他下楼与我们站到一起，枪朝一个方向射击。

五分钟后，仓门板不响了，木仓不颤动了。为了确保万无一失，三班长架着梯子爬到木仓顶上，从仓顶余留的缺口朝内继续扫射。

仓内无声无息了，我下令打开仓门。

周围的农民被枪声惊醒，纷纷跑来打听情况。

在民兵和农会的组织下，群众开始冒着大雪挖坑，准备掩埋土匪的尸体。

王保生和刘寅同志也已经回到集训点。

鸡叫了三遍。这时土坑已经挖好了。群众将一具具尸体拖出去。我们在现场和沿途设了多个岗哨。

我和王保生、刘寅同志在沿途密切巡视。

每拖出一具尸体，我们都要认真核查，并监督入坑。

匪尸拖走了约一半时，突然从仓内冲出一个恶匪，像疯狗一样跃向木仓旁的围墙。

哨兵和拖尸的群众惊呆了，像木鸡一样看着这个恶匪跃向围墙。

说时迟，那时快，老兵三班长夺过哨兵手中已经上好刺刀的枪，腾空而起，对着正在翻墙的恶匪猛刺过去。

这一刀从下往上斜着穿插在恶匪的后背部。恶匪跌倒在地。

这个家伙是一名有经验的惯匪。我们的枪声一响，他就趴倒在角落里，爬到被打死的土匪尸体下。所以他没被射中。

三班长的一刀从背刺穿了他的心脏。群众去拖他时，他已经断了气。

东边的天际已经出现朝霞时，仓内只剩下三具尸体了。拖尸工作仍在进行。

又是一个突发事件——木仓底板上一具蜷曲的“尸体”突然跃出木仓，哨兵还来不及反应，已被这个诈尸的恶匪从身后紧紧抱住。哨兵怎么用力也挣脱不开，被恶匪抱着打转转。当时旁边没有其他战士，只有两个拖尸的农民。还没等两个农民扑上来，恶匪已经把哨兵转到了围墙下。

恶匪将哨兵猛地一推，被转圈了的哨兵一个趔趄摔倒在地。恶匪一纵身就翻上了一丈多高的围墙——身高不到一米五，却一跃能上一丈多的围墙，这确实是好身手。

我正好就在门外不远处巡视。听到叫喊声，我即冲过来，一抬手就朝恶匪悬在这边的一条腿开了枪。

子弹打中了恶匪的小腿，但他还是翻墙逃跑了。

雪地里留下明显的血痕。我即带几名民兵顺着血痕追。翻了两片小树林，追了约五里路，在一条溪边，血痕不见了。

周围没有大山，恶匪受了伤也跑不远。我们沿溪的两边仔细察看，都没有见到他。

我叫民兵们传达通知：动员民兵参与搜查，重点搜查溪流两岸的草丛，各民兵哨卡不要放过腿部有枪伤的可疑人。

不到中午，几个民兵就绑着那个带伤逃跑的矮个子恶匪回了集训队。

“你跑得了吗？”我问他。

“我没跑。”他装出可怜的样子——不过，他流血过多，大概已经精疲力竭了。

“明明跑了还不承认！太顽固了！”王保生同志的暴脾气上来了。

“没跑？我送你回老家吧！”我带着两个战士，押着这个逃匪到附近一条小水沟旁将其镇压了。

4. 血性湘西

征兵入朝的号召，让整个湘西沸腾了。

这是一个有数百年匪患的湘西，更是一个血性湘西。当外敌欺负到我们头上的时候，湘西人从来都是率先冲出去的。在外敌面前，湘西从来不出孬种。

抗日战争期间，凤凰籍子弟争先恐后报名国民革命军第128师。子弟出发奔赴华东为国征战时，凤凰县的父老在城门口打出“竿军出征，中国不亡”的横幅送行。恶魔张平在沅陵征兵加入128师763团时，沅陵县的子弟明明知道张平是保全古丈兄弟性命，明明知道此去了无生还希望却毫不在意，三百多名沅陵子弟从容赴死。在国破家亡之际，成千上万名湘西子弟——虽然他们当中大多有过土匪经历——抛洒滚烫的中国血。

浙江嘉善一战，128师狙击日军第六、八两个师团，肉搏白刃，喋血七昼夜，血流成河。消息传回，凤凰古城中，几乎家家挂出白幡，人人披麻戴孝。

美帝国主义把战火烧到鸭绿江边，威胁新中国。湘西子弟义愤填膺。年轻男子慷慨参军。一时间，几乎家家只剩老人、妇女和儿童。

熊家坪集训工作在永顺专区率先圆满结束后，我和刘寅同志被分派到其他集训点工作。我先后到桑植、大庸、古丈的集训点，刘寅同志则被派往保靖、龙山。

我们的任务主要有二：一是指导帮助其他集训点加速完成集训，二是配合各集训点挑选一批土匪赴朝。

从各集训点挑选一批赴朝土匪，这并不是正常的征兵。当时，征兵号令一呼百应，湘西范围内，报名者数万。但上级指示，还需要从土匪中动员挑选，甚至可以考虑枪下留人，从改造表现良好的惯匪、恶匪中挑选。

团宣传队的八位战友都是重庆招的学生兵。我们就这个问题展开过热烈的讨论。有的旗帜鲜明地反对："把死囚犯、惯匪、恶匪转变成我们的战友，不仅我们在情感上接受不了。那些被他们残害的灵魂也接受不了啊。一声令下就枪下留人，那提前镇压的不就白死了？"但更多的人认为："不同的国际国内形势下，人与人就是命运不同。拿已镇压的作对比已经没有意义。有些死囚犯、惯匪、恶匪集训表现较好，其中还有的人有立功表现。国家边境存危有难之际，挑一些罪行相对较轻、认罪悔过表现较好的人上战场，这是非常合理的。"

宣传队队长李年余同志的观点比较折中。他认为，英雄不问出处，让一些罪行相对较轻、认罪悔过表现较好的土匪赴朝，这既是给他们一种重新做人的机会，也是给我们的军队增员及提升战斗力的机会。他相信这些土匪一定会珍惜这来之不易的机会，为国杀敌，将功赎罪。但他同时认为，直接让他们成为解放军战士，成为我们的战友，确实有些伤害我们的情感。最好能让他们先参加政治、军事学习，再作为预备役或工勤人员，在朝作战期间表现优异则陆续吸收入伍。

李队长到底是一位政治觉悟高、深谋远虑的老八路。不久后上级的指令又到，李队长的观点与上级指令完全吻合。

上级的新指令是，挑选土匪入朝，并不一定加入军籍。先进入部队看表现再说。

我是完全拥护上级选匪入朝指令的。我觉得选匪入朝是一件光荣的重要使命，它甚至比清剿土匪、镇压土匪更让我有兴奋感。

我选匪入朝的第一站就是离得最近的佛塔坡集训点，就是我的好兄弟杨志成牺牲的地方。这是一个大型集训点，最先集训了1063人。我到达的时候，他们刚镇压完四十多人。最先圈定的必杀名单中，还剩下一百八十多人。

九连指导员、我在彭水就已认识的老熟人孟志清同志亲自在集训点等我。

孟指导员带我去祭拜了杨志成烈士和战友们的墓地，特别强调说佛塔坡集训点余下的土匪都与杨志成牺牲无关，叮嘱我不要因为杨志成牺牲的事情带有个人情绪，一定要以高度的政治责任感胜利完成选匪入朝的重要任务。他把一排排长介绍给我之后就离开了。孟指导员另有任务：赶到县公安局监狱的死囚中挑选一批入朝人员——不久前，各集训点已将分队长以上土匪头目交团部，并由团部统一送进监狱关押了。

一排排长姓梁，东北人，只比我大四五岁。他拿着土匪名册向我一个个介绍。根据年纪较轻、出身贫苦人家、罪行相对较轻、集训表现良好、民愤不大、有一技之长等挑选原则，不到半天，我们就初步圈了六七十人。

我希望多圈一点。梁排长不肯，严肃地提醒我说："年轻人要注意阶级立场。圈少了不会犯错，圈多了就可能犯错误了！"

圈了名单后，我们坐在队部办公室，吩咐战士一个一个提人过来。

提来的第一个人叫金振彪。金振彪罪行并不重，他只是被宋占元匪部用枪押着背了三天小孩。但三天下来他帮宋占元匪部背了不下二十个小孩，因此被当成有血债而关押起来。被抢杀了孩子的农户对宋占元恨之入骨，对金振彪既充满仇恨又觉得他可怜。据梁排长介绍，金振彪集训表现好，他在忆苦忆仇时揭发了数名罪大恶极的土匪，有立功表现。

金振彪被提出来时，撕心裂肺地喊冤。

我第一眼见到他，就觉得他是一个可怜的孩子。十五六岁的样子，身材瘦小，骨骼还没发育全，头发泛黄而凌乱。大冷天的，他竟然只趿着一双破烂的布拖鞋。

他一进来就“扑通”一声跪倒在我们的办公桌前，仰着头喊冤，眼泪哗哗地直往下掉。

我不忍他这么害怕，立即问他：“叫什么名字？”

“我……我……我叫……金振……彪……”他绝望地痛哭着，抽搐着回答。

“金振彪！我们不是要枪毙你。请你冷静一下。你愿意跟我们一起去朝鲜打仗吗？”

“朝鲜？打仗？”金振彪立即停止了痛哭，但仍抽搐着。

“是的！和我们一起去打美国鬼子！”我微笑着回答他。

“愿意！愿意！”他呼地一下站起，满脸惊愕，连连回答。答完后，他破涕为笑，“我要当解放军啰！”

我正犹豫要不要告诉他军籍的事，旁边的梁排长已经开口：“你暂时只能是随军到朝鲜打美国鬼子，暂时还不能算解放军战士。”

“算不算无所谓！能和你们一起打美国鬼子就行！”他单纯地笑着，高兴得合不拢嘴。

据我们了解，那次跟我们入朝作战的，共有近15000人。其中当过土匪而取得集训证明的入伍者约9000人，另有1600多名从各集训点和监狱的必杀名单中挑选出来的无军籍者。

那些暂时被区分对待的无军籍者，被送往各县的拘留所、监狱集中学习。之后，他们跟随我们从湘西到长沙、湘潭等地休整练兵，接着就踏入了朝鲜的战场。

我们在朝鲜期间，有关部门从湘西原土匪中又挑了两批入朝作战人员。最后一批刚送到北京时，我们的部队正陆续回国——朝鲜战争已经结束。最后那批人有的留在北京某农场劳动，有的返回湘西。

1951年2月底，我们的部队从沅陵、会同、永顺三个专区离开湘西的莽莽雪山时，湘西人民尽情地抛洒热泪夹道相送。

他们的眼泪，既为感激我军清除匪患创造祥和湘西而流，更为送别湘西子弟入朝作战而流。

我们团的队伍缓缓驶出桑植县城时，城楼挂有一幅送别的巨幅对联。一位白须飘飘的长者率两排乡亲整整齐齐站立在城门口的雪地里。

“读上联！”这是白须长者苍劲豪迈的声音。

“保家卫国，苗族子弟何惜命？”稚嫩的童声响彻云霄。

“读下联！”

“杀敌建功，土家儿男敢捐躯！”

“读横批！”

“血——性——湘——西！”

第九章
练兵备战

1.《美国佬，别猖狂》

1951 年 2 月底，胜利完成从各集训点选人入朝的任务后，我回到团宣传队。

团部在桑植县政府大会堂召开了“423 团申讨美帝国主义罪行大会”。团长、政委分别作了形势报告和上级会议精神传达。几位发言人都表示，美帝国主义亡我之心不死，把战火烧到鸭绿江边，是对我新中国的挑衅，是对我中华儿女的欺辱，是想在东升的旭日上蒙上乌云，我们同仇敌忾，坚决打倒美帝国主义，保卫祖国，保卫人民。

我是大会最后一位发言者。我在台上代表全团战士表了决心：“坚决参加抗美援朝保家卫国的战争！绝不吝惜自己的鲜血和生命！不打败侵略者绝不回来！”

大会后，我和一些学生兵正式提干。我成为团宣传队的正式干部。

部队从桑植开到长沙后，我们在市郊河西停下来。来不及休整，就立即投入到轰轰烈烈的战前练兵中。

战前练兵，是多么令我激动和向往的事啊！我觉得在团机关没有真正参与练兵，于是我向团部提出强烈要求到基层工作的申请。团部立即批准了我的申请，我被分配到三营八连担任文化教员。

午饭后，我拿着介绍信到八连报到。

八连连长和指导员我原来都不认识。副指导员叫郗凤武，是我的老熟人。我和郗副指导员在从重庆行军到湘西的途中就认识了。

连部很简陋。墙上张贴着练兵进程表。连长和正副指导员浑身上下都是土和泥，衣服裤子往下滴水珠子——不知是水还是汗。

第一眼见到他们，我莫名地感动。我感受到了练兵的热潮，我感受到了连长和正副指导员们身先士卒的精神。那一瞬间，我感到自己申请到基层连队的想法是多么令我自豪！

下午练兵时，郗副指导员带我到各练兵场转了一圈，和各位排长、班长们见了面。浑身衣服滴着水珠子的战士们精神抖擞地冲我微笑，我感到他们是一只只勇猛的小老虎。

在这一群“小老虎”中，我认出了熊家坪集训点因立功而提前获得集训证明的宋德清、宋海桥兄弟。他俩也认出了我，挂着无数汗珠的脸上写满了惊喜和亢奋。

几个月不见，宋德清、宋海桥两人都明显强壮了，身子骨结实了很多，个头也往上蹿了。尤其是宋海桥，不仅比他哥宋德清高出一两寸，而且肌肉发达得像个武士，原先他俩脸上怯懦迟钝的表情也已经荡然无存。

这是一对正在解放军部队的熔炉里脱胎换骨的兄弟，我由衷地为他俩的变化感到欣慰。

晚饭后不久，晚点名开始了。

全连在屋外晒谷坪集合。战士们虽然经过了一天紧张的战术演练，十分辛苦，但毫无疲倦之意。郗副指导员走到队伍前，大声问：“同志们累不累？”

“不累！”一百来只“小老虎们”整齐地吼道。

“现在给大家介绍一下我们的新同事，”郗凤武一边说，一边走过来拍着我的肩膀说，“我们八连的文化教员谭国雄同志！他是从团宣传队调来的，还曾经在军部宣传部工作过。大家欢迎！”

“小老虎们”热情地鼓掌。

郗副指导员说：“欢迎谭教员给大家指挥唱歌吧！”

这是我提干以来第一次当众表现。面对这么多陌生的面孔，我有点紧张，但移步到队列正前方的时候，我望见了宋德清、宋海桥兄弟真诚而充满信赖的眼神。我迅速调整了心情，自信地起音，并打起拍子来。

我指挥连队一口气唱了六首歌。

正在我洋洋得意的时候，队列后边有个高个子战士用北方话喊：“欢迎谭教员给我们教一首新歌！”

全连战士欢呼着鼓掌。

教新歌就教新歌！我在团宣传队学过不下十首歌，随便拿一首教大家就是。

我微笑着说：“教大家一首《游击队之歌》吧！”

“我们会了。我们要学新歌。”战士们喊。

“那就教大家唱《南泥湾》吧？”我有些慌。

“也会了。这不是新歌。”战士们开始哄笑。

我心里没底了，急中生智道：“今天大家都唱得好！这样，今天就唱到这里。明天再教大家唱新歌！”

说完，我朝郗副指导员使眼色。郗副指导员立即明白我的尴尬，朗声说：“今天唱歌就唱到这里。下面开始点名！”

晚上，我找郗副指导员商量。我提出想教战士们一首表演歌曲《美国佬，别猖狂》。这是一首新歌，我来八连报到前刚基本学会，郗副指导员还没听过。

郗副指导员一听就高兴了。他说这首歌很合适，内容上跟当前根本任务相吻合，形式上演唱结合易学易会。

得到郗副指导员的支持，我连夜就用报纸和硬纸制作了道具：一顶船形帽、一个长鼻子。此外，我还把一根木棍削成卡宾枪模样。

第二天晚饭后，晚点名开始前，战士们整整齐齐地列队站立，等着我教唱新歌。

我扮演的“美国兵”在热烈的掌声中出现了。

我头戴船形帽，鼻梁上粘贴着一个长鼻子，扛着木头卡宾枪，双肩一耸一拐。

战士们乐不可支。有的战士大喊：“他是战争贩子杜鲁门！”

我先朗诵了一遍歌词：“美国佬，别猖狂！别装那个老虎样……”

然后，我一边演一边唱。

这种表演唱的形式很受战士们喜欢。只教唱了三遍，战士们就能演唱了。

这时，前一天晚上叫我教新歌的那个北方口音的高个子战士从队伍里走出来，指着我这个“美国兵”高声唱道：“美国佬，别猖狂！别装那个老虎样！”

全连战士们都笑弯了腰。

指导员在一旁打着哈哈，高声问：“美国佬就是一只纸老虎！大家说对不对啊？”

“对……”战士们的回答气壮山河。

2. 广播站

来连队第一天起，我就找郗副指导员了解战士们的文化程度。

了解到的情况很不理想，除了我之外，包括连长、指导员在内，没有一个初中毕业生。只有一位副排长和两位班长进过初中的校门，但都只读了三两个月。小学文化程度者不到三成。大部分人小学没毕业。从湘西入伍的新战士，尤其是原来当过土匪的，比如宋德清、宋海桥兄弟，基本上都是文盲。

教完表演唱的当天晚上，我到郗副指导员的房间，跟他商量工作。

我急切地说："得抓紧让大家认字学文化！"

郗副指导员深深地吸了一口旱烟，摇摇头，盯着我问："你认为当前文化教员最根本的职责是什么？"

"认字，学文化，活跃连队文化生活！"

郗副指导员摇摇头，说："抗美援朝，是我军当前的根本任务。文化教员的工作属于部队政治工作范畴，当然应该为抗美援朝这一根本任务服务。认字学文化，不是当务之急。当务之急应该是迅速提高连队的政治素质，坚定理想信念，提高战斗力，提升士气。目前是练兵时期，文化教员的首要任务应该是鼓动干部、战士的练兵热情，提高赴朝作战的杀敌本领！"

郗副指导员的话令我茅塞顿开。那天晚上，我躺在床上反复思考郗副指导员的话。

是啊！我应该想方设法提升连队的士气和战斗力！

具体怎么做呢？我想起毛主席教导我们的话：实践出真知。

对！我要参加练兵，与连队的干部、战士们打成一片，在实践中学习，在实践中提高工作能力！

第二天一早，我穿上郗副指导员送给我的旧军装，背上水壶和战士们一道来到练兵场，和战士们一起，听从排长指挥，摸爬滚打，逢山过山，遇水涉水，每一个动作都做得认真、准确。

一天下来，旧军装磨破了好几个洞。排长赞叹道："谭教员真像个老兵！"

战士们去洗澡的时候，我找各排排长收集练兵过程中的好人好事，并迅速写成广播稿。

晚上熄灯号刚吹过，战士们入睡前，我在广播里念广播稿。

得到我广播表扬的战士，睡着了嘴角都挂着笑。

没有得到表扬的战士，想着第二天应该怎么练兵，争取"上广播"，得表扬。

第二天一早，起床号刚落，我的广播又开讲了。我把当天的练兵科目通过广播告诉大家。

我每天早晚的广播都不超过五分钟，简明扼要，很受干部、战士欢迎。

一周下来，我将好人好事进行统计，既张贴在连部墙报上，又作为当晚广播的内容之一。晚点名时，连长拿我的统计表作表扬。

宋德清、宋海桥兄弟一周来累计得到表扬的次数是全连最高的。弟弟宋海桥得表扬七次，哥哥宋德清得表扬六次。他俩的优异表现，让我感到格外欣慰和兴奋。我看到了他俩显著的进步，这使我更加拥护我军在湘西时允许、欢迎原土匪参军入伍的英明决策。我没有理由不相信，原土匪一定会成为我军最最英勇的战士，成为令美军最最胆寒的勇士，成为共和国最最忠诚的卫士！

一周的广播对提高练兵积极性起了一定的作用，但我不能保证收集材料的全面性，记录各排的好人好事也难免出现遗漏。我担心这样下去会产生负面影响。因此，我向连领导建议，创立“连队广播站”，在各排建立报导组，在各班挑选报导员。

我的建议得到了连领导的一致同意。这样，全团、全师乃至全军第一个连广播站正式运转了。

建立了报导组、报导员制度后，广播内容收集速度快，收集面广，内容全面、准确。在连长的提议下，我拓展广播内容，由原来单一的表扬变为表扬与批评相结合，同时，增加了“经验推广”“班排风采”“朝鲜战讯”等内容。

广播站办得红红火火，深受全连干部、战士的好评。

3. 形势报告

练兵期间，我发现一部分战士反映出一定的“恐美”情绪。

我深入调查后发现，战士们“恐美”，说到底是惧怕美军的先进武器和装备。

原来，当“小老虎”认为敌人是长牙大象或大型食肉恐龙的时候，他们也会有恐惧感。

那时候，我们的步枪不外乎两种。一种是“中正式”，另一种是“三八大盖”，射程不过百米。而美军的步枪不仅射程几倍于我们，而且一打就是一梭子，一开枪就能撂倒对方几十人。

除了步枪，我们基本就只有手榴弹了。

有一天，我参加练兵时，听到旁边的战士在议论：

> 美国的飞机可以摘掉咱的帽子！
> 他们还能拧着咱的脖子带到天上再摔下来！

我一听就明白，他们是说美国空军的超低飞行能力。我想纠正他们，但我当时没找到好的事实依据。

有一天晚饭后，连队开文娱晚会。晚会上，我身旁一个战士问我：“谭教员，咱天天练班、排进攻，但在美军的飞机轰炸和大炮攻击下，咱们的班、排进攻真的有作用吗？”

我立即回答他：“当然有作用！战斗的全过程要有人。人的因素是十分重要的。”

“听说毛主席的儿子毛岸英同志在朝鲜战场上牺牲了。”

我心里一震，当即回答：“战场上有人牺牲自古有之。子弹不认人。我们为毛岸英同志感到悲痛，但我们没有理由畏惧，我们更应该为毛岸英同志和其他牺牲的同志报仇！”

他认真地听着，却没有点头。这表明他仍未完全接受我的话。

我感觉到自己刚才的话缺乏说服力，想了想，接着说：“咱打日本鬼子的时候，咱打国民党的时候，不也要面对飞机轰炸和大炮攻击吗？咱们不也胜利了吗？咱们靠的是什么？是人！是意志！是信念！”

这战士终于肯点点头了。但他还在问：“咱如果活着，意志和信念就在。但咱如果还没来得及进攻就老远地被敌人的飞机轰炸飞了，意志和信念不也都不存在了吗？”

那天晚会后，我找指导员和副指导员反映情况。指导员和副指导员很重视。我们三人一致认为，这名战士提的问题，反映出他怀疑现在练兵的作用，也反映出他和一部分战士面对敌人先进的飞机、大炮、坦克，以及在应对现代化战争问题上的茫然。

那天晚上，指导员给我布置了一道命令。他要我认真备课，第二天就向全连干部、战士作一次形势报告。指导员说，一定要把问题说深，说透，切实说明美军飞机大炮不可怕。

“飞机大炮有啥可怕的？怕就怕在咱们对美国的侵略性质认识不清，怕就怕在咱们杀敌本领不过硬！你一定给我把这个报告作好！”指导员一边生气地拍桌子，一边涨红着脸大声地嚷。

第二天一早，我跑到团部，向团宣传队队长李年余同志汇报情况并请教。

李队长对我反映的问题很重视，和我一起认真探讨。他和我查阅了很多资料，给我很多备课材料，并对我的形势报告提了很多很好的建议。

我在团部认真准备了一整天，在李队长的辅导下撰写了形势报告提纲。李队长陪我回连队——他要参加我连的形势报告会。他说，这是全团乃至全军的第一个连队形势报告会，如果我讲得好，他要我到其他连队作巡回报告。

当晚的晚点名后，我向全连干部、战士作形势报告。

我首先介绍了美国侵朝的目的和性质。我说，美帝国主义派兵对朝鲜战争进行武装干涉，同时派第七舰队入侵台湾海峡，美帝国主义这是企图用朝鲜当跳板，根本目的是入侵我们中国，把新生的中华人民共和国扼杀在摇篮里。美帝国主义的侵朝战争，是非正义的战争，遭到朝鲜人民、中国人民和全世界人民的反对和谴责。而我们抗美援朝，既是保家卫国，也是保卫亚洲和世界和平，是正义的战争。正义必胜，非正义必败，这是中外古今颠扑不破的真理。

我接着讲星星之火可以燎原的道理。我说，伟大的中国共产党成立于 1921 年。当时全国只有五十几名党员。短短二十几年里，中国共产党紧紧依靠人民，经过北伐战争、土地革命战争、抗日战争、解放战争，打败了武器装备精良的日本帝国主义的侵略，推翻了武器装备精良的国民党反动派的统治，建立了新中国。并且，我们在座的同志们都亲眼见证了，我们仅用了一年多时间就彻底剿除了湘西匪患。历朝历代任何部队做不到的事情，中国共产党的军队做到了。面对美帝国主义的飞机大炮，提出疑问和顾虑，这是很正常的事情。土地革命战争时期，党和红军队伍中就有人提出“红旗能打多久”的疑问。毛泽东同志用一句老话作出了正确的回答：星星之火，可以燎原。

然后，我说，中国共产党领导下的人民军队是战无不胜的军队。我列举了红军途中的“四渡赤水”、抗日战争期间的地道战及三大战役中辽沈战役的“关门打狗”、淮海战役的“中间突破”、平津战役的“围而不打”等经典战事。接着，我介绍了中国人民志愿军在朝鲜的第一仗温井之战，把李承晚军队打得溃不成军，毙、伤、俘敌四百余人，中国人民志愿军与美军的第一仗云山之战，我们以劣势的武器装备，歼灭美军历史最悠久、装备最精锐、战斗力最强的陆军第一骑兵师二千余人。

最后，我拿日本鬼子和美国鬼子做了个对比。我说，日本鬼子是武士道，不怕死，却在我军全面大反攻下灰溜溜地向我们投降。美国和“联合国军”鬼子是雇佣军，贪生怕死，他们没有一分一秒不害怕我们。我们用得着怕他们吗？

新成立的中华人民共和国，是初升的红日，乌鸦的翅膀能盖得住她的光芒吗？

全场的干部、战士高呼：

不怕敌人！

红太阳永放光芒！

毛主席万岁！

中国共产党万岁！

中国人民解放军万岁！

形势报告会取得圆满成功。连长、指导员和李年余队长非常满意。

很快，八连文化教员谭国雄成功作形势报告的事迹传到团首长耳里。

在李队长的建议下，我到全团各连巡回作形势报告，场场取得成功，现场氛围异常热烈。九连的孟指导员见到我就竖起大拇指：“谭国雄，你小子不错！”

4. 近战、夜战

在全团作完巡回报告，我成了全团的“名人”。听团长说，师首长也曾在他面前表扬我。

我心里清楚，这并不是我的功劳，因为形势报告的成功，并不在于我讲得有多好。它应当归功于八连指导员给我布置的任务，应当归功于团宣传队长对我的辅导和帮助。

我巡讲回连队后，连长和指导员指示各班举行讨论会。

我参加了几个班的讨论。

我对一排三班的讨论会印象最深刻。

宋德清、宋海桥兄弟二人就在这个班上。

那天，连长和正副指导员，还有我，都参加了这个班的讨论会。

讨论到敌人有飞机而我们没有飞机时，有个叫李文忠的战士说：“美国佬的飞机在天上，只能大老远地放炮。他要是想占领阵地，还得跟咱们步兵对攻。”

连长在一旁插话：“如果敌人攻上阵地来了你怎么办？”

李文忠不假思索地回答：“鬼子上来了，我就用刺刀捅！”

“刺刀断了怎么办？”连长接着问。

“那就用枪托砸！”

“枪托砸坏了怎么办？”

“那……那就用拳头和腿脚。”

“美国佬人高马大，你打不到他踢不到他怎么办？”

“……”李文忠一时语塞，不知该怎么回答。

“高子底盘不稳，我猫着腰冲上去，用抱摔摔死他！”宋氏兄弟中的弟弟宋海桥高声回答。

连长一听乐了：“抱摔是个好办法。但如果没摔死他，你和他纠缠在一起怎么办？”

“怎么能弄死他就怎么弄！美国佬鼻子长，我先咬掉他的长鼻子！”宋海桥狠狠地说。

连长连声说好。他说：“美国佬爱美，就怕破相回去。咱就让他破相！咬得了鼻子就咬鼻子，咬得了喉咙就咬喉咙，总之咱们先下手为强！不要让敌人占了先！”

“如果能扯掉敌人的骚毬也是个好办法！”宋德清出了个鬼点子。

宋德清的话得到连长的赞同，引得大家哄堂大笑。

讨论会越来越热烈。

接着，宋海桥的一句话，成为全班讨论的中心话题。后来，这个中心话题成为全连的中心话题。

宋海桥说：“美国鬼子的飞机、大炮只有白天有威力，晚上就不灵了，只有在高处和远处有威力，近了也不灵了。我们偏要偷着打，晚上打，靠近打！这样，还怕打不赢他们吗？”

宋海桥的这个观点，让连长眼前一亮。一个“近战、夜战”战略战术就此诞生了。

从那以后，连队调整了练兵内容，增加了近战、夜战科目。

具体地说，就是增加了黑夜偷袭、近身格斗、拼刺刀及战士单兵独斗的内容。

黑夜偷袭就是把战士训练成为捕老鼠的夜猫，成为抓羊的夜狼。

我们的夜战优势后来被一个叫贝文·亚历山大的美国人发觉。这个叫贝文·亚历山大的美国人是美陆军派往朝鲜战场前线的战史分遣队队长。他后来在他的著作《朝鲜，我们第一次战败》中写道：“中国人在作战方面极为训练有素，尤其善于打夜战。他们善于隐蔽，联合国军的飞机很难发现他们。”

为了提高近战、夜战水平，各班还　扎起了稻草人，做了木头人，挖了投弹坑。连部制订了投弹、刺杀、摔跤、夜袭等科目的统一考评标准，分为及格、良好、优秀等三个等级，并开展考核、评优、对抗、比武等活动。

战士们纷纷表决心，班内结成一帮一、一对一的对子，班与班之间发挑战、单挑，练兵积极性更加高涨了。

为了提高训练成绩，取得对抗、比武的胜利，各班自觉延长练兵时间，甚至连晚饭后的娱乐时间也用来搞对抗赛。

后来，连部干脆统一延长练兵时间。晚饭后搞升级赛，出红榜，戴红花。

在赴朝前夕，连队开展了评比总结。评出“神投手”十名、“拼刺王”十五名、“摔打王”三人。

“神投手”是什么水平呢？往50米外的坑里投十颗手榴弹，颗颗入坑。“拼刺王”能连续突刺100次以上。“摔打王”则能成功守擂10次以上，即连续打赢10名挑战者。

连长和指导员高兴地表扬战士们：“我们已经锻造成为一支冲得上、

守得住、拖不垮、累不趴的钢铁连队！你们个个成了火眼金睛的夜猫子、敢拼能赢的铁罗汉！”

一天，上级发出战士们渴盼已久的赴朝作战命令。一个个英勇无畏的夜猫子、铁罗汉即将与美国鬼子一决雌雄。

这时，我接到上级命令：调离连队，调往 141 师干部部。

离开连队，我当时真是万分不舍。连长和正副指导员送我离开时，我流下了热泪。

经过短短一个多月的火热练兵生活，我已经与八连结下了深深的情谊。

后来，八连真的成为一支英雄的连队，在朝鲜战场上尤其是老秃山战役中立下赫赫战功。这是后话。

第三篇　抗美援朝

雄赳赳，气昂昂，跨过鸭绿江。

保和平，卫祖国，就是保家乡！

第一章
离乡入朝

1. 浮桥

我到师干部部报到后才知道，干部部是新组建的机构。

部长由师政委兼任，不占干部部的编制数。全部编制 15 人，副部长一人，名叫邱阳明。营级干事五人，其中正营级一人、副营级四人。见习干事三人。缮写员三人，其中两名是女同志。通讯员三人，全是小战士。

我是三名见习干事之一。邱阳明副部长知道我文字水平不错，给我定的岗位是档案工作。

档案工作本来是整理全师干部的档案。但邱副部长布置给我的任务是习字——习字是为日后整理档案而做准备，这在我看来实在是轻松而单调。两天过去了，我师还在等北上的火车，还没有接到乘车北上的命令——看来，我还得闷在档案室习字。

第二天下班后，我独自一人爬上师部旁的小山，坐在山坡上听另一侧山下师直属连队的战士们唱歌。

我听着这些激越的歌声，忍不住跟着哼起来。我是多么留恋在八连与战士们打成一片的火热生活啊。

第三天上班时，我一边磨墨，一边哼起了革命歌曲。

部里年纪最大的、唯一的正营级老干事老周就在我的隔壁房间办公。说是隔壁房间，其实就是一个大通间，我的工作空间与老周的工作空间只是用档案柜象征性地隔了一下。偏偏这位老周是位老机关，喜欢幽静——这在我看来是不可思议的，火热的军营生活，南征北战的炮火声中，怎能追求幽静的工作环境呢？

老周没有当面批评我，他到邱阳明副部长那里告了我一状，说我有“小资产阶级的狂热情调”。这话很快传到我的耳里。

我跟邱阳明副部长解释：毛主席还要求革命队伍团结、紧张、严肃、活泼呢。

接下来的两天，我强闭着嘴，不唱不笑，埋头习字。邱阳明副部长很同情我——后来我知道他也是个爱唱歌、会唱歌的人——给我调整了岗位，让我搞火线任免工作。

火线任免工作是干部部最具危险性的工作，常要到前线阵地。这差事正合我的性格和特长，接到这个调整，我高兴坏了。

清明节下午，终于接到命令，晚餐后集合，到长沙火车站乘列车北上。

在拥挤的列车厢里，我们唱着雄壮的军歌。三天三夜后，我们抵达安东[①]。

接上级命令，我们在安东下车休整待命。

我师驻地在安东市郊的鸭绿江边，以团为单位，隐蔽地分散驻扎在一些仓库和学校里，离朝鲜国土仅一江之隔。

在临时驻地驻扎下来后，我们遥望江对岸的朝鲜国土。我们看到美军的飞机在对岸的上空盘旋，不时传来“轰——轰——”的爆炸声。随着爆炸声，我们看到硝烟在火光照亮的黑夜里弥漫。

虽然还未踏上朝鲜的土地，但我们已经感知朝鲜人民正在遭受美帝

---

① 今辽宁丹东。

国主义的侵略和蹂躏。

次日一早，刚开始吃早饭，我们听到远方传来战机的嗡嗡声。声音由远而近，由小到大。

接着，震耳欲聋的爆炸声开始了。

我们放下饭碗，挤到窗户和门口张望。

只见美军数架战斗机率领若干架 B52 轰炸机在鸭绿江大桥上空狂轰滥炸。桥体发出可怕的断裂声。

有人数了一下，大桥上空共有五架美军战斗机和二十几架轰炸机。

肆无忌惮的美军轰炸机把一些炸弹投在安东市区。市区房屋倒塌，黑烟滚滚。

亲眼见到美军如此残暴和骄横，我们无不咬牙切齿，恨不得立即渡江赴朝，与美国鬼子血拼，杀几个美国鬼子解我们心头之恨。

第三天是 4 月 10 日。一大早，渡江命令下来了。

吃完早饭，我们按上级命令，做轻装准备，棉被也不要。

除了原来的棉衣，其他全部脱掉，换成新装。

上级还命令我们一律摘掉原来棉衣胸前的“中国人民解放军”的徽章。这道命令让我们感到神秘而神圣。

除了新衣裤，我们每人还配备有一袋两公斤的米、一袋帆布挎包、一个水壶、一支手电筒和一把小镐锹。

渡江时间定在当天晚上七点三十分。

从早上开始，我们都在热切地渴盼中，等待晚上七点三十分那个庄严伟大的时刻。

用过晚饭，我们按上级命令头戴用树枝和青藤做的伪装帽，整齐列队，整装待发。

晚上七点三十分，我们的队伍从临时驻地出发，向鸭绿江大桥进发。

到了桥头才知道，鸭绿江大桥已经炸裂，不能通行，我们走的是大桥旁边新设的浮桥。

短短几分钟，我们便从祖国的土地疾步踏上朝鲜的国土。

美军的飞机在头顶盘旋，轰炸声时远时近。

“不许喧哗！不许暴露光亮！”这是上级对我们渡江赴朝夜行军的两条严格规定。这两条规定是为了避免暴露目标。朝鲜夜空敌机多，敌机飞行员的眼睛亮着呢，一旦发现目标，就会狂轰滥炸。再一个就是特务多，特务潜伏在各处，听到我军声响，发现我军行踪，就会给敌机传信。后来才知道，特务有一种信号灯，往地面一擦就亮，或者打信号枪，信号枪打出去悄无声息的，接着敌机就来了。

过了浮桥，我们一直悄悄地朝前疾行。

一路上，不少房屋在燃烧。我们看到、听到朝鲜人民围着一处处火堆撕心裂肺地哭。

眼看朝鲜人民的苦难，心系祖国人民的安危，我们的内心极不平静。

离开浮桥后大概走了十公里，部队到达山脚下的公路边。我们刚奉命坐地休息，敌机好像发现了我们似的，朝我们休息的公路俯冲过来。

“嗒！嗒！嗒！嗒！”

“轰——隆隆！”

敌机上机枪朝公路扫射，接着投下炸弹来。

低飞的敌机带来一股股强大的气流，把路边的树木吹得东倒西歪的。炸弹的硝烟四处弥漫。

飞机走后，队伍中传来多少人牺牲、多少人受伤的消息。

队伍继续向前。

我心里纳闷，黑夜如漆，敌机怎么会朝我们开火？是瞎子狗吃屎——碰巧，还是真的发现了我们？

我正在寻思，突然听到后边严厉的声音：“有特务打手电！”

原来，师侦察科的参谋带着两名战士快步跟踪过来，发现打手电的特务就在我们师干部部的人群里。

我们吃惊不小：居然特务就在我们身边！

侦察科的参谋声音不大，但异常严厉："谁打手电？"

大家在黑暗中你看着我，我看着你，没有人回答。

突然，黑暗中又是光亮一闪。

参谋这下看清了！他和两名侦察战士立即上前擒住我的同事、干部部的见习干事钟德灿。

"你为什么打手电？"参谋喝问。

"我——我——我——没打手电啊。"钟德灿吓得口齿不清了。

"你的手电筒在哪里？"

钟德灿摸摸肚皮，说："在这儿藏着。"

钟德灿话音刚落，光亮又是一闪。

参谋接过手电筒一看，明白是怎么回事了。

原来，钟德灿的手电筒压在肚子下，肚皮挤压着外衣的纽扣，纽扣有时正巧顶在手电筒开关的红钮上。走路时一颠簸，外衣纽扣就可能顶开红钮键从而使手电筒闪亮。

钟德灿惭愧得无地自容，连连认错。

第二天早晨，我们从隐藏的山坳里醒来，赫然看见漫山遍野的红花，一簇拥着一簇，一球堆着一球，热情地怒放着。

"杜鹃花！"我不禁惊叹。

"不！这叫金达莱花！"有人轻声纠正。

啊，金达莱花，朝鲜的国花！朝鲜人民将金达莱花看成春天的使者，是坚贞、美好、吉祥、幸福的象征，而如今，它们好像一腔腔按捺不住愤怒的鲜血，把硝烟四起的土地喷洒得血红血红。

2. 夜行军

我 47 军入朝之前，1950 年 10 月入朝的第 38 军、第 39 军、第 40

军、第 42 军等已经给美军沉重的打击。

麦克阿瑟曾在 1950 年 11 月下旬断言：战争会在两个星期之内结束。接着，他又保证：圣诞节前结束战争，圣诞节前士兵们可以回家了。

这就是麦克阿瑟的“圣诞节攻势”。

这位不可一世的美军高级指挥官，因为骄傲到了极点，竟然违反战争常理，把自己的进攻计划像公布旅行日程表一样公之于世。然而，英勇善战的中国人民志愿军很快让“圣诞节攻势”成为美军乃至世界军事史上最具讽刺意味的词汇。

除了“圣诞节攻势”失败，美军接连在长津湖之战等重大战事中脸面扫地。麦克阿瑟“占领全朝鲜”的计划不得不重新修正，美军的进攻计划也不得不调整。

我志愿军与朝鲜人民军团结一致取得一个又一个胜利的同时，也付出了巨大的代价——朝鲜人民军在各地的飞机场几乎无一例外惨遭美军和李承晚军的破坏。

我 47 军入朝后，接上级命令，分散行军，赴各地抢修飞机场。

139 师到平壤东北的顺安抢修飞机场，140 师赴顺川抢修顺川飞机场。我 141 师其中一部赴肃川抢修肃川飞机场，另一部和军直一起赴永柔抢修永柔飞机场。

我们干部部随师部的大部队赴肃川。

从 1951 年 4 月 10 日晚上渡过鸭绿江开始，我们连续十多天朝肃川夜行军——白天怕暴露，所以白天要藏起来，只有在夜幕的掩护下才能行军。

每天的夜行军都是晚上七点多出发，步行一百多里山路才宿营。

来朝时上级要求我们轻装，我们的棉被全扔在国内。夜晚盖的只有一床薄薄的棉毯。

朝鲜的 4 月，虽然已经有小草泛出浅浅的绿意，但凛冽的山风依然有意跟我们露在衣帽外的皮肤作对。尤其是夜晚，寒风瑟瑟，我们常冷得发抖。

但我们初入朝鲜遇到的寒冷，与前一年入朝的志愿军部队相比，实在算不得什么。

前一年入朝的时候，因为出发时间紧急，后勤保障跟不上，战士们大多只分到一件薄薄的南方棉衣，没有棉裤，脚上穿的也只是夏秋天的单层军胶鞋。

他们来朝后，一天比一天冷，他们面临的是零下二三十度的严寒啊！他们夜行军时，冰霜挂满眼眶和睫毛，满脸都是冰条，不论男女都像白胡子老头。战士们衣服湿了，根本没办法晾干，走着走着衣服就全结冰了，穿在身上像披着厚厚的"冰盔甲"。满山是雪，一米多深。他们一个晚上也要走六七十里。宿营也是在山里，一觉起来，脚结成冰，但谁也不敢烤火，也不敢用热水洗脚。生火会导致部队暴露。再者，冻伤的脚一烤火就坏了，沾热水也会坏——这是南方人闻所未闻的。很多战士还未投入战斗就冻成了冰人——活活冻死在异国他乡的雪山上。

他们还不是轻装行军呢。山里雪深，骡子走不了，重机枪、迫击炮、无坐力炮都是由人力扛运的。

跟他们相比，我们没有严寒，没有重型武器扛运，没有深过大腿的积雪，没有冻坏的脚。我们真是享福了！

在我47军之前入朝的部队有一条夜行军的前车之鉴：一定要紧跟队伍。掉队就会被沿途潜伏的特务杀掉。特务是受过专门训练的，杀人无声无息。特务都穿着我军的衣服，常悄悄跟着我们。有时我们找不到掉队的，他们甚至混进我们的队伍，三转两转把我们的人带出队伍，然后杀掉。所以我们牢牢记着紧跟队伍，小便时也是边走边尿，尿着走，既不能尿湿自己和战友，更不能掉队。有时实在走累了，还得边走路边打瞌睡。每天晚餐前，领导都下命令，都去排大便，因为排大便不能边走边排。

行军途中死人也是常有的事。有的是摔死的，有的是累死的，更多的是被敌人的夜航机扫射或投弹炸死的。死了人，没办法带着尸体行军，只能就地掩埋。我们在土堆上插根树枝，撕张纸写上部队番号、籍贯和姓名。其实一场雨甚至一阵风就把纸弄没了。但我们坚持这样做，是给死者一个安慰，也是给生者一个安慰。

有一次，我们摸黑睡在一个山洞里。第二天醒来，看到旁边有个战士还躺着不动。我便拉他。拉不动，原来已经死了。大家都醒来，没有发现减员，尸体也不认识。原来是个早就死了的战士。死了应该有好几天了。

行军不是两手空空，每个人都有行李。我是个大个子，既能吃，又有力气。我主动帮人背东西。几个老同志、女同志的米袋子、水壶、挎包、文件袋全套我脖子上。每天我背的行李不下八十斤。

还有一个晚上，既无月亮也无星星，天上只有厚厚的黑云。那天可巧，没有遇到敌人的照明弹，也没有遇到敌机的袭击，我们在伸手不见五指的崎岖山道上行军。

走了 100 里、110 里、120 里、130 里，已是凌晨四时。

我们又困又乏，可一直没见到宿营标志，与先遣队也联系不上。

没办法，继续向前跋涉。

又走了一个小时。有的女同志已经走不动了，“一帮一”搀扶着也走不动了。

这样的行军速度，如蜗牛爬行。万一天亮还找不到宿营地，疲惫不堪的大部队被敌机发现，逃命的力气都没有，那可麻烦了。

司令部下令停止前进，沿山宿营。

干部部 15 个人，分成三组搭棚。我和两个通讯员及两位女缮写员分到一组。

说是搭棚，其实就是找一个有两三棵小树的地方，把小树的树尖集中着一捆，再把三块雨布往树尖上一遮，这就成了棚。

五个人共五块雨布。三块雨布遮了天，还剩两块雨布铺地。

由于刚入朝，第一次没找到宿营地，也第一次搭棚入睡，所以“麻烦”来了——两个小通讯员死活不听安排，不肯挨着女缮写员睡。他俩靠外一侧躺下，头一沾地就打了呼噜来了。

女缮写员李玉莹也害羞得很，和衣躺在靠外的另一侧，棉毯一盖，睡了。

棚本就不大，除去两个通讯员和李玉莹占掉的位置，只留出中央不到一米的狭小一块——这就是我和另一位年轻的女缮写员周淑贤的床位了。

眼皮子在上下打架，实在顾不得男女有别了。我和周淑贤坦然地各睡一头。

实在太困了，我倒下便睡着了。睡梦里觉得很温暖很踏实，像孩提时躺在母亲的怀里。

天刚蒙蒙亮，我就醒来了。醒来时，我被自己的脚吓得不轻：我的双脚竟伸进了周淑贤的棉毯里。

这在当时可是严重的违规违纪行为啊！

我赶紧把双脚从周淑贤的棉毯里抽出来。好在我们这个组其他四位都没醒，没有发觉。

我无心再睡，赶紧起来，到棚外拾柴，然后猫到山洞里给大家烧热水。

邱副部长走过来表扬我，说我行军时勇挑重担，热心助人，一大早又爬起来，帮同志们打柴烧水。这是典型的友爱精神和自我牺牲精神。

分散吃早餐的时候，我悄悄靠近周淑贤，向她道歉。我说我是无意的，绝无冒犯之意，影响她睡觉了，请她原谅。

周淑贤笑了笑说：“我也很快睡着了，原本啥也不知道。快天亮时发现喉咙被什么东西顶住，呼吸都吃力。一摸原来是一只臭脚。我本想推开，但我发现是你的脚。我想，你行军时帮我们背了那么多东西，如果你冻病了，谁来帮我们背东西呢？”

我很感动，恳请她原谅。

她说："放心吧！没事的。这事永远只有你和我两个人知道！"

但这事后来终究不止她和我两个人知道。

20年后的一天，我碰巧与周淑贤夫妇在长沙麻园岭重逢——周淑贤后来跟干部部当时的副营级干事崔仁川同志结了婚。周淑贤向她的四五岁的小女儿介绍我。小姑娘问她妈妈："这就是那个在朝鲜打仗时把臭脚丫伸进你棉窝里的叔叔吗？"

小姑娘的话逗得我们都大笑不止。

这当然是后话了。

3."谭八碗"

人是铁，饭是钢。这道理放在战争年代，更是如此。肚子空，即使有超强的意志力，也终究是会影响战斗力的。

在朝鲜战场，我军高度重视吃饭问题。但是，这个问题实在不易解决。

不易解决的原因主要有三：一是国力有限，国家供应朝鲜战争粮草能力有限；二是运输困难，山高路险，雪深水急；三是敌军拦截，炸车毁路，形成封锁，千方百计阻止我军供给。

与前一年入朝的兄弟军的状况相比，我军是非常幸运的了。

1950年首批志愿军入朝时，由于时间仓促，武器装备和粮草根本来不及细细准备。

当时，刚诞生的新中国十分贫穷落后，老百姓的生活条件相当恶劣。从以下数字中不难看出新中国刚成立时的落后状况和贫困程度：中国年人均工农业总产值只有86元，年人均国民收入只有69.29元，年人均原油只有0.2公斤，年人均钢只有0.29公斤，年人均布只有3.49米，年人均糖只有0.37公斤，年人均粮食只有209公斤。算细一点，每人每天只有粮食0.572公斤，油料0.013公斤，肉0.017公斤，水产品0.0023公斤。雪上加霜的是，当时全国各地旱灾、冻灾、虫灾、风灾、雹灾、水灾相继发生，尤以水灾最为严重，被淹耕地约1亿亩，灾民约四千万人。[①]

祖国人民勒紧裤带，缩衣减食，尽量把粮食运给志愿军。但准备匆匆，加上敌军拦截，所以能到志愿军战士嘴里的极为稀缺。

对一个国家、民族落后的痛苦体味最深的，莫过于它的军队。说实话，解放战争期间打国民党，后来在湘西打土匪，敌我双方基本都是用轻武器，我们在武器上不吃亏，我们打得很顺。一到朝鲜战场，才真正见识了什么叫现代化战争，跟原来打仗不是同一个概念。

当时美军有三大件：飞机、大炮和坦克。这三大件都是中国人民志愿军入朝时没有的。美军飞机占有绝对制空权，发现地面目标就轰炸扫射，并形成飞机与地面大炮、坦克的联合轰炸之势。什么燃烧弹啊，凝固汽油弹啊，子母弹啊，高爆炸弹啊，一股脑儿往我方阵地上倒。志愿军的部队可以躲进森林，火车可以躲进隧道，但粮食在公路、铁路旁刚卸下，就可能被敌机发现——粮食一般不能卸在隧道上，以免堵塞交通。

敌机发现我军粮食后，立即冲过来扔炸弹，并引导他们的大炮炮轰。我们的大米、面粉常被敌人炸得四处飞溅。战士们刚入朝就得饿肚子。

那些首批入朝的志愿军战士吃什么呢?

每个战士只有一点炒面。打起仗来，没有水，只能一把炒面混一把雪往嘴里塞。炒面即使再省着吃也很快吃光了，战士们就只能光吃雪。

朝鲜老百姓对志愿军很友好，他们自发组织起来，从各家地窖里把土豆取出来，烧好，送给志愿军。

---

① 《深入开展“三严三实”专题教育》，人民出版社2015年版，第91页。

土豆本来就不多，分发给广大志愿军战士，每个战士往往分不到一个。冰天雪地里，土豆冻成坚硬如铁的冰坨。咬不烂，战士们把土豆放进单薄的棉衣里。

很多志愿军老战士都知道，打解放战争时，蒋介石就是解放军的“运输大队长”——从蒋介石的队伍中缴获物品。在朝鲜战场，我们也要让杜鲁门当志愿军的“运输大队长”。

志愿军确实常有收获。如新兴里战斗中，志愿军缴获美军一袋大概四五十斤重的大米。在连土豆也吃不上的志愿军营长张桂锦眼里，那一袋米实在太宝贵了！张桂锦营长舍不得吃，战士们也舍不得吃，他们派了两个人把这袋米抬到团部。团部首长们也舍不得吃，派人把这袋宝贵的大米送到团卫生队。卫生队的医护人员一粒也没吃，全给了伤员。

这种发自内心的官兵一致的关系——这是中国共产党领导下的部队广泛存在的关系——大大提升了志愿军的士气。然而，饥饿残酷地削弱了志愿军的战斗力。还以新兴里战斗为例。那次战斗中，我志愿军的一个排追击美军王牌部队的一个炮兵营。志愿军战士们发挥苦练出来的近战本领，迅速靠近炮兵营，使美军的现代化大炮失去作用。近战中，一个营的美军一战即溃。饥饿难耐的志愿军战士取得胜利后立即寻找粮食，导致很多美军俘虏趁机溜走了。

我 47 军入朝时，粮食供给状况已经大为改善。

一天早上，我从炊事班领了馒头回来。

我盛馒头的器皿是小脸盆。

我师参谋长郑波同志见我端着一小脸盆馒头，问我：“盆子里装了多少个馒头呀？他们自己不来端呀？”

我立即停步，认真回答道：“十三四个。这是我一个人吃的。战友们都是自己端。”

郑参谋长一听乐了：“好！能吃就是好啊！”

又有一天，吃晚餐时，郑参谋长看到我吃完一碗又去盛饭，过了一会儿又去盛饭，慈爱地问我：“一餐能吃几碗啊？”

我正大口吃着饭，两腮鼓鼓地回答道：“一般八九碗。即使不想吃饭时也要吃六七碗。”

郑参谋长一听哈哈大笑：“你以后就叫‘谭八碗’吧！”

“谭八碗”这个外号就这样叫开了。不久，不光干部部，其他部门都知道有个特别能吃、特别有力气的大个子“谭八碗”。

我吃得多，力气大，也乐于帮助大伙。每次行军，我既要帮老同志、女同志们背东西，还总要帮炊事班的老班长挑担。

炊事班的担子里，油啊，米啊，面粉啊，沉得很。一天要走八九十里山路。老班长知道我饭量大，每天晚餐时，总要帮我把几块锅巴烤得脆脆香，再加一些油盐和菜，用毛巾包好。每次我去炊事班帮他挑担时，他就把包锅巴的毛巾递给我。

“谭八碗”挑油米，炊事班长送锅巴的事也广为人知了。

有一天晚上，夜行军开始时，我挑着炊事班的担子上路了。

干部部副部长邱阳明同志走过来，问我：“好小子！还能背东西吗？”

我说：“没问题！还能背！”

邱副部长笑了笑，说：“那行，你帮我背一个干粮袋，好吗？”

“没问题！”我朗声说。

警卫员立即从邱副部长的马上取来干粮袋交给我——师部为邱副部长配有一匹马，这是干部部唯一的一匹马。我放下担子，接过干粮袋往脖子上套时，感觉那干粮袋不过一两斤重。

我挑起担子，信心满满地往前走。

那次夜行军到达宿营地时，我提着干粮袋送给邱副部长。

邱副部长接过袋子掂了掂，发现一点没少。

“你小子真笨啊！我有马，这个小袋子驮不了吗？我让你背，就是让你吃嘛！你是个热心肠的好小子，成了咱们师的‘挑夫’嘛。锅巴吃多了会伤胃，你饿了就吃我的干粮。吃完了叫警卫员到四科[①]去装！”

我感到心里暖呼呼的。

从那以后，一袋干粮，一壶水，成为我夜行军途中的忠实“伴侣”。我肩上挑着，脖子上挂着，大步如飞，仿佛有使不完的劲。

4. 朝鲜语引发的洋相

中国人民志愿军入朝作战，就必须与朝鲜当地军民打成一片，必须尊重朝鲜人民的风俗习惯。这就要求我们学习朝鲜语。

在我们入朝前，朱德总司令就高瞻远瞩地指出：“不怕你们打不赢美帝国主义，就怕你们脱离朝鲜人民。”

还是在长沙等候北上命令时，部队就集中学了一阵子朝鲜语。为了让大家学得快，文化教员们从上级统一领取了朝鲜语教材。教材上有很多不太顺口的“顺口溜”：

阿妈尼是大娘，阿爸基是大爷，阿兹妈尼是大嫂……

同志叫道木，小姐叫车娘……

火是布耳，水是木耳，屋是鸡皮……

入朝后，朝鲜人民与我们交谈，只要多讲几次，加上手势比划，这些日常用语我们是基本听得懂的。我们的意思，朝鲜人民也基本能明白。

这让我们越来越自信。

有一天，部里一位年轻的缮写员感冒了，几天没吃东西。正好我身上有几元朝鲜币，就想去附近老乡家里买几个鸡蛋给他吃。

---

① 四科就是物资管理科。

我带着一位年轻的通讯员跑向附近山凹凹里的一家农舍。朝鲜战争爆发后，朝鲜农舍被轰炸得十室九空，但我见到这家农舍屋顶冒出炊烟，还听到过公鸡打鸣，猜想那里一定有人。

农舍外是菜地。一位大嫂在菜地里摘菜。

我用朝鲜语加手势跟她交流。我用两个手掌窝出鸡蛋的形状，问她："阿兹妈尼！一哨？"①

随我一起来的通讯员也不知道鸡蛋怎么说，于是指了指我的屁股，又指了指他自己的屁股，问："奥不哨？"②

大嫂先是吃惊地瞪着我们，听完我们的问话，她满脸通红，弯下腰去摘菜，不理会我们。

我觉得奇怪，但我相信我们没做错什么，也没有说错什么。于是，我继续满脸真诚地喊她"阿兹妈尼"。

在她再次瞪向我们的时候，我左手的大拇指和食指弯成一个椭圆，右手的食指直直地指着这个椭圆。

大嫂的脸更红了。她说了一句："基又滚，拉巴！"③便直起身，快步走进屋里，关上门。

她显然是在生我们的气。我和通讯员纳闷：我们没得罪她呀！

回部队的路上，我和通讯员大惑不解。但我们相信，这中间一定有误会。我们生怕违反纪律，影响中国人民志愿军的声誉，于是急急找到翻译员，向他讲了刚才发生的事。

翻译员没等我们说完就捧腹大笑。

翻译员半天才止住笑，他告诉我们："朝鲜语鸡蛋叫'达达给'。你们不说'达达给'，却指着屁股问她有没有。她以为你们在调戏她，在耍流氓呢！所以她才骂基又滚'拉巴'呀！"

---

① 意思是：大嫂！有没有？

② 意思是：没有吗？

③ 意思是：志愿军，坏！

我们一听急坏了，恳请他带我们去解释清楚。

翻译笑过之后，也觉得这事闹不好会影响志愿军在朝鲜老乡心目中的形象，于是跟我们急急赶到山凹凹里那位大嫂家。

翻译员在门外叽里呱啦说了一通，大嫂把门开了。

翻译员又叽里呱啦说了几句，大嫂掩着嘴大笑起来。

大嫂一边笑一边走到厨房，拿出四只鸡蛋放到我手里。

她一见到我，又忍不住哈哈大笑起来。她一边笑，一边说："基又滚，道木，超斯米达！"①

她又跟翻译员说了一阵，说啥也不肯收我们的钱。

回来的路上，翻译员告诉我们，大嫂叫我们好好学朝鲜话，不要再把"达达给"比划成"米粒滚"②了。

回来的路上，通讯员不停地给自己强化训练："达达给、米粒滚！达达给、米粒滚……"

可就是这该死的"米粒滚"，让我后来又出尽了洋相。

后来，我常常需要独自一人到前线任免干部，我担心走过界误入敌区，于是向翻译员学问路。

翻译员教我，"前面有没有美军"用朝鲜话说就是"依呀白，米滚一哨"。③

我反复背了几遍。

有一天下午我独自一人去前线。大概走了两个小时，天都快黑了，我心里有些害怕。这时迎面来了一位大爷，我连忙走上去："阿爸基！依呀白，米粒滚一哨？"

大爷瞅了我一眼，不答话，头也不回地走了。

我怀疑他是特务，要不怎么会不回答我呢？但我不好开枪，怕误伤

① 意思是：志愿军关心同志，是大好人呀！

② 意思是：女人的屁股。

③ 朝语里，依呀白是指前面，米滚是指美军，一哨是指有没有。

老乡，只得快步逃离。

借着月光，我又走了个把小时，前方的枪声炮声很密集。我看到一个大嫂背着一个大碎花布包走过，便问："阿兹妈尼！依呀白，米粒滚一哨?"

大嫂面色紧张地看了我一眼，跑下大路，从一条小路加大脚步走了。

难道又是一个特务吗?

难道是我问错了?

那次完成任务后，我回部队质问翻译员。

翻译员听我说完，又是一场哈哈大笑。

他说，"米滚"是指美军，"米粒滚"是指女人的屁股，"依呀白，米粒滚一哨?"是问"前面有没有女人的屁股"。大爷和大嫂以为你是问前面有没有花姑娘呢!

我一听吓坏了。上次买鸡蛋，一不小心学会了"米粒滚"，结果今天用上了，这一用就错了十万八千里了。

这次，请翻译员去找大爷和大嫂解释清楚显然是不可能了，这造成的负面影响怎么清除呢?

翻译员安慰我，说你只有语言，没有行动，人家不会把你当流氓的。再者，看你笨嘴笨舌的样子，人家一定猜你是没学好朝鲜语。

从此，我痛下决心，一定把朝鲜语学好!

第二章
战斗打响

1. 寻枪

1952 年 6 月，在肃川机场完成抢修飞机场的任务后，我们接到守备临津江以东阵地的光荣任务。

我军在指定时间内赶到指定地点，迅速占领临津江以东大大小小的山头后，立即修建作战工事。

敌军趁我军刚刚接防，作战工事尚未修建完成，利用飞机、大炮对我军固守的临津江以东阵地发动空中与远程轰炸。

与此同时，敌军的地面部队依托其飞机、大炮的攻势，轮番向我阵地进攻。

我军顶住了敌军地面部队的多次进攻，在每一个山头与敌军反复冲杀，歼灭了大量敌人，守住了阵地，但我军伤亡也很大。

作为负责干部火线任免的干事，我的任务就是奉命到我师守备的各前线阵地考察干部，补充战场指挥力量。

我们的工作情况与后来的一些电影、电视剧里的战场情景是不同的。在一些电影、电视剧里，团长在战场上直接任命干部：

张三！连长牺牲了，你来当连长！

张三！副营长牺牲了，你来当副营长！

张三！营长牺牲了，你来当营长！

张三！真是祸不单行，副团长也牺牲了，你来当副团长！

实际上在朝鲜战场，我师的干部任免非常严格。

一天下午，干部部接到师直属警通营的电话。

警通营在电话里焦急地请示：该营三连战士和干部伤亡都很严重，连以上干部仅有一名指导员，亟须补充指挥人员，继续指挥战斗。

邱阳明副部长下令，叫我火速赶赴警通营，挑选一名排长任代理副连长。

时间已是下午四点三十分。警通营营部离师部二十余里。事不宜迟，须立即动身。

当时在朝鲜战场，我军武器短缺，我尚未配武器。副营职老干事王竹亭叫我带上他的手枪。王竹亭说："前方地形复杂，带上以防万一。"

枪能壮胆。我感激地接过手枪，胆量倍增，迈开大腿就出了门。

出门后我就折了些青藤，做了顶青藤帽戴在头上。

途中我不时遇到敌机的轰炸和炮击。

我从在重庆当兵开始，虽然经历了湘西剿匪，也曾击毙过土匪，但一直还没参加过战斗，缺少逃生经验。听到敌机的轰鸣声我就在路边的草丛里卧倒，或迅速钻到树下。躲炮弹基本只能靠直觉，还靠运气。

傍晚六点多钟，我毛发无损地赶到了警通营营部。

我是根据树木来判断哪边是敌人阵地哪边是我方阵地的。敌人阵地上树木葱葱郁郁，我方阵地树枝光秃秃的，甚至树木都没有。这是为啥呢？敌人有现代化的飞机坦克大炮，不停地朝我方阵地轰炸射击，打得树木稀巴烂。而我们没有能力轰炸敌人的阵地，所以敌人的阵地绿油油的。所以师首长常说，敌人靠炮火，我们靠意志。

警通营教导员孙丰收见我这么快就到火线来选配干部，高兴地说：

“感谢上级首长对我营的关心！先吃晚饭。天黑了就带你去三连阵地。”

吃晚饭前，孙指导员给我看了他和警通营全体战士们写给父母的信——上前线的每一位干部、战士都要写的信。信中内容基本一样：爸爸妈妈，我已经在朝鲜牺牲了，我是为人民服务而牺牲的，我的死是光荣的，请你们放心，人民政府会照顾你们的——每人写两封，一封塞在衣服口袋里，一封交给组织。一旦牺牲了，烈士的信就会由组织寄往老家。

说到警通营牺牲了那么多干部和战士，他要寄那么多信到烈士的老家，孙指导员突然当着我的面痛哭起来。

丢下碗筷我们就去阵地。警通营营部与三连阵地之间隔着三里多地，中间还有一道百余米长的敌军封锁线。

这道封锁线是横跨在东西两个山头之间的一段简易公路。敌军并没有占领这两个山头，但他们利用远程炮群轮番轰击，以阻止我后续部队增兵援战及运送军需物资。

敌人的封锁线锁得紧不紧？怎么过封锁线？黑夜里怎么躲炮弹？我一点也不知道。但我知道，紧紧跟着孙丰收指导员就对了。

从营部上路，我们走的一直是快步。脚步尽量放轻，但步子大而密。

突然，孙指导员停下来，低声说：“快进封锁线了。紧跟着我，弯腰往前冲！”

孙指导员在左前，我紧跟在右后。我俩一口气冲了大概五十米。

我正暗自庆幸——原来封锁线一跑即过——我听到远方传来一连串“嗵嗵嗵”的声音。我没在意，更没察觉到这声音里边的危险。

紧接着，远方的“嗵嗵嗵”变成了不远处的“嗖嗖嗖”。我听到这声音，就像盲人听到狼群扑来的声音，顿时紧张极了。

一阵“叭叭”声就在我们身旁。

身经百战的孙指导员一听就知道这是炮弹的落地声，并且迅速判断出爆炸点离我们很近。他一伸右手，抓着我的衣领一下把我拽到一边并按倒。

我像一只听话的羔羊，被他按进路边的一只大坑里。

霎时，火光冲天。“轰隆！轰隆！”一连串的爆炸声就在我俩身边响起。

一股浓烈的硫黄味随即把我们淹没。我呛得喘不过气来。

但我的脑子还清醒。

我正感觉躲过一劫，不料接连着两声“轰隆轰隆”的爆炸声又起，碎片如雨点般击砸在我的后脑勺和背部。

我两眼一黑，心想被弹片击中了，就要光荣献身了。

我正这样想着，身子却被孙指导员拖起。

“没事吧！快跑！”他拉起我就往前冲。

我试着站起来，发现没事。孙指导员拉着我的手往前冲时，我明白了：刚才砸在我身上的不是弹片，而是被炮弹炸起来的沙石。

没跑出多远，让人恐惧的声音“嗵嗵嗵”“嗖嗖嗖”“叭叭叭”再次响起。我再一次被孙指导员按倒、拉起。

如此反复地向前冲、卧倒，再起身向前冲，大概经历了八次——也可能九次或十次，我们终于跑过了封锁线。

安全到达三连阵地的后山防空洞后，我才借着灯光看清孙指导员的模样：满身泥尘，面孔被熏黑，头发丛中净是沙土，活像是千年破庙里的泥菩萨。

刚坐下，我“哎呀”一声站起——腰间的手枪不见了。

我撒腿就往外跑，却被孙指导员一把拉住拖回。

孙指导员问了缘由后，说：“人重要还是枪重要？丢了就算了！明天你回去时如果没见着，我给邱副部长打电话说明一下！”

那天晚上就睡在三连的防空洞里，我翻来覆去睡不着。

我睡不着不是因为蚊虫多——防空洞里的蚊虫再多也不及夜行军睡觉时多。

我在思考怎么把枪寻回来。

“枪是军人的第二生命”“人在枪在”，这些话我经常听首长和老战士讲。我到朝鲜后还没立功，却把老干事王竹亭好心借给我的手枪给弄丢了。我越想越感到窝气。

我猜测，手枪肯定是在我被按进某个土坑里时丢掉的，它八成在某个坑里躺着。

第二天清晨，东方刚刚露出一点白意，星星和月亮还在天上明晃晃的。我悄悄起床，在敌人“轰隆隆”持续不断的炮击声中走出防空洞，恳请值班战士让我进入封锁线。

值班战士被我缠得没办法，他也同情我的遭遇，只得同意让我进入封锁线内寻枪。

值班战士告诉我：“敌人的炮击其实很有规律。每天早晨换班和午饭时间，都会停止炮击。”

我一听很兴奋。我觉得这个情报太重要了。我追问：“早晨换班时间是几点？每次停止多久？”

“他们换班时间是天蒙蒙亮的时候。再过一会儿就该换班了。每次停止约半个小时。”值班战士回答。

我向他道了声谢，便冲进微弱的晨光中。

天还是暗，除了星星和月亮，啥也看不清。我想，只能等天放亮些，才能寻得着枪。但我又担心，万一有人从那边过来，把枪捡走了怎么办？

有了昨晚的经验，我不再害怕封锁线内震耳欲聋的炮击声。我潜在一座石桥下。石桥是炮击的死角，同时有巨大的石桥墩做掩护，安全得很。

果然，天蒙蒙亮后，炮声停了。

我从桥下纵身跳上路，迅速往前冲。

我睁大双眼，一个坑一个坑地搜索，终于在一个大坑里看见了我丢失的手枪。它安详地躺着，好像什么事也没发生过。

我欣喜若狂地捡起枪，以百米竞赛的速度往三连的防空洞冲刺。

孙指导员见我完好无损地返回了，只简单责备了我几句。

在防空洞内吃完早饭，在孙指导员的提议下，我们到了一排阵地。

我按照要求，与孙指导员、一排的副排长及各班班长一一进行了谈话，并详细作了记录。

然后，我代表干部部当场任命一排长升任代理副连长。

那天下午回到干部部，我将手枪完璧归赵。

2. 步步惊心

有了上次到师直属警通营火线任命代理副连长的经历后，我懂得如何避让随时可能遇到的炮弹了。

但赴火线的路总是与危险相随。若不小心，或运气稍差一点，都可能缺胳膊断腿甚至有去无回。

有一天下午四点左右，我奉命去二团一营火线任命一名代理连长。

一营营部在临津江以东的光达岱，离师部近二十里地。

那时已是秋末，朝鲜气温已降到零度以下。有水的地方都已结了薄冰。部队已经发了棉服。

有了上次丢枪的教训，我去光达岱坚决不借枪不带枪。我相信一路上根本用不着开枪。

秋末天黑得早，我告诉自己必须加快脚步。

一口气走了十多里，太阳还在西南方的天空高高挂着，离天黑还差得远。我稍稍放慢了脚步。

翻过一座山头后，我看见山坡一片焦黑，远远近近还冒着缕缕青烟。经验告诉我，一营的阵地应该就在前边不远处了。

我惊讶地看到山坡上很多板栗树被炸断烧焦了，烧熟的板栗散落在地上，深黄色，香喷喷的。

我才感觉肚子饿了，于是俯身捡起一大捧，坐在一块大石头上，剥开板栗往嘴里丢。

烧熟了的野生板栗真香啊！

我正美美地享受着手剥嘴嚼的滋味，忽然听到急促的脚步声。有人急切而生气地朝我嚷："同志！赶快离开！这里是危险区！"

我听到声音，抬头看到一个十七八岁的小战士从前方山下一边冲我跑来，一边气喘吁吁地嚷。

"快跑开！这里是敌炮重点封锁区！太危险了！你没看见吗？树木都打光了！"他跑到我跟前，扯着我的袖口没命地狂奔，一边生气地问，"你哪个部队的？要去哪？上阵地还是撤离？"

我边跑边回答他，我是师部的，要去一营阵地。

他不再说话，带领我没命地往前方山上跑。

跑出百来米，数十发远程炮弹像暴雨一样落在我刚才待过的石头和板栗树的枯桩旁。我惊魂未定地回头，看到硝烟腾空而起，火光冲天，沙石和枯枝往四处飞迸。

好险啊！如果不是这位战士把我拉走，我就在板栗山里四分五裂为国捐躯了。如果不是跑得及时，这位为救我而跑入敌军封锁区的战士也粉身碎骨了。

这位战士回到他的岗哨位置，指引我继续朝前走。他告诉我，一营阵地还在前方六七里呢。

日薄西山，天渐渐暗了。拐进一个山谷后，我能清晰地听到远处"哒哒哒"的机枪声和"轰隆隆"的大炮声。

这时，前方急速走来两名战士。从他们的装备看，这是话务班的战士。他俩一前一后，走在前面的肩挎一部电话机，跟在后面的肩扛一卷电话线。

我正准备跟他俩打招呼，走在前面挎电话机的战士提前问话："哪个部队的？"

我如实回答。

他俩上上下下打量了我一会儿后说："往前边一里多路，有条小河，河边有特务！你提高警惕！"

我一听不禁忐忑。什么特务？几个特务？藏在哪里？如何辨认？怎么应对？我顾不得自己和他俩都急着赶路，拉着他俩请教。

挎电话机的战士告诉我："就发生在四十分钟前！我跟王有才到小河边查线路。我往王有才那边跑时，河边一个跟你一样穿干部服的人问我跑啥。我见这人右手放在身后，可能是拿着手枪。我一看觉得不对劲，赶紧掏出手榴弹攥在手里，一边大喊王有才。那家伙听到王有才的回答声，立即窜进河边的树丛里去了。我俩追了一会儿没找着。"

扛电话线的战士王有才大概没看见那个特务，只在一旁"哦哦"地呼应。

王有才和挎电话机的战士急着走了。我有些紧张。但我不能退回去，我必须勇往直前去阵地完成我的任务。

但丢了命也完不成任务呀。我身上没枪，连颗手榴弹也没有。特务在暗处，我在明处，这可怎么办呢？

我急中生智。天色近黑，特务在远处开枪命中率不高。我弄个有枪的假象，他也看不清。再说，我"谭八碗"能吃，个子大，力气足，会打架。万一遇到特务，挨近就和他拼，说不定能抓个活的回去，立个首功！

我在附近找了根带叉枝的大木棍，扛在左肩上像是扛着一挺机枪。我左手扶着"机枪"，右手握着两颗石头当手榴弹，将斜挎在身后的皮包整到右侧。

我威风凛凛地朝前走，走一段我就大喊："小王小李！你们快跟上！你们的冲锋枪不要走火打着我啊！"我相信，特务看到我，以为我肩扛机枪，腰挎驳壳枪，手握手榴弹，并且以为我后头还跟着一群持冲锋枪的士兵，一定不敢轻举妄动。

走着走着，朦胧的月色里，我见到小河。我心里像打鼓一样。不管天有多黑，毕竟特务藏在树丛里，我在路上，于我不利。我狠下心想：即使我中了枪，只要还有一口气，我也要用石头砸死他，用木棍打死他，用拳头擂死他。

突然，一只小鸟从树林里飞出。我心脏快从喉咙里蹦出来！我迅速弯腰撤回两步，藏到河边的一棵灌木后，做好迎敌准备。

但并没有动静。

我紧张地等了一会，猫着腰冲到路上，忽左忽右地往前冲。每冲一会就停下来藏一会儿。

就这样，我沿着河冲，终于到了光达岱——二团一营的营部驻地。

从木桥过了河，再走了两三百米，就到了营部。

我在营部一边吃饭，一边向一营的教导员王有良同志了解情况。饭后，我在王教导员的带领下到了前线阵地。很快，我就按照程序完成了工作任务。

回到营部，王教导员给我安排好了过夜的床铺。

我正准备去洗漱，突然，营部的电话机响了。

王教导员接完电话后告诉我："邱副部长命令你今晚务必赶回去。明天一早另有任务安排。"

他转达完邱副部长的命令后，接着说："刚才得到的情报，小河边有特务。这么晚了，你一个人不安全。我借你一支枪吧。"

我谢辞道："眼下正缺武器，阵地上更缺。我不用！"

王教导员坚持塞给我一颗手榴弹。

有了手榴弹，我更不怕了。

过了河，到了特务可能藏身的区域，我故伎重演，猫着腰忽左忽右朝前冲，冲一会儿就藏一会儿。

忽然，脚边“哗”的一声。

我慌忙躲闪，却看见一只像大山鼠或黄鼠狼的家伙蹿过。

冲过危险区域，又翻过两个山头，我找了一个隐蔽处坐下休息。

我脱下棉服，发现里面的衬衣都湿透了。

当晚回到干部部，我向邱副部长汇报了火线干部任免任务完成情况。邱副部长给我布置完新任务后，关切地问我往返的情况。

我简要作了汇报。

邱副部长表扬我遇险不惊，机智勇敢，经受了锻炼和考验。

第二天的部务会上，邱副部长宣布了一条新决定：今后执行火线任免干部任务，必须加派一名通讯员随同。

3. 抢运

有一天下午，我到 421 团山炮营二连考察干部。完成任务后，我准备和通讯员小何一起回师部。

这时，该连连长刘汉明接到营部电话。

刘连长立即传达了营部命令。

原来，离二连十五里处，我军有一列装载着军用生活物资的火车被敌机炸停了。为避免敌机再来用燃烧弹将物资烧毁，上级下令铁路沿线部队进行抢运，抢运的物资归各部队使用，无须上交，只须上报抢运物资数目。

连长下令，全连干部、战士，除病号留下看家外，其余人员一律参加抢运。抢运队伍出发前，刘连长动员道：“物资是祖国人民省吃俭用支援志愿军将士而献出的爱心，我们要竭尽全力，抢在敌机再来之前，把物资抢运回来！”

刘连长是广东人，说话粤语腔很重。

我即打电话向邱阳明副部长请示，要求和通讯员小何一起参与抢运，完成抢运任务后再赶回师部。邱副部长在电话那头同意了，并要求我们一要积极努力多抢物资，二要注意安全。

全连干部、战士接收到抢运任务后，立即行动起来，先去附近的朝鲜老乡家借运输工具。

我和小何跟大家一起去借背夹。没有借到背夹的同志借竹筐、借扁担。还有的同志就准备用肩膀扛，用背包带捆绑着背，或准备用手抬。

我在一个姓崔的大爷家里借了一只特大号的背夹。这背夹大概有7尺长、3尺宽，是他和儿子们上山打柴的专用工具。

崔大爷把他家的背夹借给我的时候，比划着告诉我，这只背夹是全村最大的。我听明白了——那时候，我的朝鲜语水平有了较大长进。

刘连长见到我的背夹，笑着打趣："谭干事这一背夹，能帮我连背回整整一个车皮的物资呢！"

借好了运输工具，全连吹响集合哨。

我和小何跟着大伙在连部外的草坪集合。刘连长正准备下达"出发抢运令"，这时，炊事班长来请示——晚饭已做好，是否先开餐，吃饱了才出发？

炊事班长的话，大伙都听见了。还没等刘连长回答，战士们高呼：

抢运物资要紧！

我们不饿！

绝不能让祖国人民的爱心再被美国鬼子糟蹋！

刘连长心里一激动，大声下令："出发！"

在刘连长的带领下，我们朝火车方向急行军，不到一个小时就走完十五里，到达出事地点。我们看见十多节车厢歪歪扭扭停在那里，火车头已成功逃脱了。

刘连长即向现场指挥人员报到。现场指挥人员给我们指定了一节车厢，并打开车门。

我们排成纵队进入车厢，顿时乐了——这节车厢里装的全是白面和罐头。

刘连长也乐了，指挥大伙："快搬呀！多背点！一件罢漏[①]！"

不一会儿工夫，大家你一背夹他一箱，背的背，挑的挑，扛的扛，提的提，就把车厢清空了。

我一气拎了10袋白面放进我的大背夹里了。两只手试着抬了抬，感觉还有余力，便又多拎了一袋放进去。

每袋白面30斤，11袋就有330斤。再加上大背夹自身的重量，我的负重大约在350斤。

有个叫赵海的壮实小战士帮我起肩。他问我："行不行？要不要减少两袋啊？"

我说没问题。

大家装好东西后，刘连长下令："各排走山路，可以分散回连部！"

我们离开铁路还不到三里，天空传来"嗡嗡嗡"的轰鸣声。我们迅速躲到大树下。

果然是敌机来了。

敌机在被他们炸翻的列车上空盘旋了几圈后，投下两颗照明弹。

照明弹发出亮如太阳的强光，把天空和地面照得如同白昼。

飞机扔下来的照明弹，比地面发出的照明弹亮多了。它是一个铁筒，用降落伞挂着，扔下来就亮着。降落伞徐徐地降，徐徐地飘，照明弹就持续地燃，持续地照明，像太阳一样亮，掉在地上的绣花针都能看得清。

接着，我们看见敌机上落下几颗炸弹。

炸弹落下后，火光冲天而起，"轰隆轰隆"几声巨响过后，火车和周

---

① 粤语，意思是"一件不留"。

边的树木全在红色的火海中。

不一会儿，天空传来尖厉刺耳的声音。几架美军“油挑子”[①]俯冲过来，朝山下的公路上扫射、轰炸。

公路上不时绽开浓烟紧裹的火球。

有位战士俏皮地喊：“美国佬！我们在这儿呢！别浪费你们美国人民的血汗钱了！给我们扔几颗照明弹吧！”

“油挑子”们好像真听见了似的，照明弹越扔越近。

借着照明弹的亮光，人们在山间小路上快步前进。

队伍里传来刘连长在前方的口令：“不准抽烟，不准打手电筒，快速跟上！”

一部分同志快速走到前面去了。负重较大的同志渐渐慢了下来，与前边的队伍渐渐拉大了距离。

我的大背夹实在太重了。我跟着队伍走了约五里路，感觉非常吃力，便小心地放下背夹，稍稍休息。

这时，帮我起肩的壮汉赵海“呼哧呼哧”地走来了。他用一根粗大的木棒和四根背包带挑着若干袋白面。见到我，他放下担子，喘着粗气问我：“您咋样啊？不行别勉强，放两袋到我这儿来吧！”

我没同意，问他挑了多少白面。

他说：“看您背了那么多，我就给自己多加了点码。我挑了 12 袋。”

12 袋！不算木棒，光白面就是 360 斤啊！

休息了一会儿，我们继续走。

我自己起不了肩，还是赵海帮我起了肩。

赵海这小伙真不愧是个大力士。他挑着 12 袋白面，腰板居然还是直直的。

我叫他不用等我，赶快回驻地。

---

① 即美军 F86 战斗机，是当时世界上最先进的战斗机之一。

他说："好咧！我挑回连部后，再返回来接您啊！"

赵海"呼哧呼哧"走到前面去了。我成了队伍的最后一个。

我吃力地走着。背夹的重量仿佛在不断地加重。

肚子空落落的，水也没喝的，黄豆大的汗珠子沿着两颊像雨点一样往下滴。

我感觉头一阵阵发晕，眼前一阵阵发黑，又一阵阵地冒着金星。我强迫自己坚持，绝不能一头栽下去。

我担心栽下去，就无法自己起肩了。

后来，我找到一块与我的腰同高的大石头，正好可以把背夹搁在上面。我大口地吸气，大口地呼气。

我捡到一根可以用来当作手杖的结实的木棍。

我手撑着木棍，一步一步艰难地挪着双腿。我感觉我背着泰山。但一想着我是在抢运祖国物资，在抢运祖国人民的温暖的爱心，我就感觉力量源源不断地注入我的体内。

离连部还有三四里路时，连长刘汉明、壮汉赵海和通讯员小何三个人返回来，在山道上接到我。

赵海接过我的背夹，把 11 袋白面背回了连部。

回到连部，我跌坐在地上，不肯起来。

通讯员小何帮我送来菜饭。我像饿狼似的连吃了好几碗。

刘连长看着我猛吃，高兴地说："能吃就不会病！这我就放心了！"

我帮连队抢运物资的事迹，很快传到了师首长那里。邱副部长表扬我作出了表率。

第三章
血染天德山

1. 谈判不成重开战

天德山，古老的山。
巍立峰峦，英雄的摇篮。
英五连，钢铁的连。
血染的战旗火一样红艳。
英雄战火冲天空，
抗美援建敌顽。
英五连，天德山。
新的一代为了明天，
向前，向前，向前，
天德山，不倒的山。
悠悠深情代代相传。
英五连，先锋的连。
光荣的传统铭记心间。
英雄的豪气贯升空。
保卫四化宏图展。
天德山，英五连……

这是一首传唱至今的歌，传颂着我 141 师的 422 团五连守备天德山的故事。

以美军为主的“联合国军”在 1950 年的“圣诞节攻势”失败后，他们在国内和国际的压力与日俱增。中国人民志愿军的参战及志愿军给予“联合国军”的沉重打击，迫使杜鲁门不得不考虑谈判。

美国鬼子那时是被英勇的志愿军打怕了。到谈判前，朝鲜战场经过了五次战役。中朝军队五战五捷，美国鬼子五战五败。美军感到再打下去将会越来越困难，于是提出“朝鲜停战谈判”。

起初，美军建议停战谈判在元山港内的一艘丹麦医疗船上举行。他们来函称：只要志愿军愿意，丹麦政府将很高兴提供这条船。

我方认为，在美国盟友的船舰上谈判，哪有我方的便利？我方回函拒绝美军的建议，提出将位于三八线南侧的开城市作为谈判地点。经过多次协商，美军终于同意将谈判会场设在开城市高丽里广文洞的来凤庄。该会场地点在我方控制区，政治上对我方有利，工作上也比较方便，但安全保卫工作就只能由我方负责了。

1951 年 7 月，朝鲜停战谈判正式进行。

根据上级指示，我 47 军代表中国人民志愿军参与谈判。

军部对三个师作了分工部署。

139 师在师长颜德明的率领下进驻开城及其周边地区，执行保卫开城中立区和停战谈判代表团安全的任务。140 师在黎原师长带领下在 6 月份即已进驻高作洞至大马里一线四十公里正面地带进行防御备战。由叶建民师长率领的 141 师作为预备队在后方休整。

那次谈判其实是一场特殊的战斗。名为和平谈判，实际上并不和平。名为停战谈判，实际上也并未真正停战。谈谈打打，打打谈谈，是外交与军事交织着的斗争。

由于美军拿不出诚意，谈判无法取得实质性成果。8 月下旬，谈判失败。

9 月 29 日开始，“联合国军”以美骑兵第一师、第七师为主力，加上英二十七旅、希腊营等，发起凶猛的“秋季攻势”，企图夺取谈判桌上未能取得的胜利。

“秋季攻势”的重点就是攻击我 47 军防区及与 47 军接合的 64 军防区马良山一线。

我英勇无畏的 47 军在反“秋季攻势”中表现极为卓越，痛击“联合国军”，特别是重创号称“美国开国元勋师”的骑兵第一师。

在反“秋季攻势”的战斗中，139 师 416 团五连坚守严岘西山，战斗极为惨烈，战后该连被授予“特功五连”英雄称号。我 141 师的 422 团五连守备天德山，英勇顽强，功勋卓著，被授予“天德山英雄连”称号。

9 月，按上级部署，我 141 师接防守备天德山。

天德山在临津江东岸，位于铁原以西，镇川以北，距停战谈判地点开城二十余公里，是北上至平壤、南下至汉城的战略要塞。当时，从汉城经铁原、金化、金城到昌边里的铁路是美军东线的重要供给线，而雄踞这条供给线铁原至金化段北面，被志愿军 141 师抢先控制的天德山，对美军的铁路运输造成极大威胁。因此，美军发动“秋季攻势”，首先要夺取的战略要地就是天德山。

天德山成为美军的重点攻击目标。美王牌军骑兵第一师、第三师等精锐部队带着李承晚的部队向天德山疯狂进攻。

我威名远扬的 141 师岂会将天德山拱手相让？

天德山守备战，注定是一场你死我活各不相让的血战。

2. 战地国庆节

我军奉上级命令驻扎临津江东岸，负责守备大大小小数百个山头。

每个山头上基本上只安排一个连正面防守，其余部队都在二、三线纵深防守。

天德山由422团五连防守。由于天德山是敌人的重点攻击目标，团里增加了两个排，在天德山阵地上组成了一个加强连，共250余名战斗人员。山底下，设有团部指挥所，还有一个师部炮兵指挥所。

10月1日，国庆节。

东方泛白，月亮隐去。抬头望去，天极深，深得像大海，极蓝，蓝得像宝石。

看天识天气，这是一个大晴天。

清晨，五连在天德山阵地挂起国旗。鲜红的国旗下，全连干部、战士知道，一场恶战随时都可能打响。他们在异国的战场遥向伟大的祖国母亲致敬。

同志们精神饱满，斗志昂扬，在国旗下表决心：多杀美国鬼子兵，向祖国的生日献礼！

正在战士们对着国旗表决心的时候，天德山下的美国佬以为他们赶了个早，向山上突然发起火力侦察。

敌军先是持续炮轰，然后是机枪扫射。除了神枪手姚振华藏身大石头缝里以外，五连战士们大多躲在工事里，等着消耗美军的子弹。

神枪手姚振华是位老兵，当时是排长。抗日战争时期，他在东北抗日。日本鬼子一听到姚振华的名字就吓得屁滚尿流。这次，他在天德山上，睁开鹰眼一样税利的眼睛，观察山下美军的动静。

他看到距他约四百米的山下，有个美军指挥官正指挥着一群士兵往山上冲。

他用“三八大盖”步枪瞄准那个指挥官，一枪毙命。死了指挥官，知道山上志愿军在严阵以待，剩下的敌军不再轻举妄动，放弃了那次进攻。

但美军对天德山的攻击不会因为一个低级指挥官丧命而放弃。不一会儿，三架“油挑子”飞到阵地上空盘旋，呜呜地叫着，拉出白烟。

五连战士们迅速躲进工事隐蔽起来——“油挑子”拉白烟，这是美军的地空联合作战方式。敌机拉白烟方位的下方，就是其炮兵轰击的目标。

果然，敌人的炮弹迅速造访天德山，阵地上像下起了冰雹。

敌军的炮轰持续了一个多小时。可见他们弹药充足，亦不惜血本。

当敌人的炮弹由前往后方延伸时，西坡上的我五连三排一班的观察员小李子迅速把头探出猫口往山下察看。

小李子是湘西人，家就在八面山下。他是八面山下最早报名参军的小伙子。他看到山下约三四百米处有一个头戴钢盔穿迷彩服的敌军官，左手拿着一面小旗，右手朝他的士兵群举着手枪。五连的观察员看到，敌军的这伙士兵最前面的是几个黄种人和黑人，后面的是白人。敌军官旗子挥一下，士兵就往前爬几步。

“这是一群懦弱怯战的绵羊呀，敢跟我们个个都是猛虎一般的五连拼仗吗？”小李子轻蔑地笑了笑，看着那既像牧羊人又像狗熊的敌军官不停地挥舞他的小旗和手枪。

“可惜神枪手姚振华没有在西坡这边，不然早一枪毙了这只狗熊。”观察员说。

小李子迅速向班长报告敌情。班长命令，轻机枪、重机枪、冲锋枪在各点等候，等敌人靠近了再打。同时，三名掷手榴弹的神投手也已就位。

“离我们只有50米了！”小李子向班长报告。

班长说：“沉住气，等着！”

班长的命令是正确的。50米的距离，即使山上没有守军，敌人要越过我军挖设的沟沟壑壑和障碍物也不容易。再说，一班的工事下方，十米处有一道悬崖，一块巨石，很滑。

敌人不断靠近。小李子听得到他们爬坡的动静，甚至听得到爬在最前面的黄种人和黑人的恐惧的心跳声。

40 米、30 米、20 米、10 米。

班长突然大吼：“打！”

轻机枪、重机枪、冲锋枪一齐喷射出愤怒的火焰。最前面的敌人应声中弹，像死猪一样滚下坡去。

敌人很怕死，也很狡猾，他们一个连队的兵力，队伍拉得很长。最前面的黄种人和黑人离一班工事只有十米，最后面的白人和那只狗熊却在百米之外。他们这架势，只是来送死而已。就算走在前面的敌人跳入我工事肉搏，也无异于羊入虎口。

手榴弹神投手们也兴奋起来。朝敌军人数集中的区域投掷。手榴弹在离地三至五米的上空爆炸，杀伤力很大，敌人就是趴在地上也躲不过。这绝活被战士们称为“开天花”，这是我军战士针对打近战苦练出来的。

敌人倒了一大片，活着的掉头逃命，溜得比兔子还快，也像兔子下山一样连滚带跳。这次进攻与阻击战，敌军伤亡很大，我一班战士无一伤亡。

战士们高兴坏了，一边抢修工事，一边乐滋滋地互相询问：

> 我打死五个鬼子。你打死几个？
>
> 我打死三个。你打死几个？
>
> 我甩了三十八颗手榴弹，三十一次“开天花”。你呢？

十五分钟后，敌人又开始了猛烈的炮击。除了观察员，大家都躲进工事里。

敌炮停了，却没有机枪响，也不见敌人的进攻。但山坡上敌人的尸体和伤员都不见了。原来敌人的这次炮轰是为了火力压制我军，抢运被我们打死的尸体和伤员。

国庆节这天，五连共毙敌 310 多人，其中有 3 名敌军官。敌军全天动用了12架战斗机、25辆坦克和70余门远程重炮，发动了11次冲锋进攻，全被五连打退了。五连共牺牲32名同志，还有45名同志负重伤。

这天的天德山守备战，五连取得了辉煌的战绩。

然而，战斗的密集程度和激烈程度都超过了我军的预期。五连的弹药消耗量巨大，但我军后方运输线被敌人的飞机、大炮严密封锁，阵地弹药供应不上，粮食面临短缺，伤员也无法运回。

国庆那天上午，师首长决定，火速抽调人员，组建天德山战勤队。

3. 抢送弹药

组建天德山战勤队的命令是上午十点半从师部下达的。

师首长命令，立即在师司令部、政治部、干部部、后勤部的干部和战士中抽调150人，组成战勤队，负责从兵站往阵地运送弹药和粮食，并从阵地往回运送伤员。

师部强调，这是一项光荣而艰巨的任务，它关系到能否守住阵地，能否更多地歼灭敌人。

命令从师部下达后，立即在各部传达执行。干部部人少，只分到五个名额。

我第一个报了名。

经干部部党支部研究，决定由我负责，组成了包括我、三名通讯兵和一名朝鲜联络员共五人的战勤小组。干部部的战勤名单迅速报到了师部。

150人的战勤队在半个小时之内组建完毕。司令部一位姓刘的参谋负责统一指挥。

十一点刚过，我们就出发了。

我们扛着担架，戴着防空帽，午饭时分赶到兵站。战事火急，我们在接下来的几天里将没有时间返回师部吃饭，而兵站就是一个兵器库，根本不提供饮食。这意味着战勤工作的几天里，我们将饿着肚皮为天德山运送弹药。

我所在的小组负责运送手榴弹。手榴弹每箱约六十斤。

刘参谋下令：每次不要贪多贪重，宁可少挑，也要抢时间送上山。走得快，还可多抢几个来回。

我们小组每人挑了两箱手榴弹。

兵站离阵地有二十多里路。如果没有敌情，两个多小时山路就可赶到。

从兵站集体出发，刚走了约五里路，就遭遇敌机空袭。

十几架“油挑子”轰鸣而至时，我们正在一座树木基本烧焦了的小山上爬坡。

听到轰鸣声，我们赶紧散开隐蔽。有的趴在干涸的水沟里，有的藏到焦树木桩下，有的闪到山石后。少数战士来不及躲藏，直接趴在地上。

“油挑子”擦着山坡低飞而过，朝我们密集地轰炸扫射。眼看飞过去，却又绕回来，发起一轮又一轮的轰炸扫射。耍尽威风之后，“油挑子”们才呼啸着离开。

战勤队有十位战友“胜利”①了，还有几位受了伤，挑不动担了。

我们向“胜利”了的战友脱帽致敬后，旋即挑担向前线阵地赶路。只留下几位同志掩埋战友尸体，并安顿伤员。

下午三时许，我们将第一批物资送到指定地点——天德山下的战备物资隐蔽部。

那天运完第一批物资后的返回途中，我们把五连阵地伤员和战勤队伤员带回兵站。回到兵站已是黄昏，战勤队就在兵站打地铺，那天未能抢送第二批物资。

国庆晚上从天德山上传回的胜利喜讯大大鼓舞了全师。兵站传达了

① 指牺牲。

师部的命令：“从明天起，只运弹药，不运粮食。”

为什么不运粮食？很明显，阵地上弹药紧缺，弹药比粮食更重要。阵地上的战士们宁可挨饿也不愿缺弹药。多一颗子弹，意味着可以多消灭一个敌人。多一颗手榴弹，意味着可以多消灭一群敌人。但这也意味着天德山上五连的干部战士们将饿着肚子与敌人战斗。

第二天一早，战勤队挑着弹药疾赴天德山。敌人的“抱鸡婆”[①]和“油挑子”似乎在前一天轰炸过的山坡上等着我们。见我们出现，它们像大黄蜂一样轰鸣着飞过来，朝我们俯冲、轰炸、扫射。

敌人的“抱鸡婆”尾部拉出浓烟。这浓烟本身并不可怕，可怕的是它是敌军远程炮部队的指引。“抱鸡婆”像屙屎一样拉出浓烟，浓烟下方便是敌远程炮的落地点。

天上的“油挑子”，地面的远程炮，纺织出一道道拉截我们的火网。战勤队队员们一般都缺乏战斗经验，一时无法有效对付敌人的地空配合火力战术，伤亡较大。

兵部传来师首长的指示：“注意隐蔽，减少伤亡。”

但是，如何做到既有效隐蔽，又胜利完成战勤任务呢？

刘参谋召集各战勤小组负责人开会，商量对策。会上，群策群力归纳出五条妙策：

一是降低负载量，改挑担为肩扛或背负，担架运载小组的负载量也减半；二是改整队行动为单组行动，各战勤小组自行决定行动时间、路线和运输行进方案；三是改走大路、无遮蔽山路为走小路、丛林；四是敌来我躲，敌去我行；五是制订灵活多变的行进速度方案，封锁路段狂奔，暴露路段疾步，险峻路段慢行。

妙策立即发挥了作用。那天在经历了上午的惨重伤亡之后，下午又成功运送了一批弹药，并且无一人伤亡。

---

① 即敌校正机。

那天夜里从天德山下往回撤时，我战勤小组借着月光发现山下有一小股敌人。他们没发现我们。我示意同志们迅速蹲下。我观察到这小股敌人也是一个运输小组，他们每个人都背着一个鼓胀的军用帆布袋，袋里大概是食物。他们也是五个人，每个人都手托着帆布袋，正吃力地往上爬。虽然我方战勤小组五个人只有一支手枪，但眼下这形势对我方极为有利。我掏出战勤小组唯一的手枪，低声对同志们说："抓活的！"

话音刚落，我就率先冲了下去。

"不许动！"我们五个人吼叫着朝他们冲了下来。

敌人吓蒙了。他们背上的帆布袋滑落，其中一个敌人惨叫着滚下了深涧，其余四个家伙都跌倒在地。见我们一个个举着枪（只有我手中真的有手枪，其他战勤战士只举着手，在黑夜里装举枪的样子吓唬敌人），他们用不标准的汉语喊着"志愿军优待俘虏"，一边爬起，主动跪着，举起双手，乖乖地当了我们的俘虏。

他们的语言和模样很滑稽，但我们都饿坏了，我们来不及笑，甚至无心看押俘虏。我们都睁大眼睛俯身找食物。敌人的五个帆布袋大概都滚下深涧了。帆布袋很结实，没有一个袋子破损，我们没见一点儿食物跌落在地。

在我们只顾着找食物时，有两个家伙连滚带爬往山下逃窜了。

我们简短审问剩下的两名俘虏，得知他们是美国人，负责给美军进攻部队运送后勤物资。我们决定把这两名美国俘虏押送回兵部。

我战勤小组只有五个人，押运两名俘虏不是一件容易的事。我们从其他小组借来两个担架，把两名俘虏各捆绑在一个担架上。四个人轮流抬担架，腾出一个人持手枪负责押运。

两个俘虏兵都牛高马大的，每个都有一百六十斤以上，而且极不老实，在担架上左右使劲晃，嘴里"呱啦呱啦"嚷个不停。在坑坑洼洼的山路上，我们心里很着急。如果被俘虏拖住，我们既无法完成将他们运回兵部的任务，也无法完成次日运输弹药的任务。

在进入敌军炮火封锁区前，已是午夜。

敌人的炮火从远山深处呼啸而至，在前方区域狂暴地炸开。火光照映着四溅的泥土砂石。

两个俘虏像是商量好的，在同一时刻开始使劲地晃，嘴里发出杀猪般的号叫。我力气虽大，也很难招架，眼看着他们要跌下担架了。

负责押运的通信兵战士小王见状，火冒三丈，冲过来用手枪指着我担架上的那个俘虏的脑袋，凶狠地吼道："再不老实就毙了你！"

俘虏立即停止了号叫，也不晃动了。在我们准备进入炮火轰锁区时他们又使劲晃动起来。

小王提出杀掉或放掉一个俘虏，只留一个。他说，如果再以这么缓慢的速度行走，我们极有可能被敌炮轰炸掉。

但是，我们的政策是优待俘虏，杀掉绝对不行。放掉一个，审讯起来就没法对口供。再说，此地距敌我双方的阵地都很远，炮弹不长眼，俘虏放掉八成也得死。我没同意那位通信兵战士的意见。我下令解下我们五人及两名俘虏的共七根皮带，把俘虏的四肢紧紧固定在担架上，然后抬着他们以最大速度狂奔。

凌晨三点左右，我们把俘虏带回了兵部。来不及休息，随即投入第三天的战勤任务中去。

4. 炸药可以吃

10月4日。

天德山守备战进入第四天。战斗进行得异常惨烈。

前一天，即10月3日，一大早，敌人即以十余架佩刀式战斗机对天德山发起猛烈扫射，投弹轰炸。还有重型轰炸机投下数枚B52型炸弹，每个弹坑都有四五米深，十余米宽。其中，投在天德山主峰北边十五米处的一个弹坑还冒出水来。这个水坑帮了五连的大忙：既提供了战士们的饮用水，又提供了我军水冷式马克辛重机枪的冷却套筒用水。

前面三天的天德山之战，敌人打红了眼，也舍得下血本。美军中有句名言：炮弹可以救步兵的命。这是美国人打仗的信条。每次向天德山发起冲锋进攻前，敌人先用炮弹开路。这成为他们的进攻固定程序——通过飞机轰炸扫射、远程重炮群轰击、坦克炮攻击，倾泻炮弹三万余枚。接着，轻重机枪、自动化步枪猛烈射击。总共要折腾一两个小时。然后，“油挑子”在空中盘旋，确定山顶阵地上志愿军的所有阻击设施确实被摧毁了，敌人的步兵才开始往山上冲锋。

坦克车在前面开路，步兵紧随其后。坡陡处就停下，先用机关炮开路，远程炮配合。

敌人无法理解，天德山是那么坚固，坚不可摧，志愿军是那么顽强，强不可挡。

试想想，每次冲锋前，向天德山顶六百平方米的阵地上倾泻三万余颗远程重炮炮弹，即平均每平方米土地上要承受五发炮弹。不要说是人，就是一只蚂蚁、一只苍蝇也难活命。

但每次快到山顶时，志愿军总会像天兵天将一般，发动突如其来的反击，硬生生地把他们一次次击退。

是什么样的天兵天将？是五连的勇士们！

打到第三天中午时，天德山上仅剩下32位勇士了。

32位勇士中，有令日本人闻风丧胆的神枪手姚振华排长，有参加了黑山阻击战的特级英雄李乾坤班长。

其他30位，个个都是精通十八般武艺的勇士，轻机枪、重机枪、各种冲锋枪、手榴弹、卡宾枪、六〇炮样样都会打，近战个个都是雄狮猛虎。

敌人每次冲锋，步兵都不下300人。32位勇士，都有以一当十的本领。

根据守备任务需求，每个射击手都要负责四至五个射击卡位。他们要根据敌情变化不断变换射击点，常常是先跑到这里打几枪，打几个“啪啪啪啪”的点射，紧接着跳到另一个射击卡位，扣动重机枪的扳机，打一通“嗒嗒嗒嗒”的扫射。

手榴弹投掷手也要根据敌情变化，采用多种投掷方式。对20米以内的敌群采用“吃肥肉”式，即把三四颗手榴弹捆绑在一起，三四根导火线圈在一起拉开后用力甩出去。对二十至四十米的敌群采用“开天花”式，即把导火圈拉出后握在手中停两到三秒后再甩出去，手榴弹在落地之前就爆炸了，对地面敌人的杀伤力很大。对80米外的敌人采用“投石问路”式，因为敌人的机枪手和指挥官多在80米外，“投石问路”的手榴弹往往能把敌人的机枪手和指挥官“报销”掉。

在什么情况下采用什么方式，这都是志愿军早已训练好的。

击毙、炸死敌人固然可喜，但对付如此密集的敌人，必须耗费大量的弹药。因此，战勤队的送弹工作已经异常重要。多或少一颗子弹、一颗手榴弹，意味着可能保全阵地或丢失阵地。

10月4日，是天德山守备战最激烈的一天。

天德山上，五连面临的战况越来越严峻。由423团防守的东北面的夜月山已经失守，由421团防守的西北面的418高地也已失守。此前夜月山、天德山、418高地互为支撑、互相照应的三角形阵形已不存在，天德山陷入艰难的孤境。

然而，敌人也付出了极为惨重的代价。我们从战勤队抓获的美军俘虏口中得知，美王牌军骑一师在进攻中伤亡很大，一天战斗中要补充两次甚至更多次的兵员。这些兵员有的从朝鲜半岛南部运来，有的从日本运来，有的从川东港口运来。美王牌军正在被杂牌军补充，敌人的战斗力在持续减弱。

这天，敌人在天德山下作出赌徒般的部署。集结两个步兵团，七十余辆坦克、二十余架飞机、五个远程重炮群。每一平方米阵地，就有一门重炮轮番轰击。

那天一大早，由我负责的干部部五位同志组成的战勤小组就已把弹药从兵站运到了山下的战备物资隐蔽部。山上，炮弹在轰鸣。这是敌军冲锋之前的狂轰滥炸。

我们已经饿了三天三夜，天德山上五连的干部战士们也已经饿了三天三夜。我们三天三夜没吃一丁点儿东西，不，五连的干部战士们还是吃了东西的：吃炸药。他们有经验，饿极了就吃炸药。有一种炸药味道不苦，可以吃一点，但我们都是在饿到极限时才吃它。

谁都知道，炸药是有毒的，但山上的战士们饿到极限，连开枪的力量都没有了，必须吃一点东西安慰肚皮。炸药吃下去只要不立即中毒就行，它落肚后，志愿军战士立即就增添了力气，又能端起枪杆杀死敌人。

杀死敌人，这不正是炸药原本的作用吗？在志愿军战士的腹中，它照样发挥着杀敌的作用。

我们战勤小组的同志们没有吃炸药，一是因为舍不得吃，二是感觉还能强撑下去。

我们到达隐蔽部时，从阵地上下山来取弹药的老军械员正在隐蔽部焦急地等着我们。他土灰色的嘴唇干裂着，声音哑得几乎听不清他的话。他艰难地告诉我们："昨晚打退敌人最后一次进攻后，山上已经弹尽粮绝。人员伤亡很大。阵地上抽不出人手搬运弹药了。这次只能请你们帮忙把弹药直接送到阵地上去！"

听他这么说，我心里又急又喜。急的是阵地上没有了弹药，万一敌人此时发起冲锋，山上已经无法反击。喜的是我们小组及时运来六箱手榴弹，又够敌人吃的了！

战勤小组的同志们热情高涨。我们早盼着上前线阵地了！

我们紧跟着军械员，背着一箱箱弹药，从一个山洼往上爬。

越过山洼，我们就暴露在敌人的射程范围之内了。

硝烟像浓雾一样遮住我们的视线，也为我们提供了掩蔽。山下的敌人很难看清我们。

硝烟弥漫到什么程度呢？伸手不见五指，也分不清颜色。上天德山途中，我们曾坐在炸弹打出的大坑里休息过一会儿。一坐下去，屁股就感觉湿了。我们不是还有水吗？我便把右手的五根手指紧紧地闭拢，手掌心向上窝着，在头顶的坑沿上接水。水一滴滴地掉进手心窝里。我喝了一口，感觉不对。右手往左手衣袖上一擦，妈呀！那根本不是水，那是血，是从山上死人堆里流下来的血水。那次喝血水，不光我喝了，战勤小组另外两位战士也喝了。

我们几乎看不见路，只能前后呼应着，不停地招呼身后“跟上！”“跟上！”

山上的树早已炸没了，弹壳四处都是，我们稍不小心就踩滑了。弹坑深一个浅一个的，我们背着弹药，趔趔趄趄地攀登。

虽然敌人的炮弹是朝山顶打的，但常有流弹射向山坡。子弹和炮弹片不时从我们身边飞过。

突然，我胸前雨布兜里传出刺耳的“嗤嗤”声——我凭自己力气比别人大，不甘心和别的战勤队员一样只背一箱手榴弹，执意在胸前挂个雨布兜装了二三十颗手榴弹——我立即判断是我雨布兜里的一棵手榴弹被流弹片击中并点燃了引线。

情况十万火急！

我强迫自己保持镇定。我极力保持背部纹丝不动，免得手榴弹箱跌落滑下山去，两只手敏捷地从胸前取出冒烟的手榴弹，往斜后方无人处使劲一扔。

刚扔出一秒钟，手榴弹便“轰”的一声爆炸了。生与死之间，就隔着那一秒钟。

我迅速扶稳背上的木箱，像什么也没发生一样，紧跟着前面的战友往上攀登。

其他四位战勤队员只顾往上攀登，对我刚才的惊险一幕及身后突然炸响的手榴弹声毫不在意。

我带领战勤小组爬到山顶时，眼前只有不到两个班的战士了。由于没有弹药了，他们在阵地口摆满了大大小小的石块。枪支已卸下了枪栓，上好了刺刀。显然，战士们准备与冲上来的敌人进行肉搏战。

见我们送上来几箱手榴弹，战士们高兴地叫喊："三天三夜没吃饭了。这手榴弹比饭还香呀！"

敌人的远程炮停了。敌人在发起冲锋。

我要求留在阵地上，帮助五连打击敌人。阵地上的一位干部对我们说："战勤队同志！你们的任务比我们更艰巨，赶快把伤员运下山，再多运一些弹药来吧！"

我只得率战勤小组赶紧把两名伤员背下山。

下山时，听到手榴弹的爆炸声，我们心里乐开了花。这是我们带上去的手榴弹！它们从我们的手里送到阵地上，在阵地勇士们的手里变成杀敌利器！

天德山守备战打到最后，除指导员阎成恩和两名伤员及一名通信员外，连长杨宝山和其他同志都壮烈牺牲了。经过四昼夜的激烈战斗，五连共毙敌 800 余人。

11 月 22 日，422 团 5 连被授予"天德山英雄连"荣誉称号，并记集体特等功。

战勤队作出积极的贡献，受到了师部的表扬。因我在天德山弹尽粮绝的关键时刻率战勤小组及时送上手榴弹，47 军司令部、政治部决定给我记二等功。

5. 重逢成永别

天德山守备战结束后，我痛失战友王同生。

那是1951年秋，奉师部命令，我们换防去后方休整。

部队沿铁路路基旁的一条小路行进。这条小路是最便捷的路线。

走了二十多里路，号声响起。

部队原地休息。

我们分散坐在附近。有的坐到路基旁的土堆上，有的坐到不远处的大树下。还有的坐在铁轨上。

铁轨有两侧。有的战友坐在两侧，面对面地聊天。

我在铁轨上坐着。我和坐在我对面的人几乎同时认出了对方。

坐在我对面的，是我长沙一别再未谋面的亲密战友王同生。

王同生与我一起在重庆当学生兵，一起在政训队的集训班学习。后来，我在长沙见过他，他当时分在421团七连担任文化教员。

异国战地重逢，我和他倍感兴奋。我们热切地聊起来。

他仍在421团七连担任文化教员，不像我，工作岗位换来换去。

我们的话题从工作岗位迅速切换到刚刚结束的天德山之战。我俩都没料到，我俩那几天只隔着几百米远。

我参加天德山守备战战勤队，连续四天在兵站与天德山之间奔波，而他和他的战友们，就在天德山西北方向数百米外的418高地上。

他告诉我，他们守卫418高地的战斗异常激烈，他在高地上守了三天三夜，打退了敌人十多次进攻。最后阵地上只剩下他和另一名战士。他俩又消灭了几十名美国鬼子，这才撤出战斗。为此，47军司令部、政治部决定给他记二等功。

我也把自己参加战勤队送弹药到天德山并获二等功的情况描述给他听。

这时，敌人夜航机的轰鸣声从远而近，飞到我们头顶。夜航机在我们头顶盘旋，侦察地面情况。

原地休息的战友们把聊天的音量降低。没人抽烟，没人打火，也没人打手电筒。黑漆漆的，就像一片死寂无人的原野。

我突然发现对面山上闪了一个光点。

我意识到这是敌机扔炸弹了!

我立即低吼一声“快趴下!”随即翻身滚下铁轨，趴在路基下。

接着一声巨响在身边不远处炸开。弹片、石片、泥土像暴雨一样砸在我们身上。

接着，夜航机上机枪开始扫射，子弹打在铁轨上，“咔嚓咔嚓”发出刺耳的声音，钢轨上火星四溅。

一会儿工夫，夜航机的轰鸣声渐渐远去。

战友们从各处爬起来。我一边起身一边喊:“同生!你没事吧?”

没有回音。

我笑起来:“同生!你还立二等功呢，一个炸弹就把你吓哑了!”

还是没有回音。我顿时感到不妙。

我随即翻过铁轨，到他坐的一侧，弯下身子往地上摸。

我刚一摸，就摸到一摊热乎乎的稠黏的液体。

我吓出一身冷汗。我摸到的分明是血!

我接着摸到王同生的身子。我急忙把他扶起来。他浑身是血，不见了脑袋。

我大叫:“七连!七连的连长、指导员!王同生同志牺牲了!”

七连的同志闻声赶来。他们抱着王同生的身子。我继续在地上摸。

在离路基两米多处的地上，我摸到了一团硬扎扎的东西，就像我摸自己的头发的感觉。

硬扎扎的东西往前滚开了，我的手沿着地面往前搜索，地面的沙石沾着稠黏的液体。我的心猛地一沉，手在颤抖，全身都在颤抖。

在颤抖中，我摸到了一颗脑袋。

这是王同生的脑袋!

我异常悲痛。

一位魁梧结实的壮小伙子，眨眼就身首异处、鲜血淋淋牺牲了。

异国重逢不到十分钟，就成了永别。

七连的连长、指导员指挥战士们在路基旁的土地里挖了一个坑，用被单裹着王同生的遗体，把他的身子轻轻地放在坑里，再把脑袋端端正正地摆放在两肩的上方——脖子炸没了。

七连的干部、战士和我，围在王同生烈士的遗体周围，举行了一个简短的默哀告别仪式。

继续前行的号声吹响。王同生没能与部队同行。他永远地留在了他牺牲的地方，留在了那条铁轨旁。

土地是任何炸弹也炸不焦的。春风吹时，土地上又会盛开艳丽的小花。

王同生在艳丽的花丛下长眠。他的音容笑貌、他的功勋、他的精神，像钢轨一样不朽。

第四章
重回连队

1. 家庭成分起波澜

1951 年年底，来自老家的一封信，搅乱了我的内心。

那时，我自感党性越来越强，对党，对祖国，对人民爱得越来越深。我为自己所从事的事业感到无上光荣。

但家里的来信让我不知所措。

信是二哥写来的。信中说："土改复查中，我们的家庭成分被确认为地主分子。我家的'军属光荣匾'也被政府没收了。"

我在重庆入伍，入伍后一直南征北战，对老家农村的土地改革只知政策层面，不知具体操作情况。我当时并不完全知道"地主分子"意味着可能受尽歧视甚至可能家破人亡，但我知道我们家绝不可能是地主分子。

我家那么贫穷，几次险些饿死，那些悲惨的生活场景历历在目——

我五岁那年春节前，恶霸地主黄嘉惠派狗腿子来我家收租，我家拿不出一粒米，也拿不出一粒谷。黄嘉惠的狗腿子硬生生地拆掉我家的烂木门和旧木窗。寒风裹着雪花无情地打在我家的床上……

那年的除夕夜，家里无米下锅，母亲为了给我和哥哥姐姐、弟弟妹妹们弄点吃的，鼓起勇气到恶霸地主黄嘉惠家里借米。黄嘉惠嫌母亲借米破坏了他家吃团年饭的兴致，叫人用晒谷的竹簟把我母亲卷起来，立在杂屋的墙角。我母亲卷在竹簟里蹲不能蹲，坐不能坐，又饥又渴，呼吸困难，险些冻死在竹簟里……

那年的大年初一，母亲在乡亲们的搀扶下回到家后瘫倒在地。家里无米下锅，我和弟弟妹妹跟着哥哥姐姐去村里各家各户“唱财神”。那么小的年纪，唱得了什么“财神歌”呀，那其实就是沿家乞讨。我们几兄妹讨回一些零钱和一些饭菜，我们把讨回的东西交给瘫睡在床的母亲，母亲失声痛哭……

我的求学生涯也充满艰辛。姐姐给人家当童养媳，14 岁就当了娘。外甥长到六岁时上学，姐夫找我陪护外甥，我这才有机会进了学堂门。我陪护外甥却不能住在姐姐家。为了外甥读书方便，学校选在离姐姐家近，但离我家很远的地方。每天早上为了接外甥，我天不亮就得起床，每天黑灯瞎火要经过一个叫金盆岭的乱坟岗。每次看到风吹树动的黑影，听到夜鸟的鸣叫，看到小动物突然蹿出，我都会吓得毛骨悚然。我几乎每天凌晨都是哭着去姐姐家的。那两年，是我名副其实的“哭学”生涯……

我读书要完成家庭作业，家庭作业总有“练字”这一项。笔墨纸砚是想都不敢想的奢侈品。我家的破房子隔壁没有邻居，所以我无从“凿壁偷光”。我挖来黄泥巴土，洗成黄泥浆，过滤成“黄墨水”。纸就是一块旧木板。笔是笋壳叶扎成的大“毛壳笔”。砚就是用来盛黄泥巴水的烂碗或竹筒了。字帖也不难弄到，拿木炭和纸到人家的墓碑上拓下来的，就是我的字帖。后来字帖升了级——村里有户人家姓杨，祖上是清朝的武将，家里藏有一块刻了很多字的石碑。我和哥哥把杨家石碑上的字拓下来，反复临摹……

这样的家庭，怎么会被划成地主分子呢？

我感到不可理解。左思右想后，我向组织作了口头汇报，并给长沙县委写了一封信，恳请县委再次核查我家情况，重新核定我家的家庭成分。

半个多月后，我再次收到二哥的来信。二哥在信中说，路口区政府派到我们果园乡搞土改复查的乡干部叫王雨吟，是个北方人，看上我二姐，托乡长殷仓运来做媒。我二姐没同意，王雨吟便伙同殷仓运把我家划为地主分子。

我立即把二哥第二封来信的情况向组织作了汇报。

又焦急地等了一个多星期，长沙县委终于给我回信了。回信让我大失所望。信中说："你家确系漏网地主分子。希望你与家庭划清界限，站稳立场，努力杀敌立功。"

我不甘心，向湖南省委写了信，再次请他们查清真相。

不久，干部部邱阳明副部长找我谈话，说干部部要进行整顿缩编，将我下放到421团山炮营二连五班当战士，级别由排级降为班级。

邱阳明同志没有提到家庭成分的事。但我知道，将我下放并降级，一定与家庭成分的事有关。我的表现是公认的，我还是入朝以来干部部唯一一个立过功的人，并且是二等功。按部队的政策，凡立二等功者，不是干部的应提干，不是党员的应入党，是干部的应晋升一级职位。

如果不是受家庭成分的影响，我何至于由排级反而降为普通战士呢？

我到山炮营二连五班当战士，连里的战友们很多都认识我。我在师干部部工作时，曾到二连来考察干部，还曾与二连的干部战士们一起到被敌机炸毁的列车上抢运物资。

二连的战友们对我这个穿马裤腿[①]的特殊战士感到不理解，常窃窃私语，议论纷纷。

接着，我的三等功喜报正式发到了连队。这下，战士们更觉得不可理解了。

---

① 即干部服装。

我自己也觉得不可理解：我明明获的是二等功——后来我进一步得知，1952年1月1日由47军司令部、政治部从朝鲜寄给我家的新年慰问信中，清清楚楚地写明谭国雄同志荣获二等功——怎么突然变成三等功了呢？

我分析，这也一定与家庭成分事件有关。试想想，如果我评为二等功，应享受入党与晋升的待遇，但我头上戴着“漏网地主分子”的帽子，我怎能入党与晋升呢？由二等功改为三等功，这在当时是合理解决问题的最巧妙办法。

班长魏超对我很好，在执勤、站岗等方面排班时，总是照顾我。而我能摆正位置，自觉服从班长的领导，认真遵守班里的规章制度，苦活重活抢着干。

不久，湘潭专署①给141师师部来了公函。公函称，遵照湖南省委指示，对谭国雄同志的家庭成分进行了核查后，原成分划分有误，将对相关责任人进行严肃认真处理。现已将谭国雄同志家庭成分重新划定为“手工业工人成分”，将对相关责任人进行严肃认真的处理。

不久，二哥又来信了。二哥说，关于划家庭成分的事，乡长亲自来认了错。接着，乡政府组织一些人敲锣打鼓并扭着秧歌到我家送我在朝鲜战场立功的喜报，并归还了我家的“军属光荣匾”。

2. 国际主义战士罗盛教

我与伟大的国际主义战士罗盛教直接打交道不多，但他给我留下了极其深刻的印象。每每想起他，往事就像放电影一样，一幕幕地在脑海里浮现。

① 当时长沙县部分区域归湘潭专署管辖。

在我从师干部部下放到421团山炮营二连五班当战士之前，罗盛教给过我莫大的鼓励，让我深受感动。

我被师干部部下放的消息传出后，一些干部战士会利用一起吃饭或路上遇到的机会给我一两句鼓励。罗盛教是其中一位。

那是我到五班报到的前一天的午饭后，我在从干部部办公室回宿舍的小路上，碰到迎面而来的罗盛教。我记得他手里拿着一只文件包。

他在离我还有上十米的时候就跟我打招呼，并快步跑过来。

“谭干事，我一直很敬佩你！我相信你无论在哪里都会再立新功的！”

他大概是急着送文件，而我也急着回宿舍。我感激地朝他点了点头，说了“谢谢你”，便各自走开了。

我和罗盛教早在湘西的时候就认识，对他的事迹也常有耳闻，我很敬佩这位比我小四岁的小伙子。

1950年秋，我在军部宣传部任见习宣传员的时候，141师师部曾派罗盛教给我送过围歼曹振亚及活捉陈策勋的补充材料。他是湖南新化人，年幼时被家里送到当地道观当了个小道士，后来稍大一点能下地干活了，又被家人接回家干活，再后来在湘西念书，并参加了解放军。

到了朝鲜后，罗盛教有过几次受到表扬的英勇事迹。正是这些事迹，让我对他产生了由衷的敬佩之情。我曾利用见面的机会向他表示过祝贺和钦佩。

后来，他为了救朝鲜儿童崔莹光荣牺牲。他的国际主义精神感动了中朝军民。作为与他同部队的战友，作为一名从事过宣传工作、干部工作、文化教学工作的干部，我对他的事迹了解得比较全面。我想在此略作列举。

1951年7月，我师守卫在临津江东岸。一天，侦察连的同志们侦察到一项极为重要的情况。这是一个打歼敌战的绝佳机会。侦察连连部赶紧写好《敌情报告》，准备派人火速送往小河对面的师指挥部。不巧那天天降暴雨，引发山洪暴发，河水涨得很高，小河变成了滔滔大河。平时过河都是蹚水而行，面对滔滔河水，侦察连长和指导员心急如焚。侦察连战士大多是东北人，是不懂水性的旱鸭子，怎么能渡过湍急的河水呢？罗盛教主动请求过河送情报。连长和指导员没有其他办法，只得批准。罗盛教把情报密封在一只军用水壶里，系在腰间，就奋不顾身跳入河中。他一会儿被洪涛吞没，一会儿被冲到岩缝里，终于到了对岸，胜利完成了任务。他的头部和四肢被河中的岩石割撞出道道血口子。他送去的情报换来了我师一次歼敌战的胜利，那次共歼敌 17 人，俘敌 30 人。

同年 8 月的一天早晨，十几架美军“油挑子”在侦察连连部附近投下数十枚炸弹。炸弹没有炸着隐蔽的连部，但连部不远处燃起熊熊大火。连部唯一的邻居安大娘的茅房顿时陷于火海之中。安大娘家只有一老一小——安大娘和她的小孙子。罗盛教不顾头顶敌机在盘旋，不顾烈火燃烧，他跑出连部，冲进安大娘的茅房，背起安大娘，抱起小孙子冲出火海，一直奔到百米开外的水沟边藏起来。安大娘和小孙子得救了，罗盛教却多处被大火烧伤。

同年 9 月的一天，侦察连在一次攻坚战中遭受重创。好几名重伤员躺在战壕里，有的因流血过多牺牲了。罗盛教主动向连长请战，要求背重伤员下山接受野战医院抢救。连长同意了。罗盛教冒着枪林弹雨，背出一名重伤员后，又急忙赶回阵地再背一名。在背第七名重伤员下山时，一块手榴弹的弹片击中了罗盛教的额头。他强忍着剧痛把重伤员背下山，又去背另外的重伤员。他咬着牙背完第十二名重伤员后，晕倒在山下。卫生员给他注射了强心剂他才苏醒过来。连部要为他请功，他却拒绝了。

1952 年 1 月，罗盛教为救朝鲜儿童崔莹，献出了自己年仅 21 岁的宝贵生命。后来，罗盛教救人牺牲的英勇事迹家喻户晓，但这背后的故事却鲜为人知。

1 月 2 日早晨，天气晴朗，气温在零下 20 度以下，河面上结着厚厚的冰。侦察连按照惯例到泥栋河[①]的河滩上出早操[②]。早操结束后，连队的干部战士们唱着歌回驻地。罗盛教和理发员宋惠云走在队伍的后面，他们看到河面上有四个朝鲜儿童在欢快地溜冰。

突然，儿童们在河面上焦急地呼救："哀古！哀古！阿达利朱噶达！"[③]罗盛教听到后立即朝儿童们冲刺过去，一边冲刺一边甩掉身上厚厚的棉衣。他冲到三个儿童围观的冰窟窿边，意识到另一个儿童掉入河里了，他来不及脱掉大头鞋，便纵身跳入冰窟窿里。

过了好一会儿，罗盛教浮出水面。他没能找到落水的儿童。他深深吸了一口气，再次潜入水下。又过了一会儿，罗盛教终于将落水的儿童托出了水面。当那儿童扒住冰面往上爬时，冰却塌了，儿童再次沉入水中。这时罗盛教的体力已经消耗殆尽，四肢冻得快要僵硬了。但他没有犹豫，再次潜入水下，好久，才用头和肩将儿童顶出水面。这时，理发员宋惠云拖着一根三米多长的电线杆跑到冰窟窿边，他用电线杆将儿童拉上冰面。村民闻讯赶来，和宋惠云一起用电线杆把罗盛教拖出水面，但那时罗盛教已经牺牲了。

当天下午，141师部接到侦察连关于罗盛教溺水而亡的电话报告后，按照惯例把罗盛教作为非战斗减员上报军部了，并按淹亡事故向全师各团作了通报。

那段时期，141师师长叶健民在团里"蹲点"，他偶尔往返于师部与各团之间。师部关于罗盛教淹亡的通报及作为非战斗减员情况上报军部的报告，叶师长都看过。这天，他乘坐吉普车从团里赶回师部，他惊奇地看到师部门口里三层外三层地围了数百名朝鲜老百姓。老百姓的面部表情既激动又悲痛。

"出了什么事？"叶师长问随行参谋。

---

① 位于朝鲜平安南郡石田里村。

② 后来有些宣传资料上说罗盛教到河边练习掷手榴弹。真实情况是出早操。

③ 意思是：救命啊！救命啊！小孩快淹死了！

参谋摇头说不知道。

叶师长疑惑地下车。他顿时被数百名泪流满面的朝鲜老百姓团团围住。有的人跪倒在地，失声痛哭。

朝鲜老百姓告诉叶健民，他们自发来到师部，是来请求志愿军允许他们按朝鲜当地对待英雄和恩人的风俗隆重安葬舍己救人的战士罗盛教的。

叶师长立即意识到，罗盛教的死可能并不是一件普通的淹亡事故，否则不会在朝鲜老百姓当中引起这样强烈的反响。他立即指示随行参谋带人去了解情况。

参谋立即将了解到的情况向叶师长汇报。叶师长随即与师政委彭清云沟通，并立即驱车到泥栋河现场勘察。根据现场勘察情况和见证人（包括崔莹等四位儿童、侦察连理发员宋惠云及赶到现场的村民们）的述说，叶师长掌握了具体情况。他既感动，又难过，他更为罗盛教感到自豪和骄傲。同时，他的心里充满深深的自责。

回到师部，叶师长立即将调查了解到的情况告诉了彭政委。经师党委研究，决定重新向军部报告罗盛教这个正面典型。

第二天上午，一份由师长叶健民、政委彭清云签名的关于罗盛教同志舍己救人的报告材料和请功报告送达军部。

师党委与朝鲜当地老百姓用最高的礼仪和规格，为罗盛教同志举行了最隆重的追悼安葬仪式。两千多名志愿军官兵和数百名当地老百姓参加了追悼大会。

师部、军部逐级上报的关于罗盛教的事迹材料，引起了志愿军总部首长的高度重视。2 月，中国人民志愿军总部颁布命令，为罗盛教烈士追记特等功，并授予他“一级爱民模范”光荣称号。朝鲜劳动党主席金日成亲笔为罗盛教烈士纪念碑题词：“罗盛教烈士的国际主义精神与朝鲜人民永远共存。”1953 年 6 月，朝鲜民主主义人民共和国和最高人民会议常务委员会分别授予罗盛教烈士“一级国旗勋章”和“一级战士荣誉勋章”。

师部决定，将师直属侦察连改名为“罗盛教连”。

3. 战场习文

怀着对罗盛教烈士崇高的敬意，牢记罗盛教烈士生前对我的鼓励，我在五班当战士期间表现良好，得到战友们一致认可。

然而，师部收到湘潭专署的公函后，我接到了关于我的工作岗位调整的通知。

上级通知，组织上恢复我的干部籍和排级职级，调我离开五班，到连部当文化教员。

虽然舍不得离开五班的兄弟们，但又能到激情火热的连队当文化教员，我还是非常高兴。连长、指导员跟我都是熟人，我那年到二连考察完干部后，参加抢运行动，给他们留下了深刻的印象，我们因此结下了真挚的革命友谊。

我到连部当文化教员时，正值部队在肃州进行军事、政治、文化大练兵。

上级对军事、政治、文化大练兵的时间分配比例是三、三、四。文化学习的时间占总时间的四成。

这是上级高度重视文化学习的体现。当时，部队成员大多是劳苦大众，读书少，识字少，有的连长排长连自己的名字也写不出来。入朝作战后，由于武器装备的改善和作战的需要，部队对文化的需求愈来愈迫切。

按上级要求，全军的文化教员集中回到祖国，在中朝边境的丹东一所学校里，接受教学法速成集训。我参加了集训，并较好地掌握了新式的教学法。

集训结束后我回到连队，同志们热情高涨，纷纷问我什么时候开班学习。

当时刚立春不久，山里覆盖着厚厚的冰雪。早上晚上的室外气温还在摄氏零下 20 度左右。开班学习肯定不能在室外进行。全连干部研究认为，必须抓紧时间修建一间能避风雪的简易教室。

连部决定，由我负责组织力量修建一间能容纳全连 120 名战士的教室。

我立即在干部战士中动员。大家学文化的热情很高，修建教室的热情也很高。在我的动员下，同志们有的伐木，有的割草，有的钉木板。

不到半天工夫，做屋架的木头就够了，编草帘盖屋顶的茅草够了，钉成的木窗也够了。

第四天，一间能容纳 120 人，能避风雪的简易教室就建成了。

教室门是雨布做的。没有课桌——桌凳由战士们上课时自己带来。讲台可折分可升降——战士们用几只木箱垒成讲台，上面盖一块木板。黑板是“绿色软板”——一块绿色雨布。

师部宣教科发来识字课本和注音挂图。连部司务长送来一些本子和笔。

正式开学那天，指导员亲自作了文化学习动员。指导员带头表态：“既要好好挖坑道[①]，又要认真学文化。当个好学生，学好文化知识，提高杀敌本领！”

我对照识字课本和注音挂图，认认真真地从“中”“国”“人”“民”开始教起。一节课下来，教室里的干部战士们很快掌握了十多个汉字。

我曾即兴赋诗一首：

聪慧人生识字始，

① 1951 年秋季防御作战结束后，志愿军开始在全线大规模构筑坑道工事。

中国汉字美如诗。
学习文化勇添智，
智勇狼群能胜狮。

军刊《猛进报》对我山炮营二连迅速行动学习文化的情况作了及时报道，并配发了我的这首小诗。

《猛进报》只是对掀起文化学习新高潮作了报道，没有跟踪报道我连后续学习情况。

其实，后续学习情况中有很多感人故事。

故事之一："老师！"本来，文化学习是大练兵的内容之一，与军事、政治学习一样，并无什么特别。我的身份是连部文化教员，大家都叫我"谭教员"。但有一天傍晚，战士张福祥走到我面前，恭恭敬敬地叫我"老师！"我一下愣住了。张福祥是湘西人，曾在私塾上过三年学，长大后曾被逼迫给土匪当了两个月挑夫，后来参加了在熊家坪的土匪集训。因为他母亲病重，集训队同意其回家为母亲送终，并给他提前办理了集训证明。我认得他，到连部后我对他也特别关注，我知道他一直表现很好。他是来向我请教的。我帮他解答了一些学习问题后，我问他为何不叫我"谭教员"。他的回答让我震撼。他说，教人识字，就是"老师"，"老师"在他们老家，像亲爹亲娘一样值得尊敬。我对他老家的尊师之风不禁肃然起敬：湘西，不仅仅是一个出土匪的地方，更是一块崇文之地啊！

故事之二：冰屎。连里还有一个湘西籍战士叫张德才，沅陵人。我原来不认识他。他曾在沅陵土匪头子杨伯南手下当过小头目，参加集训后在沅陵报名参了军。他是个聪慧的青年，可惜小时候家里穷，交不出两斗米当学费，没机会识字。这次部队开展文化学习，他如饥似渴地学。为了做到"当日学，当日熟"，他见缝插针争分夺秒。有一天凌晨，天刚蒙蒙亮，他提前起床去后山的简易厕所拉大便。他感觉前一天学的生字还没完全掌握，于是带着识字本去了后山，一边拉大便一边温习学过的字。那时正是乍暖还寒冰天雪地的季节，凌晨更是寒冷，他的大便拉出来就冻成了冰屎，大便上端尖尖的部位冻成了“冰尖”。张德才学习入了迷，一不小心，“冰尖”刺破了肛门，流血不止。他只得找卫生员上药。在卫生员的追问之下，他才道出了冰屎真相。张德才冰屎刺破肛门的事，成为连里一个笑谈，也成为连里文化学习热情的一个生动写照。有一次我陪张德才去卫生室换药，他说他要提高本领，杀敌卫国。我问他为什么与当土匪时判若两人，他认真地回答：“解放军、志愿军的队伍是个大熔炉，改造了我。部队的干部、战友们身上的精神和斗志时时刻刻感染着我，鼓舞着我！”

故事之三：手电筒。有一天，连部司务长遇到我，纳闷地说：“部队不需要夜行军，但不知道为啥，这两天起码有七八十人向我要手电筒。”我也不知原因，没把这事放在心上。过了几天，我值夜班查铺查哨时找到了答案。原来，战士们利用手电筒，躲在被子里学习。

连长刘汉明同志年纪稍大，识字比年轻战士费力些。但他也学得很认真。有一次，通讯员从营部取回一份文件，叫连长签字后送回营部。连长工工整整地签上“刘汉明”三个字。他端详着文件上自己的名字，兴奋地说：“这是我从娘肚子里滚落哈来①以来，第一次在文件上签下我的大名！”

4. 战地爱情

当时我们志愿军部队有规定，团级以下干部不许结婚。

这条禁令并没有禁止团级以下干部恋爱。不过，团级以下干部几乎

① 粤语，意思是“出生”。

都无暇恋爱。

但也有例外。

二连连长刘汉明就是“例外”之一。

刘汉明是广州市郊三元里人，采石工人出身，长得高高壮壮，每个部位的腱子肉，都硬得像一块一块铁疙瘩。他没上过学，当时已31岁了，由于皮肤黝黑，看起来比实际年龄更大，性格内向，平时较少言语——他一口粤语腔调很难让我们听得明白。他当兵早，二十不到就离开采石场参加东江纵队[①]打日本鬼子。这些年来南征北战，个人问题一直没有解决。

在简易教室里开文化学习班后没几天，一次午饭后，我在防空洞内整理我二连挖掘坑道的通讯稿件。忽然，连长走进来问我：“谭糕员，在捉咩？[②]”

我感到很诧异，因为连长之前从没来过我的防空洞。我立即回答说在整理稿件。他“哦哦”着算是回应。我请他坐，他却不坐。欲言又止地站着，然后离开了。

那天晚饭后，他又到我的防空洞，还是那一句：“谭糕员，在捉咩？”我猜他找我有事，忙问他什么事。他却面露紧张地说：“冒耶！冒耶！[③]”说完又莫名其妙地走出去了。

晚上八点多，连长打着手电筒再次来到我的防空洞。

这次，我直截了当地说：“连长，有啥事请吩咐！我保证完成任务！”

连长回头朝洞外看了看，不好意思地从口袋里掏出一封信，压低声音说：“喔壳[④]的信。我不识字，你帮我念念。”

① 全名为“广东人民抗日游击队东江纵队”，是在抗日战争时期，中国共产党在广东省东江地区创建和领导的一支人民抗日军队。

② 粤语，意思是“谭教员，在干吗？”

③ 粤语，意思是“没事！没事！”

④ 粤语，意思是“老家”。

我先匆匆浏览了一遍。连长在一旁心急地问:“港左嘛耶[①]?”

信是连长的父母请人写了寄来的。我浏览一遍后,已知信中奥妙。我忍不住笑起来。

连长叫我快点念,我便笑着逐句念给他听:“……东村老王家的细女王秀梅,今年20岁,中学毕业,在村小学教书。刚过完年,王家就托人来给你做媒……”

连长机警地往洞外望,回头朝我瞪眼睛:“你小声点儿!”

他听我念完,伸手把信抢过去,像个羞涩的孩子,然后不停地深呼吸,却不言语。

我问他:“要写回信吗?”

他没吭声,深吸气深呼气了一会儿——思考对他来说仿佛是一件费力的体力活。

他的思考显然没有结果,只丢下一句“回头再说”,便大步离开了。

第二天晚上,连长又进来了。

“家里又来信了?”我故意问他。

他摇摇头。

我说:“你如果是来找我商量对策的,那我可直言了。你父母很关心这事,你总不能连个字也不回啊!”

“那就请你帮忙写个回信。就说现在忙着打仗,我一切都好,请爹娘照顾好自己。”连长沉默了一会儿,显得有些费劲地说。

我不依,说:“秀梅的事呢?你家里老人牵挂着呢!”

“现在正打仗,上级有规定,不能扯那个事。领导知道了要挨处分!”

“你这又不是要结婚。你只表个态嘛!再说,这事你信得过我,我一定替你保密!”

连长很高兴,说:“那就请你帮忙琢磨着写几句吧。不要回绝人家!”

---

① 粤语,意思是“讲了些啥”。

有一天，通讯员对我说，这段时间，连长总要问他家里来信没有，连长的家庭观念怎么突然变得这么重啦？

又有一天午饭时，通讯员告诉我："连长终于收到家信了。没见他收信时这么高兴过！"

我装作啥也不知道，只跟通讯员"哦"了一声。

我心里知道，晚上连长一定会到我的防空洞来。

那天夜里我执勤查哨。路过连长的房间，我发现他把头缩在被子里。被子里漏出一线手电筒光。我断定，一定是连长在被子里偷偷看信。

我故意在窗外干咳了一下。被子里的手电筒光瞬间熄灭了。

我会心地笑了。查哨回防空洞，我坐着喝热茶，等连长来请我读信。

果然，不一会儿，连长就进来了。

"这么晚了，还有事吗？"我故意问。

"我爹娘来信了，"他把信封递给我，恳切地说，"你给念念！"

我掏出信帮他念起来。当念到"寄来秀梅相片"时，我故意停下，在信封里找。

连长着急，催我快点往下念。

我说："没相片不好念。有相片配合文字才好理解信的意思咧！"

连长羞涩地笑起来。那笑容真甜真美啊！除了我，其他战友有谁见过平时严肃刻板的连长居然会这么甜这么美呢？

他从口袋里掏出一张二寸黑白相片——这在当时算是大照片了。

这是一个姑娘的生活照。姑娘在一株盛开着不知什么花的树枝旁，肤色有些黑——也可能是照片冲洗得较黑的缘故。细看之下，其实是一个眉清目秀、善良大方的俊俏姑娘。我由衷地赞叹道："连长好福气——这是什么树呀？为何开这么漂亮的花？"

"这是红棉树，树枝上的花叫红棉花，又叫英雄花，确实很美！"连长回答我，又急切地催，"快往下念呀！"

我乐了，故意逗他："你说红棉花美，还是秀梅人美？"

“都美嘛！”连长憨憨地笑。

我念完后，连长意犹未尽。他掏出一张纸，说：“这里还有一张。随信一起寄来的。”

我接过一看，看到字迹娟秀，与连长父母请人写的字明显不同。我猜到这是秀梅写给连长的。

秀梅的信写得很流畅，感情表达也很真挚热烈。她在信中称呼连长为刘大哥，问刘大哥还记不记得她。她说，刘大哥当兵前，她正读小学，那时候她常去刘大哥家那边的涌[①]堤上放牛，一晃十几年没见过刘大哥了。从上个月起，她天天看报，看最可爱的人[②]打胜仗的消息。志愿军的形象，常在她梦里出现。她特意挑了一张与英雄花相伴的照片，表达她对英雄的仰慕和崇敬。她几次梦见刘大哥。抗美援朝、保家卫国是千秋伟业，盼刘大哥在千秋伟业中杀敌立功，并请刘大哥保重身体。她还说，伯父伯母身体都很好，有什么事她会去照应的，请刘大哥放心。

我读完信，不禁感叹这是一个千里挑一的好姑娘。我看到连长眼眯成一条缝，嘴咧开三寸宽，似在梦境，似在回忆，又似在陶醉。

我一拳把他从这种奇怪的状态下打醒，急不可耐地帮他解读这封信。我分析说，姑娘把你比作英雄花，就是把你当英雄，这说明她对你很满意，也很爱慕。这是一个大力支持你事业的贤惠姑娘，识大体，孝顺懂事，长得也端庄秀丽，是个打着灯笼也难找的好姑娘。

连长认真听着我的分析，默不作声。我猜测他心里已接受了姑娘的爱。

我问他该怎么写回信。

他说：“今晚不写，先愤觉[③]吧。你先帮我琢磨该怎么回信。明天再

① 广州方言，念 chōng，即河汊。

② 著名作家魏巍的报告文学《谁是最可爱的人》里有“我们的部队、我们的战士，我感觉他们是最可爱的人”。该文于 1951 年 4 月 11 日在《人民日报》刊登，在全国引地强烈反响。

③ 粤语，意思是“睡觉”。

说。”说完便离开了防空洞。

第二天午饭后，连长又来了。我拿出我准备好的回信念给他听：“往事难忘，今情难却。感谢理解，祝你顺利！”

我问他要不要再加点内容。

“可以了！”他一边接过信一边说，“我家乡的红棉花真美啊。”

他一边说着话就离开了。我在想，连长到底是在说红棉花美，还是在说秀梅姑娘美呢？

信如飞鸽，它从朝鲜起飞，越过千山万水，飞到连长的老家广州，飞到盼子立功的连长父母身旁，也飞到爱如烈焰的秀梅姑娘身旁。

在等信的日子里，爱情像魔力一般注入连长的体内，连长说话声音大了，笑容多了，性格也开朗了。

爱情的魔力给连长增添了无穷的力气。当时全连正持续挖掘地下坑道。根据上级指示，各基层连队正开展挖掘第二道防御阵地工事的竞赛活动。心中藏着爱情的连长带领全连干部战士挖坑道。一般人挖两个半小时换一班岗[①]，连长一天连续干四班岗共十个钟头不肯歇气。

爱情的魔力还给连长增添了勇气和智慧。有一天，他率侦察员深入前沿阵地侦察敌情，发现了敌人的一个指挥所。这指挥所藏在我军能观察到的山脊后边，我方炮弹打不到它。那天夜里，他亲自带领几个侦察兵和二十多个手榴弹投掷手，沿坑道悄悄抵近敌前沿阵地，杀了敌哨兵。短短几分钟之内，数百颗手榴弹像暴雨一样砸向敌指挥所。山脊那边连续不绝的爆炸声和冲天的火光让连长和战士们乐开了花。原来，敌指挥所旁居然还有一个秘密弹药库。“手榴弹雨”不仅将敌指挥所送上了天，还造成了敌弹药库的连环爆炸。

见夜袭行动胜利，连长率战士们迅速撤进坑道，安全回到连部，我方无一人伤亡。

---

① 开挖坑道的战士们一天分为四班岗，上午、下午各两班岗。

第二天上午，师首长亲自打电话到团部祝贺。

连长荣立三等功。

又过了些天，连长又进了我的防空洞。一听他急切的脚步声，我就猜到连长又收到信了。

那些天，连队文化学习班上，我已教了大家不少字。我特意教了“秀丽”“梅花”“热爱”等字词，希望连长能认得“秀梅”的大名，能多识字。

连长掏出一封信请我念。

我故意大声念起来：“刘大哥……”

连长连忙推攘我：“小声滴[1]！没让你广播！”

我只得把声音降低，帮他念完了秀梅的信。

秀梅在信中说，她已从伯父伯母那里收到刘大哥的信，那天她正在学校给刘大哥写回信，知情的姐妹跑来告诉她，刘大哥在朝鲜战场立功了，区政府正给刘大伯家送喜报呢。她赶忙跑去刘大哥家。家里家外锣鼓喧天，鞭炮齐鸣，她激动极了。伯父乐得合不拢嘴，伯母还高兴得流下了眼泪。伯父伯母留她一起吃了庆功饭。她说，她为刘大哥感到无比自豪！她还提了一个问题——姐妹们要她发喜糖，要分享她的快乐，她问刘大哥，这喜糖该不该发？

信的落款是“小妹秀梅”。

读完信，我也抑制不住激动。我可以想象到家乡人民收到我们在朝鲜战场喜报时的激动，可以想象到刘家伯父母的光荣和自豪，也可以想象到那位秀梅姑娘对连长的爱慕又有了新的升华。

连长躺在我的床上，仰望着防空洞顶的洞壁，一声不发。

我问他该怎么回信。他躺在床上说：“打仗随时有伤亡，这事等胜利回国后再说吧。你就按这意思帮我回信。”

---

① 粤语，意思是“小声点”。

我想了想，觉得连长的话太刻板，观点也不鲜明，于是帮他写了四句话——

战争无情无定数，
战场有险有伤亡。
待到胜利回国日，
红棉迎你进营房。

我读给连长听后，连长听了忽地从床上起来，满意地笑了。

又过了一个多月，连长收到回信了。秀梅的信也只有四句话——

时间有情无定数，
秀梅今日许终身。
待到英雄凯旋日，
戴朵红棉进营门。

我帮连长念完秀梅的信后，我俩都没再做声。

我感到鼻子一阵发酸。我为秀梅姑娘为坚定忠贞的爱情而感动，我为连长赢得真爱而自豪，我为祖国后方人民对朝鲜战场前线将士们的支持而激动。

我看到连长的眼角也闪现晶莹的泪光。

是啊，这就是爱情！它不管远还是近，也不管战争还是和平，它就这么怒放，就这么坚韧，就这么温馨。

遗憾的是，那天晚上，我的工作调令又到了——我的工作岗位总是那么多变——营部调我到一连担任文化教员。

军令如山，说走就走。第二天一早，我离开二连，奔赴新的岗位。

连长送我一程又一程。我过意不去，叫他停步。分别时，他掏出一把糖放我手里。

他声音有些哽咽："老弟！真舍不得你走！我提前请你吃我和秀梅的喜糖！"

那是我和连长的最后一次相见。

三个月后，连长在一次战役中，身先士卒冲锋在前，被敌人的大炮轰得粉身碎骨，遗体也没找到。

连长和秀梅的爱情，就那样结束了。

我痛恨战争，我痛恨美帝国主义。战争是那样血腥，那样残酷！美帝国主义是那样丧心病狂，那样惨无人道！

我没见过那位秀梅姑娘。我相信，不管岁月沧桑，我的英雄连长刘汉明一定永远刻在她的心中。

我在心里常常惦念连长，惦念刘伯父刘伯母，也惦念秀梅大嫂。

我相信，连长和秀梅的爱情，一定像他家乡的红棉一样，永远怒放于天地之间。

第五章
蛰伏

1. 挖掘地下钢铁长城

抗日战争时期，共产党领导的军队发明了“地道”。华北平原上的地道战让日寇吃尽了苦头。在山岭纵横的朝鲜战场上，为对付美军强大的火力，志愿军发明了地下钢铁长城——“坑道”，再次创造出人类战争史上的传奇。

虽然我只是一名连队文化教员，没能宏观掌握整个朝鲜战场的坑道情况，但我见证了我所在的连队挖掘、运用坑道工事的始末。

在1951年夏季防御作战中，我当时在师部干部部，我师山炮营的山炮阵地大都建在半山腰，属于掩体式，像防空洞一样。干部战士们进出阵地走的是交通沟，很容易暴露在敌人的炮火之下。在一次战役中，山炮营一连的一门火炮和四十多发炮弹同时被敌炮击中，五名炮手顿时牺牲。

我们多么希望能有一种既能够对付敌人密集炮弹，又能够有效杀敌的安全阵地啊。

那个夏季防御作战中，我志愿军某部队创造性地将两个加深的防炮洞连在一起，使之成为马蹄形的小坑道，从而取得了意想不到的好效果。

这便是坑道工事的雏形。志愿军总部充分肯定这一创造，并立即向全军推广。1951年秋季防御作战后，在志愿军总部的号召下，各部队开始在全线大规模地构筑坑道工事。有了坑道，部队就可以安全地蛰伏到深土底下。

由于“家庭成分”的影响，我从师部到了山炮营二连当战士，不久又到连部当文化教员。

二连的坑道挖掘任务是在连部所在的山腰上挖一条主坑道，及连通各炮的分坑道。主、分坑道总长度有约四百米。

主、分坑道的坑道口定好位之后，挖掘工作就开始了。

当时不仅二连没有专业勘探人员和勘探器材，估计整个141师也未必有。但这难不倒我们。

连长刘汉明和几位年长的干部凭着对地形地貌的观察经验，宏观指挥坑道走势，并制订一个星期和每天的挖掘任务。

轰轰烈烈的地下长城挖掘活动全面展开。

为了提升士气，我指挥战士们用炮弹箱做成两块牌子立在主坑道口的两侧，然后，我用毛笔蘸着红墨水直接在牌子上写了一副对联。右边写的是“迎春节挖坑道，保家卫国有铁壁”，左边写的是“防炮弹御冰霜，克敌制胜看铜墙”。没法在头顶弄张横幅，我在地下搁了一块木板当横幅，写着“地下钢铁长城”。

连队打乱各排各班的建制，根据干部战士的体能和技能情况重新组合，编成四个工作组：开挖组、运土组、工具修制组、架木组。

各组根据实际情况编排班岗，轮班岗流水作业。

四个工作组编成后，组与组之间开展红旗竞赛活动。一份份决心书、保证书像雪花一样飘进连队党支部。

开挖组的同志们坚定地说：“不管铁山钢山，坚决把它挖穿！”

运土组的同志们豪迈地说：“你挖多少我运多少，不给下一班岗留下一丝一毫！”

工具修制组的同志们不甘人后：“做到随坏随修，保证锋利镐锹！”

架木组的同志们信心百倍：“坑道前进一米，架木不差一厘！”

各组之间比实干，比巧干，比风格，比成绩。一个比、学、赶、帮、超的竞赛活动轰轰烈烈地在全连展开。

各组的工作强度、工作成绩随着实际情况而变化。

刚开始挖坑道时，由于山的表层是松软的黄泥土，开挖组的进度很快，挖出的土多。运土组肩挑手提，速度较慢，半天下来就积土如山。工具修制组的同志们改进运土木箱，在木箱的底板上钉上两根圆木，这样就能大幅减少了运土木箱底部与坑道的摩擦力，再在木箱一端拴上背包带，改“肩挑手提”为“肩拉手拖”，运土组的效率大幅提升，运的土方多，既省力又提速。运土组的同志们高兴地说：“积土变无土，供不应求了！”

越往下挖，开挖组遇到的困难越大——土越来越硬，遇到的石块越来越大。镐、锹磨损越来越快，工具修制组的任务也越来越重。

这样推进了半个月，我连的坑道已向纵深挖进了约三十米。这时，开挖组遇到了兄弟连队陆续遇到的“拦路虎”：巨大而坚硬的青板石挡道。

祖国后方及时地运来了镐、钎、雷管和炸药等物资——肯定是志愿军总部及时掌握了坑道挖掘中出现的普遍困难向祖国后方求援了。

这可真是雪中送炭啊。炸药威力无比，一炸就让大石头四分五裂。开挖组又可继续向纵深推进了。

但炸药爆破后的硝烟很浓，在挖出的坑道内久久不散，呛得战士们喉咙苦——他们吃饭时感觉饭菜都是苦的——熏得战士们眼睛发红作痛，头发晕。

走出坑道时，战士们个个成了“黑人”，但大家都乐呵呵的。

2. 专项竞赛

挖掘坑道工事时，不仅在组与组之间开展竞赛，还在组内进行各种专项竞赛。

爆破之前要先打炮眼。打炮眼需要两个人配合：一个人扶钎，另一个人抡锤。

扶钎和抡锤都是技术活。先前打炮眼的时候，由于坑道狭窄，昏暗，总出现钎扶不稳，锤抡不准的问题，常有砸伤手、磕破头等工伤事故发生，严重影响爆破进度。

抡锤是一门专业技术，没受过培训的人很难做好，尤其是在狭窄昏暗的坑道内。这门技术我在重庆的技工学校学过。抡锤必须做到腕、肘、腰、背同时发力，身体各部位要协调配合，才能抡得既准又稳，着力重又频率高。

我是文化教员，负责文化学习培训及通讯稿件整理等工作，没有分到具体的工作组。我和后勤人员一起到挖掘工地送开水时，总要接过铁捶抡一阵。我一次能抡七八十下。

扶钎的战士起初很害怕，怕我没经验，怕我砸着他。我抡完一次后，他就高兴了，佩服地说："谭教员抡得真好！"

后来只要我进工地，战士们就会鼓掌欢迎我做示范。

有的战士提出跟我竞赛，我每次都欣然应赛，每次的竞赛结果都是我取胜。

不光只有抡锤冠军是在多次竞赛中产生的公认的冠军，其他各项技能的冠军也都经受了多次竞赛的检验。

在坑道外的工地现场一次阶段性总结会上，连长问："谁扶钎最好？"

"五班长！"同志们异口同声。

连长当即赞扬五班长王吉林是"扶钎王"。

连长又问："谁抡锤最棒？"

"谭教员！"

连长即封我为"抡锤王"。

"谁拖土最快？"

"张福祥！"

三排八班的湘西籍战士张福祥被连长封为“飞毛腿”。

“谁修制工具最厉害?”

“张德才!”

一排二班的湘西籍战士张德才得了“智多星”的美名。

“谁架木最快最牢?”

“八班长!”

三排八班班长刘青林被赞为“鲁班”。

总结会的气氛越来越热烈。连长问:“凭什么是他们得美名?这会儿就应该现场比一比,较较劲!”

由于拖土、修制工具、架木等不适合当众现场竞赛,战士们提出比抡锤。

“那好!现在由谭教员当‘擂主’,谁来勇敢挑战?”连长高声发问。

连长话音刚落,大力士战士赵海和刚刚获评“智多星”的战士张德才举起了手。

赵海是开挖组的战士,蒙古族人,他的力气我领教过,上次到被敌机炸毁的列车上抢运物资,这小伙一次轻松挑回 12 袋白面。张德才是个机灵小伙,在文化学习中闹过“冰屎”的笑话。

看到两人向我挑战,我心里有数,一点也不怯场。赵海力气虽大,但抡锤可不只是比力气,他抡锤频率未必能高。张德才虽然聪慧好学,但抡捶也得讲个熟能生巧,工具修制行家未必能掌握抡锤技巧。

竞赛结果正如我事先所料。赵海力大,但正因为力大,他生怕砸伤扶钎的战士,他一次坚持抡了五十下,累得气喘吁吁,停了下来。张德才抡锤频率高,但腕、肘、腰、背用力不协调,一次坚持抡了七十多下,力气不够,打出的石眼不够深。

轮到我了。我扎稳脚桩,调整好呼吸,一次匀速抡了九十下。

我守住了“擂主”的地位。

接下来的几天,赵海挥汗如雨。他憋着一股劲,强迫自己一次比一次抡的次数多。班长喊他停，他却说“不要紧”。那天晚上洗澡时，正好卫生员和赵海在一起。卫生员发现赵海的左膀肿得像个红馒头。卫生员在红肿处稍按一下，赵海疼得直叫。

我听到这个情况后，主动向连长和指导员请缨。我说，开展竞赛是好事，但如果超越体能极限，加之动作不规范，很容易引起伤痛，建议举办一期扶钎抡锤培训班，我愿意担任培训班教练。

连长和指导员立即批准了我的建议。培训班结束后，开挖的进度加快了，工伤事故也显著减少了。

随着开挖进度的加快，坑道越来越向纵深挖进，爆破和挖掘的土石方越来越多，运土组忙不过来，架木组也因土石方堆积而无法及时跟上。

连里有针对性地开展运土方式创新竞赛。

大家都积极开动脑筋想办法。最后，九班长黄海赢得了这场竞赛的胜利。

黄海新创的运土方式被称为“木轨火车”：把坑道地面修平整，在地面固定两根平行木轨，这跟火车铁轨原理是一样的。与铁轨设计不同的是，黄海在两根平行木轨上铺上与木轨方向垂直的若干根圆木。圆木只是搁放在木轨上，可以灵活滚动。这样，运土的木箱就不再在地面拖动，而是在木轨支撑的数根圆木上滚动。

黄海的“木轨火车”大大提高了运土组的运输能力。

连长和指导员隆重表彰了黄海，并向上级为他请功。

3. 拆“臭弹”[①]

两个月后，我连的坑道挖掘任务完成了约一半。新的困难出现了。

① 指落到地面却未爆炸的炸弹或炮弹。

由于敌人的严密封锁，祖国后方的炸药供应不上了。

没了炸药，就没法爆破。没法爆破，就只能靠锹和镐。

战士们干劲大，决心也大，没有炸药也绝不退缩。但青板石实在在坚硬了，一镐下去，火星四溅，但青板石上只留一个小白点。

工具修建组不停地修磨工具，但再锋利的镐，用不到两个小时又钝了。

一个星期过去了，坑道向纵深推进了不到一米。

连长和指导员眉头锁得越来越紧，战士们的心也绷得越来越紧。照这样的进度，哪天敌炮突然袭击，我们的坑道还没挖成呢。

有一天晚饭后，我正哼着《游击队之歌》，指导员突然朝我喊："谭教员！'没有枪没有炮，敌人给我们造'。你说咱没有炸药，敌人能不能也给我们造啊？"

我一听茅塞顿开："是啊！炸药也让敌人给我们造！"

炸药在哪里呢？

我不愧是个文曲星，初中毕业时就能巧妙处理老家两只水牛交配踏坏庄稼的赔偿问题，指导员提出问题后，我便迅速想到炸药的来源了——敌机扔下的炸弹和敌炮射来的炮弹中不是有一些"臭弹"吗？这些"臭弹"正扎在地里或躺在露天沉睡着呢。"臭弹"里不是有炸药吗？要是能把"臭弹"拆开，那不就有炸药了吗？

我把我的想法跟指导员一说，指导员兴奋不已。他立即找连长商量，定出行动方案：立即在党员、团员中动员，成立连队"拆'臭弹'小组"，争取第二天开始拆弹行动。

我和另外三名青年团员抢先报了名，由理发员徐福楷、通讯员何庆功、文书姜美清和我共四人组成的"拆'臭弹'小组"正式成立了。连长和指导员任命我为组长。

我们连夜向连党支部递交了决心书和保证书。

第二天吃过早餐，我们在山上找到一颗小型炸弹。

我们决定用它来做实验。

四双手小心翼翼地捧着小型炸弹，翻来覆去地琢磨。琢磨了许久，找不到缝隙。它简直就是一截完整的铁筒。怎么能把它打开呢？

何庆功出了个主意：用一个小罐头筒装上炸药，绑在这只炸弹上，用一根火线引爆小罐头筒里的炸药，把炸弹崩开。

我们想不出更好的办法，于是决定照何庆功的方法试试。

我们选址在一处高约两米的崖边。崖下是松软的泥田。点燃小罐头筒孔外的火线后，迅速将炸弹推下悬崖，以免炸伤人。

炸弹滚落下去，泥田里紧接着传来一声巨响。

我们兴奋地跳下泥田。田里炸出一个深约两米的大泥坑，炸弹不见了踪影，连一块弹片也不见。

炸弹显然是被罐头筒的炸药引爆了。

好险啊！

指导员得知我们第一次实验的情况后，再三叮嘱我们，一定要谨慎小心，绝不可盲目冒险。

我们牢记指导员的教导，但又不甘心。下午，我们在阵地前沿找到了一颗重磅炸弹。

这里离敌人的阵地不足三百米，完全在敌人火力控制区域内。

我们轻手轻脚地把这颗重磅炸弹连抬带滚移到附近一处废弃的掩体下，围着它悄声研讨。

我们都很兴奋，又很紧张。兴奋的是，这个长逾一米重约半吨的炸弹，里面肯定藏有很多炸药。紧张的是，万一操作不慎，一颗小型炸弹尚能炸地两米，这颗重磅炸弹一旦爆炸，我们四个人无疑将瞬间灰飞烟灭。

重磅炸弹个头大，但它的结构比较清晰。我在兵工厂当工人时，掌握了一些机械常识和一般炮弹的构造原理。于是，我决定按照它的结构尝试拆分。

在我的主导下，我们先把它的螺旋底座轻轻卸下。

其他三位同志很紧张。我告诉他们，底座外和底座内都肯定没有引线，只要动作轻，它一定不会爆炸。

将螺旋底座轻轻卸下来后，我们发现了炸弹主体内部有一根细长的黑灰色圆管，管子与底座相连。我立即猜测这是引爆的火药。

我指挥他们把炸弹头部稍抬高，从圆管里轻轻挑出一点黑色的粉末。我用食指粘了一点，送到舌头上尝了一下，味道极苦。我又取了一点到两米外的地方，点火一烧，粉末发出"哧"的一声，腾起一股黑烟，燃烧的速度比导火索快多了。

这是一筒快引炸药。

我试着把这根黑灰色的圆管扯了出来，吩咐他们把里面的快引炸药全部倒出来。

取出了盛放快引炸药的圆管，炸弹就不会引爆了。我们悬着的心轻松了许多。

透过圆管取出后留下的小孔往弹体内部看，我看到里面全是黄色的炸药。

怎么把这些黄色的炸药弄出来呢？炸药在里面压得紧紧的，不可能从小孔往下倒出来。必须从弹头想办法。

弹头上有一个铁盖。我想，既然能盖上，就应该能打开。因此，打开弹头上的铁盖，应该是取出弹体内黄色炸药的关键环节。

铁盖上有三颗螺丝钉。螺丝钉钉入了封紧的黄色炸弹里。

我轻轻地把螺丝钉一一拧出。心想，铁盖一揭就开了。

但我发现我想错了。我用力揭，铁盖纹丝不动。

我分析这铁盖可能是用螺丝纹拧紧的，于是我逆时针方向轻轻敲打。敲打铁盖不能下大力，否则容易敲出火星引发爆炸，后果不堪设想。敲了一会儿，铁盖仍不见松动。

我改变方向，顺时针方向继续轻轻敲打铁盖。

刚敲一会儿，我发现铁盖有细微的松动。

我高兴极了，使劲往顺时针方向拧。拧一会儿，再敲一会儿。终于，铁盖被我卸下来了。

铁盖下露出填得紧紧的黄澄澄的炸药。

他们兴奋得低声惊叹起来。

我们谨慎地用细铁钎撬着，把黄澄澄的炸药一块一块地取出来。

弹体中心的炸药很快被我们撬光了。但弹壳内壁上还紧紧地粘着很多炸药。

文书姜美清打算继续用细铁钎撬，被我及时制止了。因为炸药紧贴着炸弹的内壁，铁钎与内壁的摩擦很容易产生火星，导致炸药燃烧。

我脱下棉衣盖在炸弹上，用铁锤敲打棉衣。这种隔着棉衣敲打的办法很有效果，炸药被震得一块一块地掉落下来，而且不会产生火星。

这样持续弄了近两个小时，我们就把这颗重磅炸弹内的炸药全弄出来了。

幸好我们的麻袋带得足够多。这颗重磅炸弹，给我们“贡献”了足足五麻袋的炸药！

我们抑制不住喜悦，扛着提着麻袋就往连部跑。

如果这时有敌人的子弹击中我们装炸药的任何一只麻袋，那我们都会葬身火海。但我们顾不得这么多，我们一心只想尽快把炸药送到开挖组的同志们手里。

连长和指导员看到我们的战果，喜不自胜，立即指挥开挖组进坑道内试爆。

试爆非常成功。开挖组的同志们激动地说：“谭教员他们弄回来的炸药，比原来的还要好，而且爆破威力更大了，硝烟也没原来那么浓了。”

连长乐开了怀：“这下青板石再也难不倒咱们了！”

当晚，连部给营部及一连、三连各送去一麻袋炸药，支援营部和兄弟连队的挖掘工作。

接下来，我们“拆‘臭弹’小组”又拆了三颗重磅炸弹、四颗小型炸弹和二十余颗加仑炸弹，弄到炸药一千多斤，为爆破工作提供了充分的炸药。

我们二连提前完成了坑道挖掘任务，受到师部的表扬，我再次荣立三等功。

4. 传经

我们把首次从敌人阵地前的重磅炸弹里弄到的炸药送到营部和兄弟连队后，随即，营部向团部、团部向师部报告了二连组建“拆‘臭弹’小组”从“臭弹”中弄炸药的事迹。

上级对我二连将炸药送给兄弟连队的做法给予了表扬。师指挥部指示立即推广二连拆“臭弹”的经验做法。

应兄弟部队的邀请，我们小组成员在弄炸药之余，到各部队传经，教他们从“臭弹”中弄炸药。

一天，受连部派遣，我和小组成员之一、理发员徐福楷一起去野榴炮团传经。

在离野榴炮团团部不到一公里的一座山下，有一条交通沟。为了尽快把经验传授给野榴炮团的战友们，我和徐福楷稍稍猫着腰疾行，头部暴露在交通沟外。

敌人一阵扫射打来，吓得我俩立即蹲下。

幸运的是，子弹没有打中我们。

我俩正准备采用蹲步离开时，只听见前边两三米处“嗵”的一声。一颗炮弹打在交通沟的沟沿上。

我迅速将徐福楷按倒在交通沟底，自己也贴着沟底趴着。

没有听到爆炸声。

我和徐福楷赶紧起来，迅速蹲步往后逃离。

我们逃到交通沟拐弯处，我叫徐福楷停下来。我们蹲在沟里。

过了大概十分钟，还未听到爆炸声。传经任务紧急，野榴炮团的首长和战士们在焦急地等着我们传授经验呢。

没办法，必须继续往前。

我们蹲步往前时，看到一颗坦克炮弹正扎在右侧沟壁上方。

徐福楷手一伸，像拔萝卜一样把炮弹拔了出来。

“把这颗‘臭弹’带到野榴炮团去吧，正好当作传经教材呢！”徐福楷兴奋地说。

那天，我和徐福楷到野榴炮团团部后，利用团部的一颗重磅炸弹做了现场演示。炸弹里满满五麻袋炸药让野榴炮团的首长和战士们喜笑颜开。

接着，我们和野榴炮团的同志们一起琢磨着把那颗坦克“臭弹”也拆了，弄出一小摊黑色炸药。

后来，我到我423团一营传经，很快培养出不少优秀的拆弹行家，比如一营三连的湘西籍战士金振彪。

金振彪是当年我在佛塔坡集训点的土匪中挑到的第一个人。当时他还是个十五六岁的瘦小孩子。两三年不见，他的骨骼已长大，身块子已虎虎墩墩的了。

一营长介绍，金振彪这两年刻苦训练，已经是三连的一名优秀机枪手了。

在一营传经的那天，我做完一颗重磅炸弹的拆卸取药演示后，叫金振彪对另一颗重磅炸弹进行实操练习。

金振彪拆卸的动作很娴熟，甚至比我还要熟练。这大大出乎我的意料。

我当着一营首长和战士们的面表扬了他。事后，我找他聊天才知道，他进入朝鲜后即到南洋里抢修被美军炸毁的机场。那期间，他的任务是清除机场的“臭弹”。他曾尝试着拆卸过多种类型的炸弹和炮弹。

我们和不断涌现的拆弹行家们，为各部队的坑道挖掘工作提供了充足的炸药。

坑道挖掘工作传来喜讯：1952 年立夏前，在横贯朝鲜半岛中部 250 公里的整个正面防线上已经布满了坑道：中国人民志愿军共挖掘坑道 7800 条，长约 200 公里。朝鲜人民军共挖掘坑道 1300 多条，长近 90 公里。整个正面战线构成了坚固的“地下钢铁长城”，基本上形成了以坑道为骨干同各种野战工事相结合的支撑点式的防御体系。

随着坑道工事的基本完成，我军的阵地日益巩固，为实施坚守防御作战创造了有利条件。我军在作战中的伤亡明显减少。1951 年夏秋防御作战时，“联合国军”平均发射五十发炮弹就能杀伤我军一人。坑道工事完成后的 1952 年，“联合国军”平均发射近七百发炮弹才能杀伤志愿军一人。

不仅如此，有了坑道工事后，我军在进行坚守防御作战的基础上，从 1952 年秋开始，转为依托坑道工事主动向“联合国军”进攻。9 月、10 月两个月内，我军进行全线性的战术反击作战，先后对“联合国军”的连、排防御阵地及个别营的防御阵地共六十多个目标发起进攻，并占领巩固阵地共十七处。1953 年夏，我军发动了夏季反击战，进攻目标从“联合国军”的连、排防御阵地升级进攻到“联合国军”的营、团阵地和师防御地域，最终逼迫以美国为首的“联合国军”在板门店签署停战协定。

第六章
文艺攻心

1. 皮影戏

坑道工事修筑好了，我们的主力部队就进了坑道蛰伏起来。

那时我已离开二连，离开那位与秀梅姑娘恋爱的广东籍连长刘汉明，在一连担任文化教员。

坑道虽然怕毒气，怕烟雾，但我们有对应的防护措施。坑道里冬暖夏凉，安全隐蔽。坑道就成了我们的驻地。

除了主动出击、扛运物资等需要离开坑道外，一般我们都在坑道里。

坑道里虽然安全隐蔽，但待久了就感到枯燥无味。即使是在战场，我们也有精神需求，于是催生了战场文艺。

部队最有群众基础、最具代表性的文艺形式是拉歌，但猫在坑道里不再有机会拉歌，一是因为每条坑道里人比较少，二是因为拉歌声音太响容易暴露。摔跤、拉绳等活动也不方便开展，因为坑道太狭窄了。

连长是个河南人。一天，他无意中念叨了一句："如果能看上一场皮影戏《穆桂英》，那多带劲啊！"

连长这话提醒了我。作为文化教员，我有责任尽可能地帮战友们安排提升战斗力的文艺活动。我小时候是个皮影戏迷，不仅喜欢看，还喜欢制作道具表演皮影戏给我的小外甥看，后来还表演给老师同学们看过呢。

我立即向连长和指导员建议，成立“一连坑道皮影戏演出队”。

连长和指导员高兴地同意了，并派司务长想办法采购乐器和一些必要的道具。

我把连里会拉二胡的、会吹口琴的、会打锣鼓的战士挑出来，组成了一个小乐队。

理发员用他的剃发刀和剪子帮我剪皮影。连队挖坑道时的架木组的同志们帮我制作了皮影表演窗。

司务长很快把口琴和锣鼓弄回来了。过了几天，他不知从哪里弄来一把旧二胡和一枝竹笛。

经过短暂的编排练习，演出队就正式演出了。

演出设备虽然简陋，但干部战士们兴致非常高。有时候，连长和指导员也自告奋勇当演员唱上一段。

后来，为顺应到各阵地巡回演出的要求，我们组织了编导组，负责把连里的好人好事编成节目。同时，我们对演出形式也做了一些改变，在纯粹皮影戏的基础上增添了快板、大鼓、花鼓戏、河北梆子、二人转、诗歌朗诵等。

我鼓励战士们自编自导。战士们编导的节目虽然简短，但配上乐器伴奏和皮影表演，就显得妙趣横生了。

战士们在战场上个个是猛虎，但也有很多文艺细胞。

比如理发员即兴编了一段感激、赞美炊事班的快板：

快板一响当那个当，
不觉来到炊事班。
炊事班，
真辛苦，
白天黑夜磨豆腐。

炸豆腐，
煎豆腐，
加上鲜鱼一块煮。
吃得好，
吃得香，
吃饱喝足打胜仗！

炊事班长是黑龙江人，号称“快板王”。他也顺口来了一段：

快板打得哒哒的响，
感谢理发员来表扬。
炊事班，
不辛苦，
改善伙食是应当。
只要同志打胜仗，
再苦再累也心欢！

这些快板加上皮影戏和乐器的配合，引发一片欢声笑语，引得战士们的士气更加高昂。

有一次，罗盛教连在离我连坑道不远处侦察时发现了敌人的一个地堡群和一个弹药库。上级指示我连出动一门游动炮，摧毁敌人的地堡群和弹药库。

这是我连第一次运用游动炮，也是朝鲜战场游动炮的较早运用。它的意义特别重大。如果成功，将大大鼓舞士气。

那天下午，连部研究决定把这项光荣的重任交给素有“雄狮班”之称的一排三班。

我即向连长和指导员请示，安排演出队晚上到三班进行文艺宣传发动，为三班助威打气。连长和指导员一听很高兴，表示要跟我们“皮影戏班”一起到三班阵地，他俩也要参加表演。

连长带来了一颗光荣弹[①]。

指导员带来了一壶助威酒。

晚上，皮影戏演出在三班阵地正式开始。我一边操纵皮影，一边唱：

三班同志请听清，
游动首炮最光荣。
游动炮，
最威风，
来无影且去无踪。
游动炮，
首次打，
山炮首功你拿下。
光荣弹，
威力大，
敌人地堡要开花。
助威酒，
喝一盅，
弹药库火光往天冲！
大家欢呼起来。

连长用他的豫剧唱腔唱道：

光荣弹，

① 部队出征前，首长拿一颗炮弹作“光荣弹”授予出征部队，表达预祝胜利之意。光荣弹上一般贴有红纸，并有首长的亲笔签名。

寄厚望，
关键时刻装上膛。
一颗弹，
万颗心，
祖国厚望记在心。
山炮营，
最威武，
三班打起得胜鼓！

指导员在战士们的喝彩声中用跑调的黄梅戏唱腔唱道：

助威酒，
敬三班，
三班战士尽好汉！
喝一口，
喝一盅，
炮弹带着威力冲。
酒助威，
酒助力，
三班明天得胜利！

指导员唱的这话“不算数”，因为喝完酒还要去阵地做准备工作，助威酒只能是小抿一口，表示表示意思而已。一般情况下，同志们在完成任务后豪饮庆功酒，以弥补助威酒的不足。

二排不需要上阵地，所以二排长喝得多一点。他借着酒兴，唱道：

学一排，

敬兄弟，
首炮功劳盖天地。
唱赞歌，
送弟兄，
预祝一排立新功！

第二天，一排三班的战士们胜利完成了炮击任务。

我们把三班的事迹编成剧目，到各阵地巡演。

2. 宣传单

我军刚踏上朝鲜领土的时候，就收到过敌人的宣传单。宣传单是从飞机上炸下来的。敌人把宣传单绑成一大捆一大捆的，每捆中间有根雷管。敌人把一捆捆宣传单扔下飞机后，雷管在空中爆炸，宣传单就像雪片似的散落。宣传单上写着“世界工人阶级是一家，炮弹打来不开花”之类的话。

我们后来想起，敌人说的是“真话”，难怪他们给我们送来那么多“臭弹”呢！

我们把敌人的宣传单顺手收集起来，擦屁股时用。

后来可能敌人知道我们用他们的宣传单擦屁股，于是在宣传单上涂毒药。

可是，涂有毒药的宣传单，散发出刺鼻的药味，并且会伤害皮肤，谁还会去捡来看呢？这些宣传单有何宣传作用呢？

在朝鲜战场上，毒药不是稀奇事，“联合国军”还朝我们打过细菌弹。我们原来不知道细菌弹，后来发现大冬天的，一个个炮弹下来，全都不炸不响，不一会儿，我们发现阵地上居然有苍蝇活着。冰天雪地怎么会有苍蝇呢？细一看，这些苍蝇跟一般苍蝇长得不一样。接着就发现奇怪的跳蚤、老鼠。有人用手抓，用脚踩，结果手就溃烂了，脚也溃烂了。有战士好奇，跑去观察不响的炸弹，看到它像个小窗户，打开后里面还有一扇一扇小小门。门里还有未来得及出来的跳蚤、泥蛙之类的小动物。不久，上面发紧急通知，说敌人打的是细菌弹，有毒。我们把大蒜捣碎敷在溃烂处。有的战士溃烂严重，就直接把手脚剁掉，用救济包包住。后来就打牛痘针，上面说是预防细菌弹感染的针。后来听说有的战士被"联合国军"的神秘武器打死了，尸体是站立的，好端端站在雪地上，像是活人，尸体上也没有伤。后来上面的专家说，敌人用了一种窒息性武器。那种武器长什么样，我们没见过，直到战争结束，我们也没有缴获过。

除了宣传单，敌人的夜航机也兼有宣传工具的作用。

我军刚进入朝鲜，敌人的夜航机就在空中用扩音器喊话："47 军的将士们，你们刚刚在湘西剿匪，就顾不上休整跑到朝鲜送死来啦！"

1951 年秋，"联合国军"总司令李奇微、美第八集团军司令范佛里特向我志愿军发起秋季攻势，以我志愿军获胜而宣告结束。整整一个秋季，敌人未能跨越临津江一步，却损兵数万之多。但敌人的夜航机却叫嚣他们"取得了伟大的胜利"。我们嘲笑敌人的这一套是睁眼说瞎话自欺欺人的把戏。

相比于敌人发给我们的荒唐可笑的宣传单，我们通过人工偷送或利用风吹等方式派给"联合国军"阵地的宣传单的"质量"好多了。

我们的宣传单上印有《俘虏优待证》。"联合国军"对《俘虏优待证》视为珍宝，珍藏在贴身口袋里。他们投诚或被俘时，每个人都带着一张《俘虏优待证》，请求志愿军"兑现诺言"对他们给予优待。我们当然说到做到，自始至终都优待俘虏。

志愿军战士们猜测，李奇微和范佛里特身上应该也珍藏着我军的《俘虏优待证》，因为他俩也是怕死鬼。

在天德山战役中，战勤队俘虏了一名身上藏着《俘虏优待证》的美军上等兵。经询问得知，他是刚从美国芝加哥大学毕业当兵入朝的。我们把他放在师司令部警卫班进行思想改造。

我们对他很优待，他的行动是自由的，他常跟在警卫班长屁股后面转。但他怕我们在饭菜里给他下毒。给他送饭的战士必须每样菜都尝一口后，他才敢吃。

他被俘的最初两三天，不承认美国是在进行侵略战争和非正义战争。我们也不强行说服他。我们带他走村串道。他亲眼目睹了战争给朝鲜和朝鲜人民带来的巨大灾难：到处是烧毁的房屋，到处是废墟，到处是满目疮痍的田土。让我感触最深的是一位在烧塌的房屋外清拣物品的老大娘，她见到志愿军，非常热情地打招呼，而当看到一名外国人并确认这是一名美军士兵时，她操起一截燃烧的木棒要跟他拼命。

我们把老大娘拉住，抢下她手中的木棒，耐心地向她作了解释，她才肯放过这名美军士兵。

虽然木棒没有打中这名美军士兵，但此情此景在他心里猛然一击。

他幡然醒悟：谁是正义之师，谁是侵略者，谁得民心，谁失民心。

回到警卫班，他久久不能平静。

第二天，他向我们交了一篇情真意切的忏悔书。

我们征得他的同意，将这份忏悔书印成宣传单。后来，这份宣传单在“联合国军”中广为流传。

3. 不破楼兰终不还

阵地上拼杀时，我们与美军是敌我关系。

但是，在人性共有的真善美面前，我们与美军之间也可以有友谊，即使是在剑拔弩张你死我活的朝鲜战场。

我山炮营阵地的山下有一口水井。这口水井是敌我双方唯一的水源。通过联系，我们与美军签订了一份《取水和平协议》。协议规定：不论是志愿军还是“联合国军”，都不得破坏水井，不许投毒，不许污染水源；取水人不得携带武器；不得开枪开炮伤害取水人。

这是朝鲜战场上的一个“君子协定”。

协议签订后，双方都是君子，都严格遵守。渐渐地，我山炮营的取水人与对方的取水人渐渐熟悉，互相产生了好感，并互相信任，建立起友谊。

我营取水人都是干部、党员，还带着翻译。敌军取水的都是伙夫和膳食兵。

每次取水，我们都让敌军先取。

取水时，双方都会聊一会儿。

每次取水时，我们都会带上一些礼物，比如香烟、糖果，有时还有麻辣腐乳、二锅头之类的中国特产。

刚开始的时候，敌军取水人不太敢收我们的礼物，后来熟识了，不仅大大方方地收下我们的礼物，有时还会提要求，比如“明天帮我带两瓶二锅头”之类。

我们对敌军取水人的要求是每求必应。

这样，日子久了，我们与敌军取水人就成了知无不言、言无不尽的朋友。

通过取水，敌军的番号、人数、主官姓名、武器配备甚至阵地部署等情报，都在我们的掌握之中了。他们有时还会提醒：“注意躲避啊，上午会轰炸啊！”

年尾的一天，141 师文工团到我山炮营阵地来慰问演出。我们通知敌军取水人，请他邀请美军少尉排长来我营参加晚会，观看演出。

晚上，美军少尉排长真的来了。我们热情地欢迎他入座。演出结束后，还安排了阵地舞会。他跟我军文工团女战士跳了一曲。随后，我们真诚地邀请他进我们的坑道，在坑道里吃夜宵，喝白酒。

这少尉排长是个高材生，一副金丝眼镜后一双湛蓝明亮的眼睛，鼻梁高高的，斯文、真诚中透出一丝书卷气尚未褪尽的羞涩。他会说一点中文。喝了一会儿白酒，他突然站起身，恳切地问我们："我想朗诵一首你们国家的古诗，好吗？"

我愣了一下，继而喜出望外："好啊！"

他端站着，清了清嗓子，神色陡然庄严得近乎神圣，刚才的书卷气荡然无存，满脸凛然正气。他用抑扬顿挫地语调念道——

青海长云暗雪山，
孤城遥望玉门关。
黄沙百战穿金甲，
不破楼兰终不还。[①]

他朗诵完，坑道里响起热烈的掌声。他镜片后闪烁着泪光，脸上恢复了书卷气，语气激动地说："我懂你们！我敬重你们！你们的将士自古就勇往直前。我知道，这次，你们一定也会'不破楼兰终不还'！"

掌声比刚才更热烈了。我端着盛酒的搪瓷杯走过去，一边敬酒，一边说："你刚才朗诵得很好！你刚才讲得更好！我们离开祖国，与你们'相会'在这里，就是要赢得胜利，就是要'破楼兰'。我们有这个信心！"

我们边喝边吃边聊。我尝试着跟他聊英文诗，发现他很有兴趣。于是我跟他讨论英国浪漫主义诗人雪莱的《西风颂》。这首诗是我在重庆志成中学念书时最喜欢的一首英文诗。

我和他一边喝着酒，一起朗诵：

① 这首诗是唐代诗人王昌龄《从军行》组诗七首之一，表现的是将士们为保卫祖国矢志不渝的崇高精神。

剽悍的西风啊，
你是暮秋的呼吸，
因你无形的存在，
枯叶四处逃窜，
如同魔鬼见到了巫师，
纷纷躲避；
……
剽悍的西风啊，
你是暮秋的呼吸，
因你无形的存在，
枯叶四处逃窜，
如同魔鬼见到了巫师，
纷纷躲避；
……

最后我俩异口同声地高声用英文朗诵：

If Winter comes，can Spring be far behind？[①]

朗诵完，我俩的手紧紧握在一起。

他尽兴离开时，我们送给他两大包礼物。他流着感动的泪水说：“不破楼兰终不还！胜利一定是属于你们的！”。

那年12月24日天黑前，我们的阵地广播调大音量播了几首西方经典歌曲后，用英语播放了《平安夜致“联合国军”慰问信》。然后通知对

① 这是《西风颂》的最后一句，也是全诗流传最广的名句：冬天来了，春天还会远吗？

方："今晚八点整，我们给你们送节日慰问品。请你们不要走出地堡，不要开枪。"

广播停止后，对方阵地鸦雀无声，或许他们在地堡内窃窃私语。

八点整，我和其他五位战士，提着大包小包的慰问品，迅速跑向敌人的地堡前，把大包小包挂在地堡两侧的树枝上。

我们送去的每个包里都有香烟、白酒、糖果等，还有一封慰问信。慰问信除了祝他们节日快乐，还写道："中国人民志愿军是正义之师、仁爱之师。热忱地欢迎你们到我们阵地来做客联欢！"

我们返回阵地后，我方的广播通知敌军："礼品挂在树上，你们可以出来取礼品了！"

广播音刚落，敌阵地顷刻间热闹起来。他们纷纷钻出地堡，叽里呱啦地欢叫着，把礼物包全部取走了。

第二天早上，敌取水人告诉我方取水人："你们礼品中好的东西全被当官的拿去了！"

随着敌军与我们的友谊越来越深，他们的厌战情绪也越来越重。他们坐等换防，懒得开枪开炮。为了应付他们的上级，他们的机枪朝天打，迫击炮朝天放。

敌取水人告诉我们，他们把机枪枪口架高，保证射不着我们。有的把绳子的一头系在机枪的扳机上，另一头拴在鞋子上。机枪手躺在地堡里，一伸脚，机枪就"哒哒哒哒"乱响一通。还有的故意用尿把鞋子尿湿，让脚冻坏，然后申请送往后方医院。

让我们意想不到的是我的那位诗友、美军少尉排长，一天傍晚带着他的十多名士兵举着机枪长枪到我方投诚。

连部和营部党委立即向上级请示。上级指示，从长远利益出发，劝其返回敌方阵营，让他们回去多做宣传工作，并向他们真诚致谢。

但是，对上级的这个指示，我没能成功落实。我们劝他们回去，美军少尉排长和他的士兵们却打死也不肯回去。

经上级指示，我们把他们送到师部。后来，少尉排长和他的士兵们，加入了志愿军，为我军作出了积极的贡献。

敌排长的投诚事件，大大动摇了敌人的军心。

敌将领们获知这一情况后，不得不采取措施，对前沿阵地的守军，不到一个月就换防一次，避免因与我方联欢受感化而投诚。

后来有外国记者感慨："志愿军的文艺比美军飞机、大炮、坦克更有威力！"

第七章
坑道辉煌

1. 游动炮

在欣赏完皮影戏，接受了光荣弹，饮过助威酒——准确地说应该是抿过助威酒后，一排三班的战士们在连长和一排长的亲自率领下，摸到阵地。

那是 1952 年 5 月 24 日的夜晚。

前两天，连长已经带队对敌人的地堡群和弹药库进行了反复侦察。最后一次侦察，我也参加了。

地堡群和弹药库挨得很近，我方稍稍调整炮口方向即可对它们进行打击。

它们离我方右翼阵地约四百米，离我方阵地右前方的一个小山头约两百五十米。我方右翼阵地、敌地堡群、小山头构成一个三角形。这个小山头正好可以做我方游动炮的阵地，但从我方右翼阵地到小山头要经过百余米的开阔地带。这片开阔地带是敌人炮火日夜封锁的区域。

连长、一排长和战士们研究认为，小山头地形好，对我们完成炮击任务有利。但小山头的弊端也很明显：被敌人炮火封锁，容易暴露，进入与战后撤退都存在危险。修筑阵地、火炮进入都存在困难。一旦被敌人发现，后果将不堪设想。

经过认真反复思考，大家还是认为应该把阵地设在那座小山头上。敌人思想麻痹，厌战情绪越来越大，如果选择在夜间敌人炮火空当期快速冲入，只要隐蔽得好，敌人就很难发现。火炮上山虽难，但不是不行。只要炮击成功，地堡和弹药库被我方击中，被打死打蒙的敌人就无法立即组织反击，我方撤退就不会危险。

连部将作战方案上报后，很快就得到师指挥部批准。

5月24日，农历五月初一。夜幕拉下，如果没有那点微弱的星光，天上简直漆黑如墨。

那是星期六的晚上，敌人状态很放松。

助威酒的酒香还留存在唇边，连长、一排长就带着战士们摸上了小山头。

勘察地形，定往返路线，定炮位，拉临时电话线，一切紧张有序进行。

接着，战士们在连长的指挥下，悄无声息地把阵地修挖好了。

三班长是粤西人，眼窝比一般人陷得深。他像猎豹一样盯着敌人黑压压的地堡群，狠狠地想："再让你们做一会儿美梦！我们马上就喂光荣弹给你们吃！"

阵地修挖好了，连长就带着大伙往回撤。

撤回来稍事休息，三班的战士们就要出发了。

经我强烈要求，连长同意让我参加这次任务。

三班共安排了五位炮手参加本次炮击，加上指挥部特意从二连抽过来支援战斗的大力士赵海，一共六人。我强烈要求参战，我的理由很充足：我可以做宣传鼓动工作；我是兵工厂工人出身，平时练兵也刻苦，一、二、三炮手的技术我都会，万一有个意外，我能顶上；我力气大，可以帮赵海。

队伍出发了。我为赵海"护驾"。

山炮已经拆卸，战士们各扛一块快步跑向阵地。

赵海负责扛钢铁炮身。

炮身重 280 斤。整个山炮营的战士中，只有赵海一人能扛得起。离开赵海的支援，三班就只能从阵地右翼开炮。

五名炮手已经静悄悄潜过开阔地带，把我和赵海远远甩在后头。

突然，敌人的炮弹从地堡群飞过来，在我们四周轰隆隆地爆炸。赵海的大腿被弹片击中，他连人带炮身栽倒在地。

赵海着急地站起来，用力扛炮身，但刚一用力就又栽倒了。

“谭教员，对不起，我实在扛不起了。”他内疚地对我说。

“没事！我来！”我把赵海背到一个土丘后，转身就去扛炮身。

280 斤的铁家伙，我以前在平地上试着扛过，虽然能扛起，但感觉十分吃力。扛着它走路，爬山，我以前根本没试过，甚至想都不敢想。

但是，关键时候，我必须完成任务！就是死，我也要把炮身扛上阵地再死！

我站稳马步，把炮身一点点抬高，直至竖起，双手搂抱住炮底，一咬牙，一使劲，就扛起来了。

我吃力地走着。四周有弹片“嗖嗖”地飞。

我当时想，炮身就是被敌人的弹片击坏了，我也要把它搬上山。

那片平地，我走得很快，我没感觉到吃力。一爬山就感觉吃力了。

我用意念支撑着，一口气爬了四五十米。

意念的作用在 280 斤的压力下似乎越来越弱。我大口大口地喘气。豆大的汗从头发里渗出，穿过额头掉进眼眶里。我顾不得擦汗，也不允许自己停下来休息。我强迫自己绝不停步。炮身没上去，怎么能开炮呢？怎么能完成任务呢？

越往上走，似乎越陡了。我感觉双腿在抖，臂膀好像要脱离我的躯干了。

掉进眼眶里的汗水越来越多，痛得我几乎闭上双眼。闭眼和睁眼没有什么区别，反正四周近乎漆黑一片。

我是顺着山头我方阵地上轻微的声响挪步前行的。

我终于把炮身扛到了阵地。

我到达时，炮手们其他准备工作都已做好了。

炮手们合力接过炮身，立即组装。

我双腿一软，双膝软绵绵地跪倒在地，喘了好一阵气才爬起来。

山炮组装完毕。借助微弱的星光，敌人的地堡群隐约出现在炮对镜前。

炮手已经瞄准。

随着三班长一声“放！”第一发炮弹划破黎明前黑暗的天空，准确无误地击中目标。敌人的地堡群冒出耀眼的火光。

“打中了！打中了！”我激动不已。

“对准弹药库！装光荣弹！”三班长下令。

光荣弹带着连长、指导员和全连战士们的心愿，呼啸出膛。

顿时，弹药库发出“轰隆轰隆”的持续爆炸声。

这时，阵地电话响了。师指挥所传来命令：“40发急速射！”

三班长异常兴奋，大声传达师指挥所的命令。

“是！”炮手们异口同声。

瞄准手两眼死死地盯住炮对镜里的地堡群。

传递手、装填手和拉火手配合默契，一送一装一关一拉如行云流水。

我不顾四肢酸痛，跟着传递手紧张有序地搬炮弹。

炮弹发射时的冲击波和震耳欲聋的声响，刺激着冲撞着我的耳膜，耳孔内像有钢丝在粗鲁地搅拌，钻心般疼痛。

四十发炮弹打完，师指挥所下令：“立即撤出！”

撤出时，三班长不让我扛炮身了。他自己和另两名炮手合抬。

下山后，我找到赵海，把他背了回来。

回到坑道口时，连长、指导员和全连的同志都列队在坑道口热烈欢迎我们凯旋。

我们欢呼雀跃地欣赏着敌人的地堡群和弹药库里发出的持续不断的火光。

这时，敌人的三架“油挑子”呼啸着赶到了。它们朝山头和开阔地带扔下数十颗炸弹。但我们躲在坑道里，“油挑子”白天也奈何不了我们，何况是夜晚？

“油挑子”的炸弹在漆黑的夜里腾起朵朵火花，像是为我连庆贺游动炮首功而燃放的烟花。

师部发来贺电：“一排三班成功地首创游动炮战例，是我炮兵部队学习的榜样！”

三班荣立集体三等功一次，五名炮手、赵海和我获个人三等功一次。

这次立功后不久，我光荣地加入了中国共产党。

2. 从防御到反攻

马蹄形、Y 形、H 形、鸡爪形、之字形、回字形……坑道从战斗掩体发展成为集作战、指挥、屯兵于一体的能防、能打、能生活的地下工事，整个大地成了我志愿军的地下长城。

随着坑道工事的基本完成，志愿军的阵地日益巩固，为实施坚守防御作战创造了有利条件。1952 年 4 月，“联合国军”以小部队向志愿军阵地发动攻击六十多次，志愿军利用坑道进行防御。“联合国军”损兵折将换来“成功占领志愿军阵地”的“辉煌战果”，但每到夜幕降临，志愿军就会神不知鬼不觉地从坑道中冒出来，给“联合国军”迎头痛击。

最终，阵地无一丢失。

坑道工事不仅让阵地得到巩固，志愿军在作战中伤亡也明显减少。敌人的飞机大炮总找不到射击的目标，飞机炮弹也只能隔着厚厚的地面给志愿军“搔痒”。

可怜的“联合国军”统帅李奇微对志愿军的坑道工事感到极为头痛，他曾在回忆录里这样写道：“常常有这样的情况，守卫在孤零零的碉堡中的士兵们往往吃惊地发现，对手在夜色中已悄然无声地出现在阵地上。这时，信号弹升起，几乎来不及发出口令，战斗就打响了。”他评价到：“中国人的夜间进攻特别神秘莫测，不可思议。”

入夏后，志愿军在利用坑道工事进行坚守防御作战取得胜利的基础上，转为依托坑道工事主动向“联合国军”进攻。游动炮经验推广后，志愿军广泛开展游动炮射击。我们常趁敌不备，在敌忽略的地点修建临时阵地，以单炮或火炮排突然开火，完成炮击任务后立即通过坑道转移。

之后，志愿军炮兵对“联合国军”的炮兵展开多次大规模炮战，迫使其炮阵步步朝后撤退，志愿军的炮阵则步步向前推进。如 39 军在 8 月的下半月，朝敌炮击近 300 次，击毁击伤“联合国军”坦克 40 多辆、汽车 40 多辆、火炮五门，炸掉敌地堡 70 多个。

入季后，志愿军在全线展开战术反击作战，有大量炮兵配合作战。史称“志愿军 1952 年秋季反攻”。有关统计数据显示：志愿军步兵每进行一次反击，平均得到三十一门火炮支援。每反击一个敌军连的战斗，平均有三十六门火炮参战。秋季反攻前一阶段，志愿军炮兵主要是对“联合国军”主要防御工事进行破坏炮击，为步兵开辟通路。中期及后期阶段，志愿军炮兵以短促、猛烈的“闪电式”火力压制“联合国军”的炮弹阵地和火力点，令敌炮阵猝不及防。由于志愿军炮兵是通过坑道抵近开炮，射击精度有很大提高，间接瞄准射击时平均每二十发炮弹即可破坏一个地堡，迫击炮平均两百发炮弹即可在铁丝网中开辟一条六至八米宽、近百米纵深的通路，我志愿军步兵在进攻路上可谓畅通无阻。

那时候，“联合国军”不敢正视在我军秋季反攻下的惨痛失败，他们强调说这是苏联武器的威力。确实，当时苏联给了我们一种装在汽车上的厉害武器：喀秋莎。喀秋莎确实威力超强，汽车停在公路边，上下两排各八根炮管，一开炮就是连续 16 发炮弹，敌人阵地瞬间就是一片火海。但它受交通条件的制约，一定要装在汽车上，一定要有公路。否则它就会被敌人反击。在山区打仗，哪有那么多喀秋莎呢？我们取胜，主要还是靠坑道和原来寻常的炮。

1953 年春，为粉碎“联合国军”从朝鲜北部东西海岸增兵登陆的企图，志愿军在全军进行大规模的反登陆作战准备。各炮兵师、团抓紧构筑坑道工事，修建坑道式、掘开式火炮发射掩体和观察所、指挥所、掩蔽部等。

一切准备妥当后，志愿军发动夏季反击战役，先后实施三次进攻作战。取得辉煌的胜利。

在朝鲜战场运用坑道作战的各大小战役中，一战成名闻名天下的是上甘岭战役。上甘岭战役中，志愿军部队坚守 597.9 高地和 537.7 高地北山，依托该两阵地上四十八条坑道，打退“联合国军”营以上兵力进攻 25 次、营以下兵力进攻 650 余次，歼敌 2.5 万余人，最终守住了阵地。

3. 上甘岭战役

上甘岭战役是朝鲜战场最著名的战役之一，它是志愿军坑道作战的典范。

1952 年 10 月，志愿军的秋季反攻让“联合国军”大伤脑筋。范佛里特为了扭转其应付志愿军进攻而一味防守的被动局面，决定在朝鲜金化东北上甘岭地区向志愿军发动进攻。

“联合国军”在五圣山前沿上甘岭地区进攻之猛烈，是朝鲜战场上前所未有的。

10 月 14 日凌晨，敌人 320 门大口径火炮、47 辆坦克、50 余架飞机对志愿军第十五军 30 公里防御正面开火。其中对五圣山前沿 597.9 和 537.7 高地的轰击尤为猛烈，使用了 300 门火炮、27 辆坦克和 40 架飞机，火力密度高达每秒钟落弹六发。强烈的冲击波激荡着志愿军阵地，如同天崩地裂。激烈的攻防战斗中，敌我双方损失都很惨重。

17 日，战斗进入第四天，惨烈程度持续上升。阵地得而复失，失而复得，一天之中几度易手。阵地上尸横遍野，鲜血染红了地面。就在这天，敌军最大的收获是知道了志愿军阵地上有坑道。这解决了敌军几天来一直困惑不解的难题——在如此猛烈的炮火下，597.9 和 537.7 高地上怎么还能有活人？原来是坑道在保护着志愿军。

整个上甘岭都被炮弹的硝烟所笼罩，根本无法看到信号枪的光亮。敌人对阵地上的志愿军坑道进行疯狂凶残的打击。他们用轻便机动的无后坐力炮对坑道口进行抵近射击，用炸药包爆破，向坑道里投掷手榴弹，施放毒气，用飞机低空俯冲扫射……

我军的步枪、机枪、冲锋枪打到后来都不能打了。为什么呢？尘土把枪栓堵死了。炮弹打来的灰尘和泥土持续不断，枪栓倒都倒不干净，枪管里也常塞得满满的。枪不能打，就用手榴弹，用手雷，用爆破筒，也用石头。

坑道内的情况日渐恶化。

坑道口坍塌，坑道内毒气和硝烟弥漫，砂石跌落甚至砸死志愿军战士，这些都不算什么。缺粮断水是坑道内志愿军们最严重的困难。

敌军对坑道部队与后方的交通线实行严密炮火封锁，坑道内粮尽水绝。火线运输员以巨大的人员伤亡为代价送进坑道一袋压缩饼干。没有水，战士们的声音越来越哑，后来根本讲不了话，舌头都粘着。战士们后来用弹壳、汽油桶等接尿，喝自己黄得发黑的尿将压缩饼干咽下去。战士们给尿取了一个好听的名字："光荣茶"。后来"光荣茶"也没了，一滴尿也尿不出来了。

后方部队紧急采购了 3 万多公斤苹果，派人送往阵地坑道。但美军炮火封锁实在太猛，其中三成多的苹果要么被炮火堵住，要么跌入山涧，最后送进坑道的只有一个苹果。坑道内大家都舍不得吃，都想留给其他战友吃。最后，这个苹果在坑道内每位战士手里传递，大家每人咬一小口。这就是著名的“一个苹果的故事”。

进入11月，五圣山地区下起了大雪。其他山岭白雪茫茫，上甘岭上却有多种颜色更替：白了红，红了褐，褐了黑，黑了又白，白了又红……

11月25日下午，敌军知难而退。在持续鏖战43天之后，上甘岭战役终于结束了。敌军撤退时，上甘岭上的坑道里仅有十余名极度饥饿、极度干渴、极度疲惫的志愿军干部战士。

25日夜晚，五圣山地区天降大雪，厚厚的白雪覆盖着寂静无声的上甘岭。第二天白天艳阳高照，银白的上甘岭像一个纯洁无瑕的童话世界。白天，积雪在阳光下慢慢融化，上甘岭上流下一条条细细的红色的河，如雪山上一条条迸裂的血管。血管里汩汩流下的水，染红了上甘岭下广袤的雪地。

上甘岭一战，敌军共调集兵力6万余人、大炮三百余门、坦克一百七十多辆，出动飞机三千多架次，对上甘岭约3.7平方公里的阵地倾泻炮弹190万发，炸弹五千多枚。战斗激烈程度特别是炮兵火力密度超过第二次世界大战的最高水平。43天鏖战，敌我反复争夺阵地达59次，我军击退敌人九百多次冲锋，打死打伤敌军2.5万人。我军伤亡1.15万人。

上甘岭战役是对志愿军以坑道为骨干的防御体系的严重考验，这次战役显示了坑道在敌人优势火力下进行防御作战的巨大作用。上甘岭战役打出了国威军威，向世界展示了志愿军英勇顽强的战斗作风和中国人民的英雄气概。上甘岭战役后，“联合国军”中广泛传递着一种真实的感受：志愿军是绝对不可能被打败的。

值得大书特书的是，在上甘岭战役中涌现了一批可歌可泣名留青史的英雄：有以身体堵塞敌人机枪眼，为冲击部队打开道路的特等功臣、特级英雄黄继光；有双腿被打断仍坚持指挥战斗，在最后一口气时拉响最后一颗手榴弹滚向敌群与敌人同归于尽的特等功臣、一级英雄排长孙占元；有在全班战友伤亡的情况下，一人坚持阵地战斗，英勇机智击退敌军四十余次冲锋，毙伤敌人二百八十余名，成功守住了阵地，荣立特等功，获“一级战斗英雄”称号的新战士胡修道；有在战斗中身受重伤，在生命的最后一息，用自己的身体连接被打断的线路，保证了指挥联络畅通，荣立特等功，获“二级战斗英雄”称号的通信英雄牛保才……

还有一位年仅 19 岁的女护士，与上述战斗英雄相比，她的事迹并不惊天动地，但也同样让人敬仰。她就是湘西“四丫头”黄玉姣的胞妹，当年湘西卫生学校的毕业班女生，等不及拿毕业证就毅然从军的女兵黄莹姣。黄莹姣参加了上甘岭战役，在阵地坑道内当护士。在救治重伤员时，她曾不顾羞涩，用嘴为一位负伤的曹姓排长（因腹部中弹无法自行排尿）吸尿。

第八章
激战蓝天

1. 一枪打出一个战略

坑道帮助我军赢得地面战争，我英勇的志愿军岂能心甘情愿把蓝天奉送给敌人？当然不会，敌人的“空中优势”终将丧失。

空中力量差距的改变直接导致空中战场胜负的改变。

刚进入朝鲜，我们就吃尽了敌机的苦头，但我们只有痛恨和躲避的权利，没有还击的能力。

那真叫窝气啊！

入朝当晚，我们是夜行军。敌机又是投掷照明弹，又是扫射和轰炸。敌机张狂到了极点，它们偏着翅膀，擦着地面呼啸而过，甚至敌飞行员那狰狞的面孔也看得见。

敌机掠过地面，卷起漫天尘土与落叶。它扔下的炸弹、射出的子弹，不时给我们造成伤亡。但我们不能还击。

入朝部队夜间行军有一条纪律：除防空部队可以鸣枪报警外，其他地面部队不得鸣枪，以免暴露火点。我们连高声叫骂都不允许，以免让敌机听到。

我们没有高射炮和高射机枪。高射炮和高射机枪部署在后方城市。

最重要的是，我们当时没有空军。

抗美援朝初期，我国没有派出空军部队，朝鲜人民军的两百架飞机遭到“联合国军”强大空军力量打击，几处机场也遭到不同程度的摧毁。

直到1950年年底，志愿军才有了自己的空军，但跟当时世界上最强大的美国空军相比，无疑处于明显劣势。当时，志愿军只有勉强凑齐的两个驱逐机师、一个轰炸机团和一个强击机团，各种作战型型号的飞机不到两百架，其中虽然也有当时一流的“米格-15”，但志愿军飞行员的平均飞行时间不足100个小时——按照当时国际上的训练惯例，飞机驾驶员要飞行300个小时以上，而美军对飞行员的规定是500个小时。美国的飞机连同海军舰载机在内，共有两个战斗机联队、三个战斗轰炸机联队等十四个联队，各种型号的作战飞机多达一千一百多架，并且大部分飞行员都是参加过二战的经验丰富的老手。

并且，受飞行距离、飞行技术等方面的限制，志愿军空军很少在前线作战。到1952年年底，志愿军空军700多名飞行员中，只有28人掌握了夜间简单气象条件下的作战技能。

可见，志愿军与“联合国军”的飞机数量及飞行员的经验、资历、技术水平，根本不在同一个档次。

志愿军的地面部队理解空军部队的难处，见到敌机就躲，从不敢惹它们。

直到有一天，地面部队忍无可忍，用枪口对准了敌机，整个地面部队的对空战略才发生改变。

是谁在朝鲜战场发出了打向敌机的第一枪？

我们无法断定，到底是哪一个战士。

但在当时的信息条件下可以判断，张德才至少是423团最早用枪打敌机的人。

还记得那个“冰屎”的故事吗？还记得“智多星”的美名吗？423团最早用枪打敌机的张德才，正是“冰屎”故事的主人公，正是“智多星”称号获得者，正是那位曾经在湘西当过土匪的一排二班的湘西籍战士张德才。

1952年元旦前后的某一天，一排正在山里的阵地上执行任务。突然，一架敌机来袭。一排长下令立即隐藏。那架敌机很疯狂，擦着地面飞去飞回，时不时往一排的阵地上扔重磅炸弹。一颗炸弹下来就是一个大坑。敌机炸个没完没了，没有离开的意思，大概是断定一排就在山林里藏着。张德才恨得咬牙切齿。重磅炸弹密如雨点，已经躲无可躲了。他骂道："今朝[①]反正是个死，老子那还不如拼了！"当敌机再一次俯冲过来准备甩出又一颗重磅炸弹时，张德才猛地跳出来，用苏制762式步枪朝它连发开火。敌机离他太近了，张德才枪枪命中目标。始料不及的敌机眼看着冒出了黑烟，它惊惶地往上一蹿，拖着长长的烟尾巴越过群山而去。张德才虽然违抗了命令，但他打伤了一架敌机，部队给他记了三等功。

还有一位战士也曾用枪打敌机，不过他用的不是步枪，而是轻机枪。从时间上来说，他也许比张德才更早，因为他开枪打敌机的事，受到了领导的严厉批评，并引发了上级更大的反应。

时间也是在1952年元旦前后的一天，421团七连戴着防空帽走在肃川的一条平坦的乡村小路上。突然十几架敌机来袭，周围没有山和树，七连战士们只能卧倒隐蔽在路旁的一条水沟里。敌机一架架俯冲过来，沿着水沟反复进行低空扫射。不少战士中弹。这时，一颗子弹打在一位班长的脑袋上，他顿时脑浆崩裂。这位班长的弟弟是与班长同期入伍的，见哥哥惨死，弟弟悲愤交加。当时敌机反复俯冲扫射，战士们几乎躲无可躲。无奈和悲愤之下，弟弟仰卧着，举起一挺轻机枪，朝敌机打出一梭子。一架敌机冒出了黑烟。另外十几架敌机见状，都仓皇逃去。

连长和指导员从水沟里爬出来，严厉批评了这位开枪的战士。赶回连部后，连长立即把这事向上级作了电话汇报，并作了深刻的自我检讨。

第三天，指导员接到上级电话，军首长、师首长陪着志愿军司令部

① 湘西话，即今天。

的首长正往七连赶来。

连长和指导员吓得头发都直起来了！这么大的阵容，这得受多大的处分啊？

连长和指导员除了认识陪同来的团长、营长和指导员外，其他七八位首长个个都不认得。连长和指导员硬着头皮向他们敬礼，带着哭腔说："我们没管教好战士。请首长批评！"

"怎么能这么说啊？一枪打掉一架敌机，了不起啊！"首长笑呵呵地说。

原来，那架冒烟的敌机逃出后就坠毁了，被我军侦察到。七连长的电话汇报正好证明那架敌机是七连的战士用轻机枪打掉的。第二天，各级首长对此作了深刻的分析研究，最后认为，如果每个战士都敢于朝敌机开枪，敌机还敢像以前那样低飞轰炸扫射吗？如果众枪组成火力网，低飞的敌机能逃脱吗？敢于开枪打敌机，这是一种新战略。

连长一听呵呵乐了："我连的战士一枪打出一个战略。那该给他请几等功呢？"

"起码得请一等功！"首长毫不犹豫地回答。

不久，志愿军司令部印发文件，号召全体步兵队伍用手中的武器，组成火力网，向敌机射击，坚决打掉敌人的嚣张气焰，坚决打出志愿军的威风。

自此，那条不准向低飞的敌机开枪的禁令正式作废，志愿军各部掀起用常规武器打敌机的高潮。

"联合国军"的飞机还不知道志愿军的战略改变，他们仍然像过去那样肆无忌惮地低飞盘旋。志愿军各部抓住机会，用各种常规武器和高射炮机枪组朝它们集中射击。毫无防备的敌机纷纷被击落。据战报报道，一个月之内，志愿军各部共击落敌机二十多架，击伤十多架，俘虏敌驾驶员十多人。

以上两位率先用步枪、轻机枪射击敌机的事，是我当时亲耳听到的——我没有在射击现场，所以不能说亲眼看到——从引发上级反应、他俩被记功的事实及由此掀起的打敌机高潮来看，我相信他俩是最早射击敌机的人。

然而，近年来我看到媒体上登载63军188师562团、563团在1951年4月的一天，集体举起几千支枪向敌射击，击落击伤18架敌机的故事。我认为，这可能是媒体将故事发生的时间弄错了。

2. 空中拼刺刀

我志愿军空军在朝鲜上空的战斗力从弱而强。朝鲜上空浩瀚的蓝天逐渐成为“联合国军”空军的坟场。

我志愿军空军组建之初，投入兵力仅一个团，飞行员在“银燕”——米格-15型歼击机上只飞了几十个小时，仅完成了中队、大队编队和单、双机空战等课目，对空战几乎完全没有经验。但他们具有高度的政治觉悟和英勇顽强的战斗精神，在敌机面前毫不胆怯，敢于在有利位置抓住机会射击敌机，战士们给这种战法取了个豪迈的名字：“空中拼刺刀”。

1951年1月21日是我志愿军空军在短暂训练后第一次空中实战的日子。战斗警报拉响后，我志愿军空军五名飞行员在大队长李汉率领下英勇无畏地冲向空中战场。第一次空中实战的李汉和战友们以拼刺刀的精神冲向敌阵，击伤了一架敌机。敌机仓皇逃散。五名飞行员首战告捷。

八天后，李汉再次率领八架“银燕”飞向战区，开始第二次空中实战。这一次他们更加沉稳，利用云层的掩护从高处逼近敌机群并紧紧咬住一架敌机。在有利位置李汉抓住机会三炮齐发，敌机应声中炮，机毁人亡。这是我空军战史上第一次击落敌机。

初战的胜利大大激发了我志愿军空军的战斗热情。

1951年9月起，我志愿军空军兵力渐增，改为以师为单位，以老带新，渐次成长。战术上采取先打弱敌再打强敌的办法，在作战中屡获胜利。志愿军“银燕”成为“联合国军”“油挑子”的克星。

“银燕”引发美军和“联合国军”一片哀叹的最辉煌的战绩，是志愿军飞行员张积慧“空中拼刺刀”击毙美军“王牌飞行员”戴维斯的那场空战。

那是发生在 1952 年 2 月 10 日上午的一场经典空战。

美军数批战机先后侵入平壤、沙里院和价川地区，其中 F-80 战斗轰炸机 16 架、F-86 战斗机 18 架。它们疯狂扔弹轰炸。

志愿军空军第四师派出第十团、第十二团共 34 架“银燕”——米格 -15 歼击机，采取师编队“品”字队形，急速飞往战区。

发现目标后，驾驶一架“银燕”的第十二团三大队大队长张积慧和僚机[①]驾驶员单志玉投掉副油箱后，即猛拉驾驶杆，爬高占位，准备攻击。但他俩抢占高度优势后不见了目标，自己却脱离了编队。他俩急忙加大油门去追赶编队。

这时，八架经验丰富的美机抓住张积慧、单志玉掉队的机会直逼过来，为首的两架已经扑到他们飞机的尾后，越追越近，很快就要到开炮距离。

张积慧和单志玉一会儿右转上升，一会儿左扣下滑，与两架敌机形成撕咬状态，并抓住机会死死缠住那架美机编队中的长机[②]。美军长机见势不妙，急忙朝太阳方向逃，并作出许多不规则的高难动作。张积慧、单志玉被强烈的太阳光刺射得几乎睁不开眼，但依然勇敢地向太阳方向逼近。

张积慧知道，对手一定是一个技术十分高超的老手，绝不是一个寻常飞贼。越是面对高强的对手，越要保持沉着冷静。他知道自己面临的是一个绝佳的机会，也是一个极度危险的处境。美军长机只顾逃窜，他

① 飞机编队中跟随其他飞机执行配合任务的飞机。

② 飞机编队中为首的飞机。长机驾驶员一般由飞机编队中资历最老或职级最高者担任。

的僚机无法跟上，形成我方二敌一的有利局面。但对手老辣狠毒，不好对付，我方稍有不慎即可能被它反咬。

张积慧和单志玉抱定宁可被阳光刺瞎双眼也要杀敌的决心，睁大眼睛，死死追上。在美军长机刚刚套入张积慧的瞄准具光环中时，他迫不及待地开炮。但因角度稍偏且距离太远而未击中。

张积慧的炮弹虽然打偏，但让美军长机更加慌乱。美机飞行员发现一味飞向太阳根本甩不脱志愿军的两架飞机，且飞行路线单一，很容易被击中。于是，他又忽上忽下地变花样。

单志玉把油门加到最大，以撞机的姿势朝美军长机逼去。张积慧借机迅速将美军长机再次套进瞄准具光环中。

张积慧死死地抓住了这次千载难逢的机会，三炮齐发，三弹皆中目标。美军长机和它的飞行员一头栽在博川郡青龙面三光里北面的覆盖着积雪的山坡上。

张积慧来不及激动和喜悦，甚至来不及低头看一眼火光腾起的山坡，他迅速拉升飞机，掉转回头去攻击美军那一架孤零零的僚机。僚机飞行员见长机中弹，惊恐万状。在张积慧紧紧逼迫过来时，敌僚机立即上升转向，企图掉头回咬。但美军“油挑子”的向上机动性能远不如志愿军的“银燕”。两架“银燕”以更敏捷地拉升转弯逼过去。张积慧逮住机会发射一炮，正中敌机发动机和油箱的结合部。“油挑子”在空中开了花。

这场空战结束后，志愿军地面部队从美军长机残骸中找到一枚驾驶员的不锈钢证章。证章上刻着：第四联队第334中队中队长乔治 · 阿 · 戴维斯少校。

截至毙命的那一天，美军“王牌飞行员”戴维斯飞行时间超过3000小时，“二战”中击落德军飞机50余架，击落我方飞机14架，被视为“空中英雄”“空中职业杀手”“美国空军的骄傲”。而他生命的终结者、志愿军飞行员张积慧飞行时间仅200小时，此前从未参加过空战。

美军内部曾在很长一段时间内不肯相信戴维斯是被志愿军飞行员击

毙的，他们猜测是苏军飞行员击落了他们的“空中英雄”。但他们并不敢声张他们的猜测。

直到回国后很长一段时间，我都一直不知道苏联派遣空军抗美援朝的消息。

后来通过各种消息证实，当年在朝鲜的蓝天上与敌空军作战的“银燕”，确实有苏联空军。但苏联空军做了不少保密工作，是为了避免暴露苏联参战，造成苏美直接冲突。而美军虽然在空中看到了欧洲人的面孔，而且在无线电通话中听到了俄语，但他们需要和苏军共同保守苏联空军参战的秘密——美军担心刺激舆论迫使政府采取报复行动，从而导致战争升级——在朝鲜半岛节节败退的战况已经让美军耗不起。

说到苏联空军参战，需要补充一个事实：在朝鲜战场上，不仅有朝鲜人民军和李承晚军北朝鲜的军队，也不仅有以美军为主由美国、英国、澳大利亚、荷兰、新西兰、加拿大、法国、菲律宾、土耳其、泰国、南非、希腊、比利时、卢森堡、哥伦比亚、埃塞俄比亚共16个国家的作战部队及瑞典、印度、丹麦、挪威、意大利共五个国家的医疗队组成的“联合国军”，也不仅有中国人民志愿军和苏联空军，第二次世界大战战败国日本也积极充当美军侵略朝鲜的帮凶，秘密派出扫雷部队，并于1950年10月10日抵达朝鲜三八线以北的元山执行扫雷作业，这比第一批入朝的中国人民志愿军还早九天。

3. 目睹敌机被歼

敌空军的日子越来越难熬了。

天上，志愿军和苏联空军的“银燕”数量越来越多，战斗力越来越强。每架“银燕”都有一炮取命的本领。

地面，志愿军的防空火力大大增强。志愿军步兵的师部、团部、营部都增加了编制，组建了“高射机枪班”“高射机枪排”“高射机枪连”。

1952年初春，我亲眼目睹了两次空战。两次空战的结果，都是“银燕”获胜，敌机被歼。

同年2月的一天，敌机企图炸毁我方坦克，被“银燕”围住猛打，并遭我军地面火力的射击。

当时，我是山炮营二连的文化教员。在我二连阵地的右前方有一座无名高地。这座无名高地是我军某坦克团的坑道隐蔽部。

那天一大早，坦克执行完任务回到阵地。

当时，无名高地上到处是厚厚白雪，坦克移动极易被敌人发现。果然，十多架敌轰炸机发现了刚刚回到阵地不久的坦克群，以迅雷不及掩耳之势呼啸而至，先是高空投弹，后又低空扫射。

或许是坑道口被堵死，或许是最前面的坦克被炸毁，总之，在整场轰炸中，坦克未能开进坑道。

更多的敌轰炸机像蝗虫一样扑过来，最后共有四十多架轰炸机在无名高地上空疯狂投弹。

我二连的坑道内，泥沙、石块不断被震下来。二连阵地所在的整座山似乎要震塌了。

突然，一道道交叉火网从地面升起。

这是我地面部队在向敌机开火。

我坦克阵地的左前方有我军一支高炮部队，右后方有一个高射机枪连。高炮与高射机枪朝天猛力开火。

我和战友们趴在坑道口，欣赏这场视觉盛宴。

高射炮弹在天空爆炸后，犹如一朵朵盛开的小黑花。

高射机枪吐出一串串子弹，犹如一条条闪光的红丝线。

“银燕”时上时下时转时翻，犹如一只只口吐钢珠的善舞小精灵。

从上午八时左右一直打到下午三时，这场空战才告结束。

在这场空战中，敌机被击落三架、击伤五架，敌飞行员被俘一人。

我军被炸毁中型坦克四辆、高炮一门、高射机枪一挺。我军以较小的代价，赢得了较大的胜利。

那场空战中，我二连的电话班长荣立二等功。二连并未参战，也未使用二连的电话线，电话班长怎么会立二等功呢?

事情是这样的：

那天上午九点多，连长发现我连与上级指挥所之间的电话不通了，显然是电话线被敌机轰炸断了。连长立即派电话班长去查线。电话班长冒着被敌机轰炸扫射的危险出去把电话线接通了。电话班长在跑回阵地的路上，听到有人大声呼救。他闻声跑过去一看，发现我军的三辆坦克被炸翻在弹坑边，呼救声是从坦克舱里传出来的。电话班长不顾危险，从坦克安全口爬进座舱，背出受伤的战士。最后，他把三辆坦克里的受伤战士全部背到了安全地带，自己的肩膀却被弹片打开了一道大口子。电话班长回到连部后并未吭声，对卫生员也未透露情况。次日，坦克团的首长来慰问致谢并为电话班长请功，大家才知道这件事。

我目睹的另一场空战虽然在持续时间和激烈程度上不如坦克团上空之战，但逼降了一架敌重型轰炸机，敌人连人带机成了我军俘虏。

那是 1952 年 3 月间，我完成出差任务后回连部，正路过龟城。

踩着厚厚的积雪长途疾步，我浑身发热，于是在城郊的一座小山头停下来喘息。突然传来一阵阵防空警报声。不一会儿，我看到敌军六架“油挑子”护卫着一架重型轰炸机自远而近。

这时，从北边飞来十几架我军“银燕”，将敌机团团围住。

左冲右突时，敌机的队形很快散了。

“银燕”们吐出一串串钢珠子，“油挑子”有两架在空中开花，一架降落，另外三架丢下它们的保护对象仓皇逃走了。

剩下的那架敌重型轰炸机成为孤零零的“光杆司令”。

面对十多架“银燕”的围攻，敌重型轰炸机急中生智，拉下一肚子炸弹，原本笨重的身体顿时轻盈了许多。它如一只空中困兽，忽上忽下，左弯右转。

但地面已为它准备了火力网，“银燕”们始终咬住它不放。

如同群猫捉鼠一般，老鼠纵然有百般解数，也终无法逃脱。

敌重型轰炸机驾驶员耳边响起志愿军的促降命令：“朝 XX 方位 XX 航线，降落投诚！”

重型轰炸机似乎再也无力折腾，只得乖乖地依令降落，向我军投诚。

我心潮澎湃，激动万分，撒开大步往敌机降落的地方跑去。

很多朝鲜市民涌上街头，振臂欢呼。

我靠近看到，敌重型轰炸机的驾驶员在我军的喊话声中狼狈地走出来，手里高举着一张纸——我军宣传单上印的俘虏优待证。

第九章
老秃山的红雪

1. 宁静的夜幕

老秃山之战是我423团在朝鲜战场上取得的最后一场重大胜利。六十多年过去了，老秃山上的红雪，却依然历历在目。

鲜血是红的。抛洒了鲜血的雪地，变成了红雪地。

在这场战役中，涌现了惊天地泣鬼神的“人桥”故事，也涌现出金振彪、张福祥、宋德清这样的孤胆英雄。

老秃山的故事再一次证明，铁丝网拦不住志愿军，钢板地堡也挡不住志愿军。这场战役后，美军进一步感到了绝望：志愿军是根本无法打垮的。

“老秃山”这名字，是美军起的。美国人从来不乏幽默感。

这山原名是上浦防东山，海拔266米，是美军屏障中线西部铁原到涟川的战略要地，也是涟川到汉城的咽喉。从1952年6月开始，该山在敌我双方猛烈的炮击之下，山上所有的树木都被摧毁，地皮也被反复掀起。美军就给这个高地起了“老秃山”的外号。

敌我对老秃山的争夺从1952年6月6日开始。数度攻防，数易阵地之后，志愿军撤退，美军驻守着老秃山。

1953年2月，根据上级指示，我们必须拿下老秃山。当时的老秃山看起来并不秃，相反，它被积压了一冬的白雪覆盖着，纯洁无染，绰约有致，庄严而美丽。

夺取老秃山的任务交给我 47 军 141 师 423 团。

山上的敌人是美军第七师三十一团和哥伦比亚营的一个加强连，共四百多个官兵。他们从山腰到山顶布下了七道铁丝网，并在主峰左右两侧的阵地上构筑了近两百个钢板地堡。

接到任务，423 团异常兴奋，立即着手进行战前的准备工作。2 月 10 日，团首长组织一营、二营及炮兵营的各级指挥员进行了现场勘测，对着沙盘反复研究确定冲锋路线，26 日召开会议宣布战斗决心。3 月，团首长邀请支援部队步炮指挥员研究部署，制定了详细的步炮协同的进攻计划。

师直属侦察连——罗盛教连和我团侦察兵进行了多次抵近侦察，一直接近到敌人铁丝网前。我侦察兵抓获了美军七师三十一团一名上士，通过这名美军俘虏了解了美军阵地情况。安排五个班的战士狠干十昼夜，在老秃山山脚和山坡挖了七个屯兵洞，其中离敌人前沿最近的只有 180 米，远的大约三百米，一共可以容纳七个排的兵力。我们还组织了防空和防坦克的部署，布置了炮火和机枪火力的阵地，以阻挡敌人的空军和其他地面部队的支援。此外，进攻前夕，我团爆破小组还对美军阵地前的部分铁丝网进行了爆破。

团党委研究决定由一营负责攻击冲锋。营长郝忠云和全营战士们都感到上级把这个重大的任务交给一营是一营每个人的极大荣誉。决心书不断地从各个班里送到连里、营里和团里。

为配合一营冲锋，军、师、团安排了阵容可观的火炮支援，包括炮兵第 48 团一营、二营的 122 毫米榴弹炮 15 门，炮兵第十团二营共 72.2 毫米野炮八门，141 师炮兵营 75 毫米野炮三门、75 毫米山炮 10 门，坦克六团一连 T-34 坦克三辆、五连 122 毫米自行火炮四门。

我山炮营负责炮火支援 1 营冲锋。我连的每门山炮只负责一米宽的炮击任务，从下往上打。这样密集的炮弹，将使老秃山片甲不留。

接到战斗任务后，连长就带着炮手们把目标、方位等准确无误地定好了。炮手们每天都要认真校正很多遍。

战斗打响的前一天晚上，在423团团部举行宣誓仪式，军、师、团的首长都出席了宣誓仪式。师部制作了六面红旗，授予一营担任突击的连队，并选定了红旗班，挑选数名战士作为红旗手。红旗手田顺华、覃尊秋、张庭孝等从首长手中接过红旗后，郑重地在红旗上签上了自己的名字，并且庄严地宣誓："我们一定把红旗插到'老秃山'上。"师部还给突击班的战士们赠送了"光荣手榴弹"。

进攻的时间是1953年3月23日晚上七点五十五分。覆盖在老秃山上厚厚的积雪上，注定要泼洒鲜红的滚烫的鲜血！

在七个屯兵洞里，一营的干部战士们耐心地等待着。营长郝忠云到各个洞里和各连连长、指导员及战士们亲切握手，简短有力地嘱咐他们："勇往直前，杀敌立功！夺取胜利！"

夜幕终于拉下来了。

山上山下是那么的宁静，敌人丝毫感觉不到山下的志愿军将会发生什么动静。

2. 人桥

我参加了老秃山之战。不过我是文化教员，因此没有机会冲锋陷阵，我的任务是在坑道外的一个小山头上观察信号弹，及时向连长报告。

信号弹分红、绿两种颜色。看到红色信号弹就开炮，看到绿色信号弹就停火。

这工作看似轻松，却责任重大：红色信号弹升空时，须立即开火，该打没打可能导致敌人反扑过来或逃脱掉；绿色信号弹升空时，须立即停火，该停没停可能导致炮弹打伤自己人。

因为我责任心强，做事可靠，连长才把这个任务交付给我。

我披着一张洁白的床单出发，提前一小时就到了岗位。我选定了一处面朝老秃山的观察点位。超短波的无线步谈机也调试好了——刚来朝鲜时，团以下单位通讯要靠有线电话，师部以上才有电台，1952 年年底，祖国送来无线步谈机，配备到每个连队。

床单是连长叫卫生队配给我的。床单与山上的积雪一样白，我趴在山上不易暴露。此外，床单可以帮我御寒。洁白的床单还有一个用途——如果我在战斗中牺牲，这床单就是我的裹尸布。

一切准备就绪。

寒冷的山风吹得床单哗哗作响。

手腕上的表针走得很慢，一秒、一秒、一秒……

还差十秒就是五十五分了！

“腾——”一颗红色信号弹腾空而起，划破了夜幕。

我的心剧烈跳动。我迅速拿起电话筒，又一颗红色信号弹升空。

“报告！两颗红弹！两颗红弹升空了！”我向连长报告。

我的报告和师指挥所的电话几乎同时到达。连长下令：“向 XX 号目标，20 发连射！”

几乎在同一瞬间，所有的大炮发出同样的怒吼！

血红的火线朝山上各自的目标射去。浓烟遮住了山头，火光照亮了山下驿谷河的河水。

多美的火流星啊！多美的炮雨啊！

一营的勇士们在炮声响起的同一瞬间端着武器从屯兵洞里奔泻而出，像凶狠的雪豹一样沿着战前在沙盘上反复研究过的路线，向敌人的阵地冲去。

敌人的拦阻炮火也立即作出反应，吐出鲜红的火舌。但它们挡不住一营勇士们的英勇冲锋，仅仅四分钟的时间，敌人的前沿阵地就被攻占了。

“炮火延伸！”师指挥部根据战场情况及时发出命令。

强大的炮火根据命令轰向敌人阵地的两侧和背后。

一颗绿色信号弹腾空而起。我立即向连长报告。炮火应声而停。

一营长郝忠云带领着勇士们踏过刚才炮火轰击的地区，向主峰冲去。

爆破组长、11 班副班长滕明国带着四名组员冲锋在最前面。他们越过被我志愿军炮火摧毁的铁丝网，飞也似的冲了上去。

一道、两道、三道、四道、五道。我军炮火已经摧毁了五道铁丝网。

敌人的第六道铁丝网也在滕明国的组织下被成功爆破了。

爆破组冲到了敌人的第七道铁丝网前。这是敌人的最后一道铁丝网。

“爆破！”滕明国立即下令。

正当他们安上爆破筒就要拉火的时候，三排长已经带领突击队冲了上来。其他勇士也正像潮水一样涌上来。

如果拉火，爆破筒爆炸，会给突击队造成伤亡。如果要突击队后退避让，会丧失战机，影响整场战斗。如果不爆破，突击队员们无法跃过一米多高、两米多宽的铁丝网。

怎么办？

在同志们揪心的紧张时刻，滕明国突然高声喊：“同志们！我们为祖国和人民光荣献身的时刻到了！我们没能炸开铁丝网，快用我们的身体铺在铁丝网上，让同志们把红旗插上主峰！”说完，滕明国跃身扑到铁丝网上。几乎同时，爆破组组员李高标、丁兆桂、吴二华和张福祥也跳上铁丝网，把身子压在铁丝网上。

一条由滕明国、李高标、丁兆桂、吴二华和张福祥等五人的血肉之躯组成的“人桥”铺在铁丝网上，铺在三排长和突击队员面前。

三排长感到热血往脑顶冲，眼眶顿时湿了。他本能地吼道：“你们起来！爆破！”

“人桥”一动不动，只有滕明国的右手朝前挥动，示意勇士们不要耽误战机，立即冲上去。

“学习爆破组的伟大精神，冲啊！”三排长大声吼叫，带着突击队从踩着“人桥”一跃而过。

突击队员们一阵风似地向主峰冲去。敌人地堡和坦克向突击队员们疯狂射击。红旗手田顺华负伤倒下了，突击队员覃中秋接过红旗继续向前冲。在接近主峰的时候，覃中秋中弹倒地，战友张庭孝赶上几步，举起红旗继续前进。张庭孝的胸上也负了伤，但他忍着剧痛冲上了主峰，终于把红旗插上了老秃山顶。张庭孝回头看时，各路部队也陆续攻上来了。营长郝忠云也冲到了山顶。

老秃山主峰被我军占领了！

郝忠云看了看表，八点十分。从开始冲锋到占领主峰，只用了十五分钟！

3. 漫山遍野的“玻璃碎片”

把红旗插上主峰只是战斗的第一步胜利。消灭主峰左右两侧钢板地堡内的残敌，占领两侧阵地，击退敌人反扑，彻底巩固阵地，才是最终的胜利。

一营长郝忠云在主峰上来不及喘息，他一边向团部报告占领主峰的消息，一边指挥勇士们迅速攻打左右两侧阵地。

美军向老秃山发射照明弹，老秃山亮如白昼。美军一个排由346.6高地前来增援，瞬间被我军炮火击溃。

突然，敌人右侧阵地向主峰猛烈开炮，企图压制一营的攻势并掩护反扑。

“请求炮火急袭！”郝忠云呼叫师指挥部。

绿色信号弹再次腾空。我立即向连长报告。

瞬间，我方百炮齐轰，强大的炮火炸得两侧阵地寂静无声。

然而，接下来的战斗并不轻松。狡猾的敌人在纵深不到百米的阵地上构筑了明堡近两百个，还有若干个暗堡，并在隐蔽工事里藏着一个坦克连。坚固环形防御体系和密集火力对志愿军构成不小的威胁。

三连长李志棠率领三连的战士们冲到左侧阵地后，敌暗堡火力齐发。三连不少战士中弹。三连机枪手金振彪和战士董明竹配合作战，连掏了美军 17 个暗堡。这时，一股敌人突然从已被我方炮弹打塌了的地堡里钻出来，他们在敌人暗堡火力的掩护下端着轻机枪、冲锋枪疯狂地反扑过来。三连的战士们立即卧倒在弹坑里，与敌人展开对射。敌人很快被打下去了。李志棠带领战士们占领制高点，击退了敌人的第二次反扑。但三连损失惨重，剩下不到十人了。第三次，敌人增加一个排的兵力汹涌反扑上来。连长李志棠牺牲。金振彪抱着机枪扫射，打死不少敌军，自己也中了三弹。

美军见三连机枪手厉害，扔过来几颗燃烧弹。阵地上顿时变成一座燃烧的雪山。浑身着火的金振彪抱着机枪往地上滚，但地上的雪早已融化，无法帮他灭火。他继续滚着，一直滚下一道深沟。第二天，浑身烧伤、血口子淌着浊黄脓水的金振彪才被战友们发现。

湘西籍战士宋德清像个火人，他抱着爆破筒，奋身跃入敌群。随着爆破筒的爆炸，敌人被炸死了。宋德清同志也壮烈牺牲了。

与右侧阵地敌人的战斗同样惨烈。

五人“人桥”中的爆破手、湘西籍战士张福祥在枪炮声中苏醒。他因为卧在“人桥”的外侧，没有被突击队的战友们踩死。但他的胸口也被铁丝网刺伤。他忍着剧痛摸摸滕明国和其他爆破手，发现他们都已经壮烈牺牲了。

张福祥看到山头战斗激烈，炮声震天，他来不及悲痛，迅速摸到右侧阵地。他用手雷炸掉了敌人的两个地堡。

八点五十五分，残敌基本肃清，阵地基本巩固了。

从发起战斗到胜利，整整一个钟头。

接下来的两天，“联合国军”不甘失去老秃山，企图反攻抢夺，被我军击败。老秃山最终稳稳落入我军手中，并被我军改造成坚固的阵地，在进一步攻击附近的猪排山的战斗里起了非常重要的作用。

在这场战斗中，有三位我 423 团的亲密战友、曾经为匪的湘西籍战士立下了赫赫战功：甘为“人桥”，苏醒后迅速投入战斗炸毁敌人两个地堡的张福祥；抱着爆破筒跃入敌群与三十几个敌人同归于尽的宋德清；歼敌 165 人，朝鲜战场杀敌最多的志愿军战士金振彪。

金振彪被授予“一等功臣”“二级战斗英雄”称号。张福祥被记一等功一次。

他们和其他曾经为匪的湘西籍战士一道，在战火的洗礼和考验下，成为共和国的坚强卫士，成为人民的功臣，成为最可爱的人。

那一天，虽然祖国已过春分，但老秃山却一直在冰冻之中。没有来得及抢运走的敌军尸体重重叠叠，硬邦邦的像冷库里的死鱼。猩红的血迹也结了冰，像雪地里撒落的红玻璃碎片。“碎片”漫山遍野，反射着太阳的光芒，灼伤了凝视者的眼，也刺痛了凝视者的心。

尾声：
不能忘怀的悲喜

1. 凯旋

经过中朝两国军队的浴血奋战，经过所有反对战争、要求和平的人们的共同努力，1953 年 7 月 27 日，《朝鲜停战协定》在位于朝鲜半岛中西部、北纬 38° 线以南 5 公里处的板门店签订。

中国人民志愿军抗美援朝战争在全世界人民的瞩目下取得了辉煌的胜利。

朝鲜半岛上，敌我双方阵地几乎同一时间听到停战通知。前一分钟冒头即被撂倒的士兵们兴奋地跑出阵地，在阳光下向“敌军”打招呼，跑过去握手、递烟并交换纪念品。

我连收到一份特殊的礼物。美军的一位作战参谋交给连长一套《中国手册》①。他坦诚地说：“据说这套书印数不多，所以算是稀有之物，但它观点很不客观，我不喜欢。送给志愿军研读，做个纪念吧！”

我们为在前一分钟的战斗中流血牺牲的战友们惋惜：如果早一分钟签订停战协定，早一分钟收到通知，那一具具滚热的尸体就会是一个个

① 分上中下三册，耶鲁大学政治系教授饶大卫等人于 1951 年开始编写而成，受美国政府资助，试印后一部分送往朝鲜战场，供美军官参阅。此书观点极不客观，最终未被美国军方、政方采用，仅试印 350 套。

鲜活的人，一具具尸体的母亲、恋人们就不会在远方哭得肝肠寸断。

营长交给我一项光荣的任务：邀请美军代表8月1日上午到我营参加中国人民解放军建军节活动。在我和战友们的精心组织下，建军节那天上午，十个穿戴整齐的美军官兵友好地来我营营部参加座谈会。

那天的座谈会上，美军官兵们抑制不住即将回家的喜悦，抑制不住对战争的厌恶，他们的发言非常坦诚。

第一个发言的美军客人是个少校军官。他说："朝鲜战场上中国志愿军击败了美军，这场战争充分显示了新中国的国威、军威，也必定极大地提高新中国的国际威望。朝鲜战争后，美国和全世界都不得不承认：刚刚诞生的新中国尚且敢于向美军亮剑并且有能力拿下胜利，那么，可以肯定地说，中国共产党、中国军队和中国人民将永远不会向任何敌对势力低头。"

接着发言的是美陆军前线战史分遣队的一个队员。他感慨地说，经过朝鲜战场上长达三年的较量，他深刻认识到，中国共产党领导的军队，是维护世界和平的正义力量，这个力量比任何一个美国人想象的都要大，它是永远不可战胜的。他说他回美国之后，将通过他的文字和照片把朝鲜战场的故事，把中国人民志愿军的军魂，把中国军人的友好告诉他的国人，告诉全世界人民。

他们每个人都发了言且意思都差不多。后来有两个美国人把美军官兵们共同的心声作了归纳整理。

一个叫乔治·卡特利特·马歇尔的美国前国防部长说："在朝鲜时我们就已经意识到了，中国的志愿军是我们美国两次世界大战以来所碰到的最强硬的对手。"

一个叫贝文·亚历山大的美陆军前线战史分遣队队长说："朝鲜，我们第一次战败。"

还有一位英国上将，曾被我志愿军俘虏的北约北欧军队总司令法勒·霍利克仰天长叹："我当了一辈子步兵，同德国步兵、中国步兵打过仗，也看过美国步兵、苏联步兵打仗，德国兵很优秀，但最优秀的我认为还是中国步兵。”

建军节过后不久，志愿军各部队陆续接到返回祖国的命令。

9月25日，运送中国人民志愿军凯旋的第一趟列车离朝回国。

我们的部队走出村子，列队走向列车时，朝鲜村民倾巢而出，他们身着盛装，流着难舍难分的热泪，扶老携幼送了我们一程又一程。

我们上了列车后，不停地朝两旁的朝鲜人民挥手。整辆列车被朝鲜人民紧紧地围着。朝鲜人民把一根根彩带缠在战士们的手腕上，然后紧紧握住战士们的手，依依不舍，泪流不止。

我连被编在第一趟列车的第一节车厢，也是接受联合国代表检查的第一个连队。当时，我连已按上级规定打乱原来编制，新编成一个手枪排、一个冲锋枪排、一个卡宾枪排。给每个战士每支枪的子弹配备也有严格规定，不能多一发，也不能少一发。这样严格的做法，是为了在过鸭绿江时接受联合国代表的检查。

列车徐徐启动，战士们手腕上的彩带随风飘了起来。朝鲜人民流着泪高声呼喊着追赶火车。那感人肺腑的场面，永远铭刻在每一个志愿军战士心里，也永远铭刻在朝鲜人民的心里。

列车开过鸭绿江，就到了祖国的丹东。列车在丹东的桥头火车站停站。

指挥部传来指示：毛主席派代表团在丹东迎接首批凯旋的志愿军将士，并在桥头为我们设宴接风。

迎接我们的代表团团长是解放军总政治部文化部部长陈沂同志。陈沂同志代表党中央、国务院和中央首长致欢迎辞，并举杯向我们敬酒。

我们高举酒杯，纵情欢呼：“中国共产党万岁！”“毛主席万岁！”

欢呼声随风飘向天安门，也飘向每位战士的家乡。

我们的列车从朝鲜西海岸开往祖国广西桂林，车程数千公里。这是乘载凯旋志愿军的列车，我们每到一站，都受到当地干部群众的热烈欢迎。

我们的连长是个篮球迷，我也几年没摸过篮球了，连长和我在连队挑了一支篮球队。我们每到一站，就联系车站或车站附近的机关、学校打一场篮球友谊赛。

篮球友谊赛根据我们列车停站时间的长短灵活安排比赛时间。常常不分上下半场，能打多久就打多久。在山东一个车站机务站比赛，才打了五分钟，一个战士跑来急喊："列车要提前开车了，马上停止比赛!"我们拿起水壶和衣服就跑。机务段的球员们抬了一筐苹果跟上来，刚扔上车厢，还来不及握手，列车就"呜"的一声启动了。

还有一次，在河南的一个车站，我们联系了铁路中学打篮球友谊赛。铁路中学赛前搞了大半个小时的欢迎仪式，把友谊赛时间给耽误了。刚比了不到十分钟，铁路中学球队刚把比分追平，又因列车提前启动而匆匆停赛。

那次乘列车回国，我们过得十分愉快，也十分自豪。

我感慨万端，如果不是党和部队的培养，我怎能从一个失学流浪汉成长为一名部队干部，成长为一名最可爱的人？怎能赢得祖国人民的热烈欢迎和敬仰？

有件事情我想提一提。这件事我在朝鲜战场及回国后很长时间都没有听说过，是近期才从书刊上看到的——在朝鲜战场上，被"联合国军"俘虏的志愿军官兵中，有一万四千余人于1954年1月23日"不愿回大陆，自愿去了台湾"。据说这事把台湾蒋介石政府高兴坏了，蒋介石政府将这一万四千余人称为"反共义士"，并将1月23日定为"一二三自由日"。我是志愿军的一员，我在朝鲜战场上奋战了近三年，我了解志愿军。我相信，事情的真相绝不是这样的。我们的志愿军战士是有坚定的共产主义信仰的钢铁战士，我们对党对祖国对人民怀有无比深厚的感情，所谓"不愿回大陆"，所谓"自愿去了台湾"，一定是另有文章。我就此问题专门与老战友们讨论，也了解了一些事情的真相——在赴朝的志愿军部队中，确实有一些向解放军投诚的原国民党官兵。其中一些原国民党部队只是换了主官，来不及拆散重新安排编制，就作为中国人民志愿军开赴朝鲜战场。他们战斗力相对较弱，较容易被“联合国军”俘虏。“联合国军”暗中与台湾当局勾结，用种种手段胁迫被俘的志愿军官兵“自愿”去台湾，然后向世人宣布“自由世界”的胜利。这实在是自欺欺人的荒唐伎俩。

2. 后来的我

回国后不久，我47军主力部队驻防广东雷州半岛，后来移防湖南衡阳，再后来移防陕西西安。根据上级安排，我所在的队伍从朝鲜返回后未随主力部队迁移，而是驻守长沙。

在长沙，我认识了在长沙帆布厂工作的一位广东台山籍姑娘，并和她恋爱结婚，相继生女育儿。

家族和婚姻的幸福却不能掩盖我在一段时期内对人生、对国家发展的疑惑。

不断的“肃反”“审查”“大跃进”“人民公社”“三年自然灾害”“文化大革命”……让我感觉到震荡不安。

回国后不久，受重庆的一件往事的影响，我险些被打倒。1949年11月29日的深夜，为了保卫兵工厂，在我的带领下，王伯逊和胖娃各捡了一支短枪。我入伍时把我捡的枪和子弹交给了部队领导，王伯逊和胖娃后来都把枪交给了街道民兵。“成分复查”时，王伯逊和胖娃因持枪事件被人揪出来批斗。他俩提出谭国雄可以证明他俩的清白，但我身在朝鲜战场，与重庆的亲友失去了联系。我回国后得知此事，即写信给重庆部队解释王伯逊和胖娃捡枪的原因。不料这封信让我引火上身。当时我是解放军七一速成中学“肃反小组”组长。这封信导致我被停职并成为审查对象。学校“肃反小组”办公室主任白金友对我进行审查的结果是“可以肯定谭国雄是国民党员、兵工厂特务”。后来，通过学校正师级校长吕汉荣及保卫处长李西山、副处长明毅等同志的认真调查，并在军政委彭清云同志的关怀下，我才甩掉“国民党员”和“兵工厂特务”的帽子。

1959年开始“三年自然灾害”。我的老家长沙果园乡农民缺少粮食，越来越多的农民饿死。我在部队虽然不至于挨饿，但也无力救济老家的乡邻。

1960年刚开春，我接到命令，去广州军区干校进修班学习。

湖南省军区准备组建军事大学，我被选为军事大学的语文教员。我和战友郑之平二人受省军区派遣，到广州学习一年半，准备回来教大学语文。

广州军区干校位于广州东郊的沙河。干校门口有两株高大苍劲的树，满树的红花像熊熊燃烧的火焰。

我向门岗询问，确认这就是红棉树，树上的花就是红棉花。

这是我第一次看到真正的红棉花，我第一次看到它火红的颜色（在朝鲜战场看到的秀梅身旁的红棉花照片是黑白的），浑身的血液瞬间像被它们点燃。

那天下午在新学员报到处办完入学手续，我就叫上战友郑之平，在一位广州本地学员的陪同下，直奔三元里村。

三元里村在广州北郊，鸦片战争时期当地人民自发武装抗英，使三元里闻名于世。但我急着去找寻的不是抗英遗史，而是我的连长、战地爱情的主人公刘汉明烈士。

刚进三元里村，天上就飘起了密集的雨丝。村子不大，就百来户农家。我们很容易就找到了刘汉明烈士的族人。我打听到的情况是，刘汉明烈士的老母亲一直抱病，得知儿子在朝鲜战场牺牲后，病上加病，不久就病故了。他的老父亲不久也病故了。他的两个姐姐、一个妹妹都嫁到了外乡。他的恋人王秀梅就在三元里村嫁了人，生了子女，但她嫁入的人家是富农成分，所以她被拉下了讲台，没再教书。

我原本想这次顺道去看望王秀梅的，但一听这情况，就不愿去打扰她，只请刘家族人带路去拜拜刘汉明烈士父母的坟墓。

刘家族人们帮我们披上蓑衣，带着我们上村里的后山。后山大概只有三四十米高，山坡上零零落落有一些坟地。

“就到了！”带着我们翻过一个小山窝，年长的刘家族人喘着气朝上头几丈外的山坡指了指。

我疾步爬上去，爬到刘汉明烈士的父母长眠的地方。

眼前的景象让我感到惊讶，感到无奈，更感到心痛：一堆低矮的旧土，不见起伏，根本看不出是两座坟。土堆边上斜着有几个黑洞，那是老鼠洞或蛇洞。土堆前歪歪扭扭地砌着几块青砖，像用手直接插在土里的。

刘家族人在一旁嘀咕，我没在意，也听不懂。那位广州本地学员告诉我：这是三个人的墓，刘汉明烈士陪着他的父母。

我的眼眶顿时湿润了。刘汉明烈士在朝鲜战场被敌人的大炮轰得粉身碎骨，遗体也没找到，这里的坟墓，大概是他的衣冠冢。不管怎么样，有一个属于他的坟墓，也算是烈士魂归故里，伴父母左右了。

南国春来早，山坡上到处冒着碧绿的野草，雨滴纷纷落下来，像草叶在无声地哭泣。有些草上盛开着乳白色的小花，在风中摇摆，像在欢迎我，热情地呼唤我。山脚下，有几株红棉在怒放，像在雨里点燃祭奠先烈的火堆。

战友郑之平点响了鞭炮。我双膝跪地，在刘汉明烈士及其父母的坟前叩了三个响头。

由于时间太紧，我无法久留。刘家族人们叫我们吃了晚饭再走。但当时正是国家三年困难时期①，他们一个个面黄肌瘦，有的身上还水肿着，

① 三年困难时期是指中国从 1959 年至 1961 年期间发生的全国性的粮食短缺和饥荒。

我们哪忍心吃他们的饭呢？我掏出从长沙家里带来的五块钱，交给那位年长的刘家族人，请他带头把这三座坟墓好好修整一下。

下山不走原路，刘家族人们告诉我们从另一边下山便是公路。

正准备下山，山下传来叫骂声和哭泣声。我扭头往山下看，看到一株红棉树旁有一个没披蓑衣的女人和一个披着蓑衣的男人。男人一手牵着一只水牛，另一只手拖着那个女人的衣袖。女人披散着乱发，像要朝山这边来，却被那男人死死拖扯住，脱不开身。女人一边挣扎一边哭泣，男人一边拖扯一边叫骂。

刘家族人们告诉我："那个女人就是王秀梅，旁边的是她屋里男人。"

烈士的心上人秀梅！我吃过她和连长的喜糖——刘汉明连长当年送别我赴新的岗位时，递给我喜糖。我想下山劝解，却被郑之平拦住："这闲事你不能管。天快黑了，咱得赶紧回干校！"

一边陪我们下山，刘家族人们一边告诉我，王秀梅听到鞭炮声，肯定是想上来拜坟，她屋里男人怨怪她常念着刘汉明，不肯让她上山。

那天等了很久才等到车，深夜才回到干校。

干校的第一学期，给我们上专业课的是华南师范学院的一位古典文学教授和一位汉语语法讲师。

令我始料不及的是，这位汉语语法讲师居然是我在重庆志成中学的同班同学、曾经请我替考考进重庆南开中学的毛青山。

毛青山从南开中学毕业后，考入北京师范大学，毕业后到了华南师范学院。

我与毛青山十年多未见。这十年多来，世事多少变故。

我非常珍惜这次学习机会，如饥似渴地学习，门门功课都是红五分。

刚学了一个多学期，军区干校开展轰轰烈烈的"打倒彭德怀"的政治运动。国务院副总理兼国防部部长彭德怀同志竟成了"反党集团"的首要人物。

毛青山居然也成了以彭德怀为首的"右倾机会主义"的坏蛋，讲师的工作被叫停。

这年秋天，进修班无以为继，学员被遣散，各回各部队。

我后来再也没有见过毛青山。我回湖南省军区后打听过他，有人说他跳入珠江“畏罪自杀”了。

湖南省军区并没有组建军事大学，我也就没能当上大学语文教员，而是在各种接踵而至的政治运动中身不由己地沉沉浮浮。

1969 年，首长找我谈话：“大批团级以下干部必须复员到地方，参加社会主义建设，参加地方‘文化大革命’，原则是从哪里来，回哪里去。”

我从哪里来回哪里去呢？回重庆？我的妻儿在长沙。回长沙？组织不认可。

后来终于确定我复原到长沙。

长沙退伍办却告诉我：“今年复员人数多，国营单位已满员，要去只能去街办企业。”

见我愕然，长沙退伍办工作人员补充道：“你家在农村，本应该回农村锄土耕田。”

我爱人在长沙帆布厂上班，帆布厂搞人事的齐寿芝大姐是军属，她同情我的遭遇，跟厂领导请示后，答应接受我。

这样，我就进了帆布厂。厂里给我定岗为二级学徒工，具体工作是在位于市郊望城坡的新厂区食堂买米买菜。每月工资只有 28 块。

望城坡没有市场，买米买菜得到七八里地外的溁湾镇。食堂没有交通工具，得靠肩挑箩筐步行。每天不管刮风下雨，都得肩挑步行。

工友们喜欢吃猪血，我就多买猪血。工友们喜欢吃南瓜，我就多买南瓜……

肩头磨得红肿了，脚底磨出水泡，我想起朱德总司令扁担的故事。

我还用著名作家魏巍的《谁是最可爱的人》来教育自己。《谁是最可爱的人》里有这么一段话——

> 亲爱的朋友们，当你坐上早晨第一列电车走向工厂的时候，当你扛上犁耙走向田野的时候，当你喝完一杯豆浆，提着书包走向学校的时候，当你安安静静坐到办公桌前计划这一天工作的时候，当你向孩子嘴里塞着苹果的时候，当你和爱人悠闲散步的时候，朋友，你是否意识到你是在幸福之中呢？你也许很惊讶地看我："这是很平常的呀！"可是，从朝鲜归来的人，会知道你正生活在幸福中。请你们意识到这是一种幸福吧，因为只有你意识到这一点，你才能更深刻了解我们的战士在朝鲜奋不顾身的原因。

是啊，我每天都能见到亲爱的妻儿，我隔十天半月就能孝敬老母亲，跟爬雪山、过草地、在枪林弹雨的艰苦岁月相比，跟血染雪地、牺牲在朝鲜战场的战友们相比，我当学徒工的日子，不是充满着幸福吗？

退休后，国家工资制度实行双轨制[①]，我和像我一样在企业退休的复员军人，拿着微薄的薪水，难以养家糊口。我开始向省、市写申诉信，也开始上访。

后来，西湖街道、黄泥岭社区的领导找到我，引导我抛弃小我，服从大局，以国家的利益为重，自觉息诉罢访。

我无条件接受了街道和社区领导的教育，并逐渐加入到街道和社区关心下一代工作委员会的工作中。我担任了西湖街道关心下一代工作委员会副主任、黄泥岭社区关协常务副主席、西湖学区校外辅导员。我常常向社区青少年进行革命传统教育。我的儿女们逐渐成家立业，我家的生活在祖国改革开放的进程中越来越幸福美满。我多次获得街道和社区

① 指对不同用工性质的人员采取不同的退休养老金制度。它具有明显的弊端，在这种制度下，一般企业退休人员工资待遇偏低。

的表彰。2005 年，我被评为长沙市“文明市民标兵”。2009 年，我被评为“湖南省关心下一代工作先进个人”。2013 年，西湖街道党工委出资把我每次讲的故事汇编成书，取名为《真情如歌》[①]。

我珍惜我所获得的荣誉。我感觉晚年获得的这些荣誉，比我在朝鲜战场获得的荣誉更有价值，更有意义。虽然我现在已近九十高龄，但我还要继续为青少年讲革命故事，继续发挥余热。

3. 回国后的“金振彪们”

请不要责怪我为什么总喜欢提到湘西土匪，请不要责怪我因为参加过湘西剿匪和集训土匪的工作就对土匪们怀有某种复杂的情结。

我甚至不忍心、不愿意再称他们为“土匪”。

我希望读者能接受我称呼他们为“金振彪们”。

“金振彪们”是指那些曾经为匪、后来在朝鲜战场上英勇杀敌立下战功并活着回国的湘西籍志愿军英雄们。

在抗美援朝的各个战役中，许许多多曾经为匪的湘西籍战士壮烈牺牲了。比如在老秃山战役中抱着爆破筒跃入敌群与三十几个敌人同归于尽的宋德清及宋德清的胞弟——在昭阳江 247 号高地争夺战中牺牲的宋海桥。他们用生命的伟大，完成了人生的救赎。宋德清与 418 团战士滕桂桥、422 团连长杨宝山等一起，成为 47 军政治部秘书科科长毛烽任编剧的电影《英雄儿女》里“王成”的原型人物。

还有一部分是活着回国的。

回国后的人生不会水平如镜。已经在战场上牺牲的英雄将辉煌定格在军功章上，活下来的人物的命运之路却是那么起伏难平。

---

① 未公开出版。

在老秃山战役中消灭165名敌人的机枪手金振彪，被授予“一等功臣”“二级战斗英雄”称号。朝鲜最高领导人金日成亲自为他授予朝鲜劳动党一级英雄勋章，并说“朝鲜人民要永远记住他”。解放军总政治部编辑出版的《红旗飘飘》刊登了他的事迹，国内某少儿出版社发行介绍他事迹的连环画《让红旗飘扬在上甘岭的机枪手》。

1953年9月回国后，金振彪担任解放军广西某部连长。到朝鲜那两年多，他家里的老母亲不知道他是死是活，给他烧了两年多的纸钱，摆了两年多的灵堂。他立功回到家，他老母亲才知道他活着。1958年10月，他调任解放军桂林步校[①]任军事教官。

金振彪刚调到桂林步校，一封来自湘西大庸老家的名为“检举信”实为诬告信的信件便转到了桂林步校党委办公室。

基本上不需要组织调查，桂林步校立即举行批斗会，宣布了对金振彪的四条处理决定：开除党籍，撤销公职，取消城镇待遇，发配广西石龙县武宣农场。1962年，金振彪被遣送回大庸农村务农。

乡亲们猜测，这个被遣送回乡的人，一定在广西做了滔天罪行，他依然是“匪性不改”的恶人。1962年，乡亲们刚刚渡过“三年自然灾害”，不少人还患有水肿病。乡亲们不欢迎这个回乡“抢占”土地和口粮的“恶人”。

为了躲避乡亲们的歧视和冷漠，也为了不“抢占”乡亲们的土地和口粮，金振彪逃进深山密林，住岩屋，抠野菜，捉毒蛇充饥，成为“野人”。几年后，他被民兵发现，被揪出山来。一个民兵高举一柄锋利的开山斧，劈破了这个“潜逃在深山里的敌人”的背部，一直从背劈破了肺。在当地医院里躺了八个月后，金振彪捡回一条命。

“文化大革命”期间，公社革委会没有放过这个奄奄一息的“恶人”，宣判他死刑。即将行刑时，上级领导念及他曾经在朝鲜流过血，金振彪

① 前身是解放军北碚步校，1955年创办于重庆，1958年迁至广西桂林。

得以枪下留命。

20 世纪 70 年代末，县、乡政府恢复了金振彪二级伤残军人的身份，帮他修了房子，每年还给他拨付抚恤金。但由于种种原因，金振彪的党籍一直没有恢复。

金振彪经过这么多年的曲折经历，脾气变得异常温和。但有一次一个记者惹怒了他，被他一勺粪水赶跑了。

那个记者带着翻译找到他，问他怎么评价龙云飞、张平等土匪的抗日事迹。金振彪说具体问题具体分析，抗日卫国与当匪害人是两码事。记者问："龙云飞和张平死在解放军的枪口下是不是冤死？"金振彪回答说解放军打死的土匪龙云飞和张平，不是抗日时期的英雄龙云飞和张平，龙云飞和张平走错了路，被解放军打死是罪有应得。

那个记者又问："你被共产党强拉去朝鲜战场当炮灰，你认为自己当初傻不傻？"

金振彪生气了，他不肯再陪坐着耽误时间，便从屋后挑起粪桶到菜园里施肥。他一勺一勺地向瓜苗泼粪水，一边回答那记者："去朝鲜是我自愿的！我们不是去当炮灰，解放军、志愿军官兵平等，共产党员和干部从来都是冲在前面的。我能去朝鲜杀敌立功，是共产党给我的机会，是光荣的，你说怎么是傻呢？"

"你被逼充军……"

"我是慷慨从军！"

"你不觉得自己被共产党利用了吗？"那记者又问。

"老子刚才讲了！抗美援朝是老子自愿的！抗美援朝是每一个中国人的神圣职责，从军卫国的经历是老子的荣耀！"金振彪嗓门提得老高，矮小的身子陡然挺直，嗓子下的青筋暴起，像一头发怒的雄狮。

"你好可笑！被民兵劈破背劈破肺也是你的荣耀？你在朝鲜出生入死却……"记者这句话还没说完，满满一勺粪水猛地泼在了他笔挺的西服上。

“乌龟崽子！老子操你屋里祖宗！”金振彪跺着脚骂，一边继续朝夺路而逃的记者泼粪。

那次暴怒后，金振彪病倒了，在医院住了大半个月才出院。县里、镇上的干部和乡亲们都到病室看望他慰问他，让他倍感温暖。他在病床上还念念不忘那个记者惹他发火的事，请求县委宣传部一定要想方设法找到那个记者，一定要告诉他，土匪入伍前，是已经改造好的人，和普通中国人是一样的，土匪入伍是慷慨而歌共赴国难，这与美国征罪犯甚至是重刑犯、杀人犯入伍是完全不同性质的。

后来，金振彪在家人的陪护下去了北京。在军事博物馆三楼的抗美援朝展厅，他看到了他在老秃山战役中用过的、给他带来无上光荣的机枪。几十年过去了，金振彪清楚地记得那挺机枪的规格、型号，还有他为了在阵地火海中逃生，抱着机枪滚下深沟时，枪托上摔裂的痕迹。

看着展厅里的这挺机枪，金振彪趴在展柜的玻璃上，极度激动，老泪纵横。

再后来，金振彪成了当地多所中小学校的校外政治辅导员，他常常向孩子们讲叙他在朝鲜战场上的亲身经历。

孙家怀、谢根生、向明清、蒲昭义、蒲德美、蒲德厚等人，没有经历金振彪那样的大起大落。抗美援朝结束后，他们回到家乡，复员当了农民。虽然也曾受到乡亲们的白眼甚至批斗，但都没有被开山斧劈过。“文化大革命”结束，改革开放以来，湘西经济社会快速发展，他们和他们的家人，都过上了幸福甜蜜的生活。

正如军事博物馆的展品不会歧视英雄一样，我们的眼睛再也不会戴上有色的眼镜。

我们祝贺“金振彪们”，他们在人生最关键的时刻，作出了参加中国人民解放军的正确抉择，并书写了他们人生的辉煌。

我们敬仰“金振彪们”，他们在完成人生救赎的同时，为保家卫国奉献了青春，作出了彪炳史册的丰功伟绩。

不问出处，他们是我们心目中永远的英雄！

永垂不朽，他们是神州大地万古不散的英魂！

后　记

2014年春节期间，我在长沙看到一本由长沙市岳麓区西湖街道党工委编辑的非公开出版物，书名是《真情如歌》。书中的一篇篇文章，是作者谭国雄老先生（中国人民解放军、志愿军47军老兵，现为西湖街道关心下一代工作委员会副主任、黄泥岭社区关协常务副主席、西湖学区校外辅导员）在学校、社区作革命传统教育报告的一个个小故事。近百个小故事，讲述了谭老先生苦难的童年、拼搏的青少年、戎马生涯直至老年时期的真实经历。

它虽然不起眼，却是一本颇有历史价值的个人回忆录。我认为，如果当初街道、社区及相关部门能提供充实的经费支持，它完全有理由正式出版，从而永久保存于各个图书馆中。

谭国雄的从军经历，是千千万万中国人民解放军、志愿军官兵的缩影。被这本书的故事深深感动，我决定以《真情如歌》为原始素材，在深入钻研解放西南、湘西剿匪、抗美援朝史料的基础上，创作一本更加厚重的纪实文学。从文学的角度分析，解放西南、湘西剿匪、抗美援朝的历史太过宏大，那么，就以谭国雄的经历为主线，重点铺陈47军从1949年至1953年的战斗历程。

创作期间，我多次打电话向谭老先生请教，也曾专程到长沙采访谭老先生，进一步丰富了素材。我的创作得到了很多人的帮助：广东省图书馆馆长刘洪辉先生为我借阅图书开绿灯，我得以借阅到大量珍贵的旧书、报刊等资料；解放军驻湘西某团原团长、离休干部吴远炎老先生在湘西某医院病房向我讲述了很多珍贵的故事；广州市天河区教育局调研员、湘西永顺籍校友陈东先生热心提供资料；淮阴工学院中文系教师、湘西桑植籍校友甄强先生及原广州空军后勤部老干部尹东宏先生也提了很多很好的意见和建议；广西边防某部作战部队正团职干部、越战老兵刘晓立先生数次为我讲述他和他的战友如李作成[①]参加对越自卫反击战的感人故事，弥补了谭国雄老先生在47军担任政工干部，较少参加血战经历的缺憾；年逾九旬的老一辈雕塑艺术大师潘鹤先生和广州体育文化博物馆馆长张泽明先生联袂为这部作品绘作插图……

在此，我要特别感谢我的恩师、著名作家唐栋将军。唐栋将军工作非常繁忙，却抽出宝贵的时间两次审读我的文稿，充分肯定文稿的价值，提了很多具体的修改意见，并帮我题写书名。在北京参加全国政协会议期间，唐栋将军还通过微信等方式对我给予指导，令我深为感动。

原以为本书能在2016年内出版，因某些原因之故，未能赶上2016年底谭老先生的九十寿诞。谭老先生对此给予充分理解。

在中国人民解放军建军90周年之际，长篇纪实文学《从军行》得以出版。谨以此书献给中国人民解放军、志愿军老兵谭国雄和他的战友及共和国千千万万的开创者和守卫者们。

刘　鉴

2017年秋于广州

① 李作成，湖南省益阳市安化人，中国共产党中央军事委员会联合参谋部参谋长、上将军衔，曾获“战斗英雄”称号。